慶餘年

第三部　天下之爭

一

作　貓膩

目録

第一章　遮月

「留在這裡陪朕賭命沒必要，回京吧，如果事情的結局不是朕所想像的那樣，隨便你去做，誰要坐那把椅子，你自己拿主意。」

范閒心頭大震，無法言語。

他震驚的原因有三，其一是皇帝遣自己下山時蘊著那絲憐子之情，實在是大出他的意料；其二是皇帝的言語間似乎已經沒有了往常的那種自信；其三是皇帝最後的那句話……誰坐那把椅子，讓他拿主意？這是遺言還是什麼？問題在於，就算自己命大，能夠趕在永陶長公主宣揚既定事實之前千里趕回京都，可是自己又有什麼實力可以將自己的主意變成現實？

這不是江南明家，不是崔家，不是京都裡的朝官、欽天監裡的可憐人，而是皇宮，而是天下的歸屬！

范閒的脣角露出一絲苦笑，就算自己是慶國一權臣，可是手中一兵一卒都沒有，拿什麼替皇帝穩住京都？又憑什麼可以決定那張椅子的歸屬。

「朕，不會輸。」皇帝的脣角綻出一絲笑意，笑意裡滿是冷厲的殺意。「即便輸，若有葉流雲與四顧劍替朕陪葬，又怕什麼？你也莫要擔心，陳萍萍在京都，太后在宮中，那些人翻不出多大的風浪來。你拿著朕的旨意，拿著朕的行璽去，若有人敢阻你……盡數殺了！」

范閒額上沁出冷汗，心想若葉、秦二家也反了，就算自己是大宗師，頂多也只能打打游擊戰，又怎麼能盡數殺了？

他已經看出了皇帝內心的那絲不確定，心緒不禁有些黯淡。陛下如果真的死在大東山之上，這天下會變成什麼模樣？不論是太子還是老二繼位，這慶國只怕都再也沒有自己的容身之地，難道真要抱著那個聚寶盆，走上第二條道路？

不過局面並沒有到最危險的那一刻，山頂上還有洪四庠和五竹叔，外加百餘虎衛，不論碰上怎樣的強敵，都能支持許久。

強登大東山，只有一條路，山腳下的五千長弓手的任務很明顯是斷絕大東山與天下的聯繫，至少要斷絕三天以上，為京都的事變空出時間來，而真正要弒君，這些叛軍卻起不了任何作用。

因為陛下不會傻乎乎地下山。

然後……葉流雲會登山。

這確實是一場賭博，如果天下三國大勢依然像以往那樣——慶國的皇帝設局狙殺葉流雲，一定是北齊、東夷都很樂觀其成的事情，苦荷和四顧劍都不會拋卻身分，前來插手。

可是……范閒額上的冷汗已經乾了，身上只覺一片寒冷。在梧州時，岳父便提醒過他，為了一個足夠誘惑乃至有些絢麗的目標，大宗師們也許會很自然地走到一起。

范閒嘴裡愈發苦澀，如果事態真的這麼發展下去，這大東山上哪裡還能有活人？可是難道陛下最開始的時候沒有預計到這種局面？他小心翼翼地瞥了一眼皇帝的面龐，發現皇帝的臉色有些陰沉，夜色中的瞳子閃著火苗……

他不敢再繼續思考這些問題，在腦中極快地分析了一下眼前的局勢。大東山之局勝負未知，但如果陷入僵局，京都那邊則有問題，自己必須將陛下還活著的消息帶到京都，帶到太后的身邊。

就算陛下死了，自己回到京都，也必須讓太后相信陛下還活著。不然以太后這種政治人物的判斷，一旦得知陛下死亡，她肯定會選擇讓秦家拱衛太子登基，穩定慶國朝政。

陛下是她的兒子，如果有人想要傷害陛下，太后一定不會允許。但如果陛下的死亡成為既定事實，身為皇族的最長一輩，太后必須要考慮整個皇族的存續和天下的存亡。

所以不論是從自身的安危出發，還是從京都的局勢出發，范閒知道皇帝的安排很正確，他必須帶著皇帝的親筆書信與行璽回到京都，穩定局勢，以應對後宗師的時代。

是的，後宗師的時代。大東山一役，不論誰勝誰負，肯定會有那麼一、兩位大宗師就此退出歷史的舞臺。

他沉默地點了點頭，說道：「請陛下放心，京都不會出事。」

皇帝深深地看了他一眼，說道：「此去道路艱險，你要小心。」

范閒微怔，本來在他內心深處對於皇帝先前說言「朕四個兒子」一語頗多冷諷與自嘲，不料卻聽到這樣的一句話，心尖柔軟了些許。

繫好腰帶，確認身上的裝備齊全，范閒從一名侍臣的身分迅速轉變成為一名九品的黑夜行者，渾身上下收斂了氣息，宛若要與大東山巔的景致融為一體。

唯有那些令人惱怒的銀色月光，不那麼和諧地照耀著他的身體。

他的懷中揣著皇帝的行璽和給太后的親筆書信，並不怎麼沉重，但他覺得很沉重——他清楚，大東山被圍的消息肯定不久後就會回到京都，同時回到京都的消息便是皇帝遇刺——永陶長公主打的是個完美的時間差，她在京都裡甚至什麼都不需要準備，只要確認皇帝的死亡，太后必須要從簾子後面悲痛地走出來，在三位皇子之中選擇一位繼位。

此時祭天未成，天旨未降，雖然天下皆知太子即將被廢，可太子依舊是太子，不論從朝政穩定還是什麼角度上來看，太后都會選擇太子繼位。

這不是陰謀，只是借勢，借水到渠成之勢。就算皇帝在京都留有無數後手，陳萍萍與禁軍忠誠無二，可是當皇帝死亡的消息傳遍天下後，誰又敢正面違抗太后的旨意？除非……他們想第二次造反。

范閒舒展了一下肢體，似乎想將身上的負擔變得輕鬆些，他知道自己等於是將慶國的那把龍椅揹到了身上。

「他們畢竟是你的親兄弟。」皇帝站在一身黑衣的范閒身邊，冷漠說道：「能不殺，便不殺，尤其是承澤。而……若不得不殺，便統統殺了。」

范閒心頭微凜，點了點頭。

皇帝脣角微翹，望著遙遠海面上那艘小船，譏諷說道：「流雲世叔為什麼這麼慢？難道身為大宗師，面對著朕依然有控制不住的膽怯，大宗師還需要幫手？」

范閒笑了笑，沒有說什麼，抬頭看了一眼天上明月，皺起眉頭。

「白日時，朕曾經和你說過，為何會選擇大東山祭天。」皇帝忽然說道：「首要當然是為了請老五出山。」

范閒看著皇帝。

皇帝望著他平靜說道：「第二個原因是……大東山乃海畔孤峰，乃是最佳的死地，雲睿讓燕小乙圍山，再請流雲世叔施施然上山刺朕，朕根本無處可去。」

大東山孤懸海邊，往陸地山腳下去只有一條絕路，而背山臨海一面更是如玉石一般絕對光滑的石壁，便是大宗師也無法在上面施展輕身功夫登臨，皇帝若在此地遇刺，真正是插翅難飛。

「朕選擇大東山這個死地，便是要給雲睿一種錯覺。」皇帝似乎已經從四顧劍可能來了的消息中擺脫出來，回復到那種自信的神色，靜靜地看著范閒的雙眼，似乎要看穿他的真心。

「她以為可以封鎖大東山的所有消息，讓她在京都搞三搞四，卻忘了……朕選這死地，自然是因為朕身邊有能從死地之中……飛出去的活人。」

范閒苦笑一下，心想自己的絕門本事也沒有逃脫陛下的眼睛，看來自己的事情，陛下不知道的沒有幾項——在這個天下，大概也只有自己那奇特的運功法門，可以幫助自己從那光滑如鏡的大東山上滑下去，陛下將自己逮來大東山，原來竟是在此處做了埋伏。

陛下想的果然夠深遠。范閒的心頭忽然動了一下，再不復先前那般擔心。陛下既然連自己都能利用上，又怎麼會對眼下這種最危險的局面沒做出應對的計畫？

皇帝微笑說道：「朕曾經對宮典說過，你爬牆的本事，很有朕……比朕要強很多。」

范閒望著腳下深淵一般的懸崖，扭了扭脖頸，難得地開了個玩笑：「有子逾牆，只可惜今晚月光太亮了些。」

「月有陰晴圓缺，這是你曾經說過的。」皇帝舉頭望天，說道：「朕不能料定所有將要發生的事情，但朕知道，月亮不可能永遠一直這麼亮下去。」

話音落下，天上一層烏雲飄來，將明月遮在雲後，銀光忽斂，黑夜重臨大地，大東山的山頂一片漆黑。

皇帝的身邊，已經沒有了范閒的蹤影。

山腳下的夜林裡，到處充斥著血水的味道，比海風的味道更腥。偶有月光透林一拂，隱隱可以見著山林裡到處是死屍，有的屍體趴在地上，有的屍體無力地斜倚在樹幹上，大部分的死者都穿著禁軍的服飾；而更一致的是，這些被狙殺而死的禁軍，身上都穿透著數支羽箭。

羽箭深入死者體內，將他們狠狠地扎在樹上、地上，場間看著十分悽慘恐怖。

大東山腳下林子茂密，那條官道被夜色和林子同時遮掩著，已經看不出大致的模樣，只能看見無數的屍體與血水。離山腳愈近，殘留的場景宣示著先前的廝殺愈激烈。

有火頭燃起，然後熄滅，只有靠近山門處的林子裡還有一些樹木在燃燒，只耀亮了沉默黑夜裡的一角。平伏在地面的焦糊味道漸漸上升，將血腥味與海風的腥味都壓了下去，讓兩邊的軍隊緊張了起來。

嗖！一聲尖銳的破空聲響，一支長長的羽箭有如閃電一般射出，射中林子邊緣最靠近周邊的一名禁軍！

那名禁軍握著胸口的長箭，想要拔出來，可是劇痛之下，已經沒有氣力，緩緩地坐了下去。

便在坐下去的過程中，又有三支羽箭破空而至，狠狠地扎在他的身上！

那名禁軍腦袋一歪，脣中血水一噴，就此死去。

山腳下一片安靜，五千叛軍神不知、鬼不覺地來到大東山，對那三千禁軍發動了最卑鄙、最突然的夜襲。禁軍一時反應不及，加之隨御駕祭天，並沒有準備野戰所需的重甲……

來襲的叛軍是燕小乙的親兵大營，五千人的長弓手，在滄州與燕京境內佯攻而遁，在四顧劍的默許和刻意遮掩下，橫貫了東夷城十六諸侯國，又從滄州北邊一條密道裡穿出來，用了近二十天的時間，像五千隻幽魂一般封住大東山。

大東山沿線的斥候，被叛軍中的高手們紛紛狙殺，沒有來得及發出任何消息——三千沒有穿重甲的禁軍，被五千長弓手突襲，可想而知，會付出怎樣慘重的代價。

而令這些禁軍最憤怒和痛苦的是，來襲叛軍箭手的第一波攻勢，竟然用的是火箭！

便在那一瞬間，大東山的腳下彷彿同時點亮了數千盞天燈，飄飄渺渺地向著禁軍的營地射去。火箭落地即燃，營地、林子著了火，所有的事物都燃燒了起來，勢頭極猛。其時，正是山頂上慶國皇帝一行人所看到的點點火光。

而禁軍們卻不可能分出心神去救火，因為燃燒的大火，忽然明亮的夜林，將他們所有人的身形都暴露在對方箭手的視野中。雖然禁軍們訓練有素，馬上在第一時間內尋找合適的地形掩護，可依然在緊跟其後的一輪箭雨中付出了兩百多條生命！

其後便是血腥而乏味的反攻、突營、失敗、圍殲。

一地屍首，滿山鮮血。

沒用幾個回合，叛軍便擊潰了禁軍，獲得初步的勝利，將禁軍的隊伍封鎖在大東山山門左近半里方圓的地帶；而就在此時，叛軍的攻勢忽然戛然而止，只是偶有冷箭射出，將那些意圖突圍報訊的禁軍冷酷殺死。

偶爾響起的箭聲，讓這死寂的山腳林地，變得更加安靜，死一般的安靜。

忽然間，一個渾身血淋淋的人從死屍堆裡站起來，在這樣一個月夜裡，在這樣的修羅場中，突然出現這種場景，雙方的軍士都感到了恐懼，只是馬上又麻木了，死了這麼多人，哪裡還會怕屍變？

燕小乙一手調教出來的親兵箭手手指一顫，十支箭射了過去，每一支箭的目標都沒有重複，對準了那個血人身上的某一處，將他渾身上下全部籠罩住，狠厲十足，讓那人根本無法避開。

這是軍令，嚴禁任何一人突圍，所以來襲的叛軍每射一人，便要保證那人死去。驟然發現有人從死屍堆中走出來，箭手們下意識地發箭，心想這樣還不死？

但誰也想不到，那名血人對面前這十餘支噬魂之箭，根本不在乎，只是順手揀起身邊兩具屍體，將那兩具屍體當作盾牌一樣地舞了起來！

噗噗噗噗一連串悶聲響起，十餘支箭幾乎不分先後，同時射中那個血人，然而下一刻眾人才看清，原來都只是射在那個血人舞動著的屍體上，噴出無數血水，將那個血人染得更恐怖了一些。

屍體比盾牌更重，這個血人卻能舞動著屍體，擋住極快速的箭支，不得說，此人的臂力十分驚人，而眼光與境界，更是令人瞠目結舌。

叛軍營中似乎有人發令，所以接下來沒有萬箭齊發的情況發生。

那名血人緩緩放下手中的屍體，咧了咧嘴，似乎是在悲哀什麼、同情什麼、感慨什麼，然後他慢慢地朝著山門的方向走去，沒有箭支的打擾，他走得很平靜。

他走到山門之下，禁軍中發出一陣雷霆般的歡呼。

他們不知道這名血人是誰，但他們知道，這個血人是監察院的官員，是跟著范閒的親信，而且是個絕對的高手……在叛軍的第三波攻勢中，這名監察院官員一個人就殺了四十幾名長弓手，直到最後被人浪撲倒，被掩沒在屍體堆中。

所有人都以為他死了，沒有想到他還活著。在這樣一個恐怖的夜晚，在叛軍隨時有可能將所有禁軍盡數射死的時刻，忽然發現己方有這樣一位強者，足以提升禁軍殘存不多的士氣。

所以才有那一陣雷霆般的歡呼。

王十三郎走到被燒得焦黑的山門下，緩緩坐到石階上，接過啟年小組一名成員遞過來的毛巾，擦拭了一下臉上的血水，露出那張明朗的、英俊的面容。

他咧了咧嘴，露出滿口健康的白色牙齒，望著黑夜裡的那邊，望著叛軍所在笑了笑。

十三郎，真猛士也，今夜學會用屍首來擋箭，已不算是莽夫了。若范閒在此看見這一幕，一定會做如此慨嘆。

達達馬蹄微響，叛軍陣營一分，行出幾匹馬來，當先一匹馬上坐著一人，此人渾身上下籠罩在黑衣之中，將面容也遮住了。

燕小乙的親兵不知這位黑衣人是誰，但只知道燕小乙嚴令，此行戰事，皆由此人指揮。本來親兵們雖嚴守軍令，但心中依然有些不服，直到穿山越水地來到大東山腳下，這位黑衣人軍令數出，分割包圍，將禁軍打得落花流水……

都是很簡單的一些命令，都是很直接的一些布置，卻極精妙地契合了大東山腳下的地勢與黑夜的環境，這位黑衣人用兵……真真如神。

事實證明一切，此時場間五千名長弓手望向那位黑衣人的眼神，除了敬佩便只有畏服，就算先前那讓人不解的忽然收兵軍令，也沒有人再敢置疑。

黑衣人身材高大，坐在馬上更顯威武，只是可惜被黑衣籠住，看不到他真正的面容，和那些隱在黑衣下的威勢。

黑衣人遠遠看著山門下那個渾身是血、白齒如玉的年輕人，一道聲音從黑布裡透了出來，十分感嘆——

「壯哉……殺了三次都沒有殺死他，真乃猛士。若此人投軍，不出一年，天下便又多一猛將。」

黑衣人忽然微笑了。「不過大勢已成，匹夫之力，何以逆天？只是有些可惜，再過些時候，這位壯士便要死了。」

他身邊忽然有人嘆息一聲。黑衣人轉頭望去，溫和詢問道：「雲大家可是惜才？」

嘆息的不是旁人，正是東夷城四顧劍首徒，一代劍法大家雲之瀾！

范閒沒有料錯，東夷城果然派出了他們最精銳的殺手隊伍來幫助永陶長公主的叛軍，而且還是雲之瀾親自領隊！

雲之瀾看了身邊的黑衣人一眼，有些勉強地笑了笑，卻沒有回答這句話。因為場間所有人，只有他知道那個渾身血水、卻依然堅強地保持著笑容的年輕人是誰。

那個人不是監察院的官員，甚至不是慶國的子民！他是王羲，王十三郎，師尊最疼愛的幼徒，自己最成材的小師弟。

「都瘋了嗎？」雲之瀾自言自語。他心裡想著，既然師弟知道師門派了人來，為什麼還像是一隻猛虎般守在山門處？師弟究竟在想什麼？

「師尊派你去跟隨范閒，卻不是讓你真正成為范閒的助力。」雲之瀾看著遠處山門下的那個血人，在心裡無比困惑想著：「行一事便忠一事？甚至連師門的利益也不顧？這究竟是瘋狂……還是師尊最欣賞的明殺心性？」

「不瘋魔，何以成活？」黑衣人淡淡回答雲之瀾的感嘆。

雲之瀾搖了搖頭，沒有說什麼。雖然他不清楚小師弟為什麼會如此做，但身為劍廬傳人，他尊重小師弟，所以不會在這名黑衣人的面前，洩漏小師弟的底細。

他不知道這位黑衣人究竟是誰，但眼下所有的隊伍，皆是由此人統領，而且旁觀許久，他必須承認，這個黑衣人的用兵確實了得，絕無行險妙手，全是一步步穩紮穩打，卻將整支叛軍的資源調配到一種接近完美的境界，沒有給慶國的禁軍絲毫反擊突圍的機會。

雲之瀾帶著劍廬大部分的高手傾巢而出，配合燕小乙親兵大營行事，雙方配合本來有極大的問題，如果山上的監察院六處劍手或者是那些武藝高強的虎衛突圍，不是那麼容易完全封住。

可是騎在馬上的那位黑衣人，卻似乎擁有一雙可以看清戰場上一切細節的神眼，在突襲之初，便強行命令東夷城的高手去往一個個看似不起眼的地方設伏。

最開始的時候雲之瀾不明白，但當一次次狙擊在黑暗中發生，當大東山上一次次突圍被這名黑衣人的手腕狠狠地壓下去……雲之瀾終於明白了，這個黑衣人絕對不是普通人，能夠全領戰場，卻又沒有放過任何一個可能的漏洞。

如此用兵，非沙場上浸淫數十年，不能達成——所以雲之瀾很疑惑，燕小乙為何不親自領兵前來，這黑衣人究竟是誰？

他在猜測，其實叛軍中也很多人都在猜測黑衣人的身分。這名黑衣人只帶著兩名親兵加入了叛軍的隊伍，孑然一身，卻用兵如運指，瀟灑凌厲，令人十分欽佩。

黑衣人沒有向屬下們解釋此時停攻的意圖，只是冷漠地看著面前突兀而起的這座大山。此行率領叛軍來襲，只是協議中的一部分，不將這批力量暫時拿在己方的手中，陛下……很難下那個決定。

天上忽然一朵烏雲飄過，將明亮的月亮盡數遮掩，山門附近一片黑暗，黑衣人騎在馬上紋絲不動，只有他身邊兩名親隨手中捧著的布囊裡的短兵器在閃耀著幽幽光芒。

范閒不知道這朵雲會將月亮遮住多久，他沉默地向著山下滑動，速度沒有減緩或是加快，恐怖地保持著穩定的速度。白天如玉石一般的大東山臨海一壁，在深夜裡散發著幽幽的深光，與穿著夜行衣的他完美地融合在一起。

大東山沿山兩側如刀一般的分界線，直直插入海邊的地面，那處有東夷城的高手伏狙，所以他不可能選擇那條路線，只有從正臨海風的那面下行。

這個世界上沒有人能夠從這樣的絕境中滑下，除了范閒——所以他並不擔心海面上的人、陸地上的叛兵會發現自己的痕跡，但他依然無比緊張，因為他總覺得身後有一雙眼睛正穿透黑夜與呼嘯的海風，平靜地注視自己。

第二章　投奔怒海

沒有人看著他。

范閒知道這是自己的錯覺，就如同上一次在北齊上京城外、燕山絕壁時一樣，他總覺得身後的山林裡有一雙眼睛在看著自己——這大概是一個人在面臨艱難絕境，經歷情感震盪後的緊迫反應，尤其是像范閒這種唯心主義者的自然反應。

一年前，當他坐著白帆船隻回澹州探親時，便曾經經過這座宛如被天神一劍劈開的大東山，當時他看著大東山上光滑的石壁，便曾經自嘲地想過，不會有朝一日自己要爬這座山吧。

沒有想到，這一切居然都成為了事實。

加減乘除，上有蒼穹，難道老天爺真的一直在看著自己？

大東山比燕山絕壁更險更滑更高，范閒行至此地時，身體已經顫抖了起來，內力的消耗開始影響到他的肌體。

他像是一隻蝙蝠一樣極柔順地貼在石壁上，手指摳進了難得遇到的一條裂縫，略作休息。此時抬頭望去，早已看不見山頂的燈火，回頭一瞥，已能看到墨一般的海水愈來愈近，還有海水中蕩著的幾艘兵船。

是膠州水師船，他們在此護衛，對於背山一側叛軍的突襲雖然起不到太多作用，但很明顯他們可以駛離此地，通知地方官府。

然而從事態發展至今，水師船隻一直沒有移動過地方，范閒雖未曾與皇帝就此事議論過，但二人清楚，秦家自然也出了問題。

月亮出來了一角，范閒沒有慌著移動，將臉貼在冰冷的石壁上，感受著絲絲的涼氣，心裡卻想到一個問題。如果將秦家也算上……真真這一切是天底下所有的力量都集中起來，參與到大東山的行動之中，也難怪陛下會料算不到。

一個人，可以引動天底下所有敵人拋開暫時的分歧，緊密地團結起來，這是什麼樣的境界？這就是慶國皇帝的境界。

北齊雖然沒有出手，但燕小乙的五千親兵能夠來到大東山之下，明顯是永陶長公主與上杉虎那邊有極隱密的安排。范閒將臉蹭了蹭冰冷的石頭，心想這種大事，海棠朵朵會知道嗎？

旋即他輕柔地呼吸幾次——其實眼下這種危險的局面，算來算去，都是陳萍萍這個老跛子用了好幾年的時間鑄成，自己也參過幾手，不論是永陶長公主、秦家、葉家，都是陳萍萍和自己極其用心地驅逐到與皇帝不可兩立的對立面。

陳萍萍如果知道事情是這樣發展，會不會和懸崖上的自己一樣，覺得人世間的事情真的很奇妙？

懸崖上的風很大，范閒的手與光滑石面間的吸附力很強，體內的霸道真氣沿循著粗大的經脈溫柔地張合著，以防出現內力不繼的現象，天一道的那些溫柔自然氣息在緩緩地修補著經脈裡的不穩定。

他噈了一口唾沫，藉著淡淡的月光看著頭頂筆直的岩石線條，不禁生出幾許後怕，如果自己黏不住石壁就這麼摔下去，落到滿是礁石險浪的海中，只怕會粉身碎骨。臨海的這面懸崖上風勢太大，從他的四肢處灌進去，一片冰涼。他不是五竹，沒有那種高空直降的神奇功法，所以貼得更緊了些。

「為什麼陛下知道五竹叔在大東山？」一個一直沒有機會問出口的疑問，湧上了范閒的心頭，看來皇帝只怕暗中和神廟有什麼聯繫，可是去年大祭祀的非正常死亡……這些事情有些說不明白了。

雲層再一次覆蓋住月亮，范閒又開始向懸崖下移動，不知道滑了多久，離那盆墨水般的海水愈來愈近，他也愈來愈警惕，將自己的功力提到最巔峰的狀態，時刻準備迎接未知的危險。

離海越近，越容易被水師船上的叛軍們發現；離海越近，也就離海上那艘小船越近。水師船上的叛軍或許無法在這漆黑夜裡看清懸崖上緩緩爬動的小點，可是葉流雲或許會發現自己。

他的雙掌緊密地貼在光滑的懸崖上，忽然間瞳孔微縮，感覺到了身後一道凌厲的殺氣！

誰能夠有這種眼力發現自己？

范閒根本來不及思考，下意識將沿著大周天的真氣強橫斷絕，雙掌與石壁間的真氣黏結忽而失效，整個人直直地滑了下去。

咄！一支黑黝黝的羽箭，射中他原本伏著的地方，金屬鏃頭深深地扎進大東山的石壁中，激出數十粒碎石。

如果范閒反應稍慢一些，絕對會被這天外一箭釘在石壁上。而此時，他依然處於危險之中，整個身體平滑地沿著石壁向下快速掠動。

范閒悶哼一聲，剛剛斷絕的真氣流動又強行催動到極致，雙掌輕柔地拍在石壁上，勉強穩住自己的身形。

咄！第二支黑箭，狠狠地射中他腳下的石壁，距離他的腳跟只有半寸的距離。

情況實在是險之又險，發箭之人明顯有個估量，算準了范閒跌落的速度，如果范閒先前意圖自然墜落避過這忽然襲來的羽箭，一定難逃此厄。

范閒背上冷汗直冒，右掌一震，竟然將自己的半片身體震得離壁而出，在空中畫了一個半圓，重新又貼回石壁上，只是換成了正面對著大海，根本來不及思考，純粹是下意識沿著石壁向下滑動三尺，緊接著右掌再拍，身體很古怪地折彎，向下一扭……

而海面上一艘兵船內，十幾支黑色的羽箭冷酷無情地向他射來，擦過他的身體，刺穿他的衣裳，狠狠地扎進石壁中。

咄！咄！咄！咄！

范閒在石壁上頑強而驚險地閃避著，純粹憑藉重生十九年來不曾停歇的磨練與童年時五竹打下的基礎，下意識地躲避這些神出鬼沒的箭支。

場面很危險，那些黑箭連環而發，根本沒有給他任何反應的時間，而且對於他下一個落腳點似乎算得清清楚楚，逼得他隨時有可能從懸崖上跌落下去。

而很奇妙的是，每每在似乎要被這些黑箭射中之前剎那，范閒卻提前做了預判，體內的真氣沿著兩個周天強烈地運行著，補充著他真氣的損耗，讓他可以勉強保證兩隻手掌總有一隻會停留在石壁上。

每每看著要跌落時，貼在石壁上的一隻手掌卻帶動著他，扭曲著身體彈起落下，似乎永遠不可能離開石壁的引力。

他就像是一個黑色材質做成的木偶，四肢被大東山石壁裡的神祕力量牽引著，在懸崖上做著僵硬而滑稽的舞蹈。

而那些緊緊跟隨他身體而至的黑箭，強悍地擦著他的身體射進岩石，在石壁上構成了幾道潦草的線條。線條的前端追著他，殺氣凌厲，隨時可能會將這個木偶釘死，亂箭穿心而死。

水師兵船因為擔心大東山腳下的暗礁，不敢靠得太近。隔得這麼遠，還能夠將箭射入石壁的強者，整個天下只有一個人，也只有那個人，才能在如此漆黑的夜晚裡，發現潛伏在石壁上的范閒。

慶軍戍北大都督燕小乙。

不知道過了多久，海面上的黑箭停了，懸崖上沒有了范閒的蹤影，海上、崖下回復到安靜之中，只聽得到一陣陣的海浪拍岸之聲——范閒終於成功地避過了連環神箭，落到礁石之上！

咄！最後那支黑箭似乎也射空了，狠狠地扎進石壁中，入石一寸有餘，箭尾不停顫抖，發著嗡嗡的聲音。

桿上帶著幾絲黑布。

礁石之上濤聲震天，范閒半跪在溼滑的礁石上，難以控制地咳嗽起來。好在水師的船隻隔得太遠，海浪拍石的響聲太大，將他一連串咳嗽聲掩了下去，黑夜之中，沒有暴露出自己的身形。

他的臉色蒼白，在爬下這樣一座人類止步的絕壁，又在絕壁之上避開燕小乙神乎其技的連環奪命箭，已經耗損他太多的真氣與精神。最後那段在懸崖上的木偶舞，看似躲得輕鬆，卻已經是他最高境界的展現，每一秒、每一刻的神經都是緊繃的，於不可能處避了過去，體內真氣舒放的轉換速度實在太快，頻率實在太高，即使以他體內如此強悍的經脈寬度，也有些禁受不住……

真氣逆回時，傷了他膈膜下的一道經脈，讓他咳嗽起來，胸前撕裂般的疼痛。

與此相較，此時他右肩上那道悽慘的傷口，並沒有讓他太在意。雖然這道傷口被鋒利的箭鏃絞得筋肉綻裂，鮮血橫流，甚至連黑色的監察院密製官衣都被絞碎，混在了傷口裡，十分疼痛，但畢竟沒有傷到要害。

此時是黑夜，對燕小乙不利，但范閒身在懸崖，更處劣勢，所以這一次狙殺與逃亡是不公平的，范閒再如何強悍，終究還是沒有躲過最後那一箭。

不過能夠在如此險惡的條件下，從燕小乙的連環箭下保住自己性命的人，又能有幾個呢？

范閒將身子伏得極低，海水打溼了他的衣裳，讓那件黑衣裡沁著溼意，與常在海水中泡著的礁石完美地合為一體。

范閒不擔心燕小乙的箭上會不會淬毒，一方面是他知道燕小乙此人心高氣傲，一向不屑用毒；二來……他從懷中摸索出一粒藥丸乾嚼兩下，混著口水吞下去，在用毒這方面，沒幾個人比他強。

海岸線上的局勢依然緊張，船隻無法靠近懸崖，但想必船上那雙鷹一般的眼睛，正盯著懸崖下的所有動靜，務必要在范閒登陸之前，將他狙殺。

范閒瞇著眼睛，觀察四周，天上的月亮並不明亮，海浪卻越來越大，一方面是保護了他，一方面卻也讓他難以尋覓到一條安全的路徑。此時如果他要從礁石上施展輕身功夫飛掠，等於是再給燕小乙一次狙殺自己的機會。

范閒很不喜歡被弓箭瞄準而無力反擊的感覺，尤其是被燕小乙的弓箭瞄準。

忽然間，他心頭警訊一閃，悶哼一聲，右掌在身旁的礁石上一拍，霸道的真氣洶湧噴出，極為狂烈的力量，將身下的礁石拍碎一角；而他的身體也隨著這強大的反作用力，劃了一道斜斜的弧線，用最快的速度墜進海裡！

水花一現，馬上被越來越大的海浪吞沒，懸崖下一片白色的浪花，似乎對於有人敢輕視自己的威力，投入到滿是暗礁的海中，感到無比的憤怒。

這一下范閒露出了蹤跡，雖然沉入海中，卻逃不過那雙鷹一樣的雙眼追蹤。可是他必須跳海，必須以最快的速度、最決絕的姿態，離開那個暫時保護自己安全的礁石，哪怕海洋此時如何憤怒，可他依然要忘情的投奔。

因為他寧肯面對怒海，寧肯在海中被燕小乙的箭盯死，也不願意站在礁石上面對心頭的那抹顫慄。

一抹線自海上掠來。

是一道白線。

海浪如此之大，那抹白線卻像是有一種超乎天地的力量，不為浪花所擾，反而靜靜默默、清清楚楚地向著大東山絕壁下劃過來，就像是一隻天神的手拿著一枝神奇的筆，在這墨水一般的憤怒海水中，畫了一道線。

白線其實只是一道水花破開的浪，一柄古劍，正在線頭上方兩尺處疾掠。

當范閒翻身離開礁石的那一剎，白線也將將觸到了礁石，那柄古劍與他的身體在電光石火間相遇，然後分離——誰也不知道碰觸到了沒有。

礁石大亂，劍勢未至，劍意透體而出，將先前范閒落腳的那方溼黑礁石輕鬆劈開。在這柄劍的面前，礁石就像是黑色的豆腐一樣。

然後這柄劍掠過海浪與空氣，刺入了大東山的光滑石壁中，石壁如此之硬，這把劍的劍身卻完全刺沒了進去，只剩最後的劍柄，就像是一個小圓點。

片刻後，劍柄盡碎，圓點消失，這把劍從此與大東山的石壁融為一體，再也無法分開。

第三章　海船上的那顆心

四面八方都是海水，沉重得有如巨石一般壓過來的海水，墨一般的海水，在向他的口鼻耳裡灌注，令他無法呼吸，身體隨著暗流的來回而不停地擺動，看著就像是一條被摔暈的魚兒，隨時有可能被暗流裹挾著擊打到暗礁之上。

猛然間，范閒睜開雙眼，眼裡一片平靜，雙頰漸漸地鼓了起來，用體內的氣體壓力與外界的海水壓力構成了一個勉強的平衡。他右手一探，在海水中激起一道線條，倏地抓住海底一塊礁石的角，將自己的身體穩定在海底，距離水面足足有四、五丈。

先前那天外一劍沒有刺中他的身體，但是那股劍意已經侵襲了他的心脈，讓他受了內傷，這記內傷比燕小乙的那一箭更加恐怖。

范閒體內的霸道真氣極速運行著，抵抗著大自然的威力，而天一道的真氣則沿著體內的那個周天溫柔行走，將被葉流雲驚天一劍所帶來的傷害緩緩拂平。

此時深在海底，當然沒有辦法馬上治癒，可是至少可以將傷勢壓下去一陣子。

只是體內兩股性質截然不同的真氣快速運行，帶給他的肌體極大負擔，一股力量在他的體內膨脹著，漸漸地，兩道血水從他的鼻孔流出來，被海水暗流一攪，迅即散成一片血霧，包裹住他的臉龐，肩上的那記箭傷也開始快速地流血。

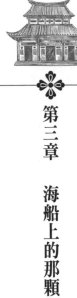

范閒整個人此時就像一個裝著紅油漆的皮袋，被人扎了兩個小口子，看上去十分恐怖。

范閒的雙頰鼓著，雙眼瞪得渾圓，臉已經變了形，一手摳著暗礁，一面向著海面上看著，就像是隻蛤蟆……問題是這隻蛤蟆正在流血，不知道什麼時候就掛了，所以他自己笑不出來，也沒有笑的心情，想到先前驚險的一幕，心裡不禁一陣寒冷。

海水將他的頭髮弄散，像是海草一樣亂漂，海草之中，他慘白的臉上那雙瞳子裡閃過一絲很複雜的情緒。海面上，燕小乙的箭還在等著自己，他不可能馬上就浮出海面。

至於那位乘舟破浪而來的大宗師，在一劍無功之後，想必應該沒有興趣再對自己出手。

不知道在海水裡泡了多久，他抓著暗礁的手部皮膚已經有了些異樣的感覺，但瞪大了眼看著上方的海面，卻沒有什麼脫離險境的辦法。此時的他終於有了一絲悔意，昨天……似乎應該把那箱子帶上的，如果有那箱子在身邊，又何至於被燕小乙的箭壓制得難以脫身。

說到此點，這只是證明了范閒在重生之後最警惕的對象，依然還是慶國的皇帝。這或許是歷史的一些殘留陰影，或許只是他直覺中的一些潛意識，可是他就是不願意在皇帝面前現出自己的底牌。

哪怕是在當前的情況下，他與皇帝緊密地綁在一起，要迎接來自全天下最強大的那些敵人，可是他依然不願意讓皇帝知曉箱子就在自己身邊。

因為他和陳萍萍一樣，不知道皇帝的底牌，不知道皇帝一旦知曉自己擁有一個在這個世界上可以弒神殺君的大殺器後，會做出什麼樣的反應。

這種思維影響了范閒的決定，所以讓他陷入了此時的危境，好在他沒有死在那些箭與劍之下——關於這一點，他應該足以驕傲，如果今晚懸崖下的舞蹈、黑色的箭、破浪一劍的故事傳遍整個天下，想必天下人對於范閒的認知會進入另一個層次。

一位大宗師和一位世間最強的遠端九品上高手，都沒有將范閒殺死，足以令他自矜起來。

體內的霸道真氣十分強悍地提供他身體所需要的養分，然而呼吸不到空氣，終究支撐不了太久。范閒的鼻子已經沒有溢血，肩上的那處傷口也被海水泡得發白，像是死魚的肚子一樣，不再流血。他蒼白的臉上閃過一絲堅毅之色，右手再往下，從海底的泥沙中抱起一塊大石頭。

暫時不敢浮上去，所以他選擇了一個笨法子，一個前世看霍元甲學來的笨法子。只不過當年霍元甲是在河底行走，他此時卻是在海底行走。抱著大石頭，憑藉石頭的重量穩定住自己的身形，在海底暗流的衝擊下也沒有東倒西歪，范閒十分強橫地踩著海沙前行，卻沒有沿著海岸線試圖登陸突圍。

大東山兩側有高手阻截，而他不能保證殘存的真氣能支撐自己在海底走多久，所以他選擇了能浮出海面最近的一條道路。

他走到膠州水師兵船的下方，抬頭，睜眼，平靜地看了一眼比海水的顏色更深一些的船底，強烈的脫險慾望讓他的六識無比敏銳，甚至能看清楚木船底部的那些青苔與貝殼。

他放下懷中的重石，石頭落在海底沒有激起大動靜，只是震起一些泥沙。他雙手緩緩劃了兩個半圓，進行最後一次調息，范閒放鬆自己的身軀，隨著海水的浮力，盡量自然地向著上方浮去，生怕驚動那位眼如鷹、耳如鯊、鼻如犬的燕小乙。

保持著浮木似的僵硬感覺，范閒緩緩漂浮到兵船的下方，極為小心翼翼地向著船底外緣移動一個方位。他的頭依然不敢探出水面，隔著大約半尺的海水，努力地注視這一方船舷的動靜。

這是一次賭博，之所以選擇這艘船，第一個原因當然是因為先前燕小乙不是在這艘船上發箭，可如果他想尋找的那個幫手不在這艘船上，范閒只有再次下潛去另外的船上覓機，不知道到時候他能不能堅持到另一艘船上。

好在他這次的運氣不錯。

范閒泡在海水中的蒼白面容浮出一絲詭異的笑意，心想自己這輩子的運氣，果然是無人可以相提並論。

他看見了船舷上的一隻手，那隻手很自然地搭在舷外，輕輕地做著無聲的敲打，保持著一種很穩定而奇特的頻率。

海面上共有五艘水師兵船正在緩緩地游弋，在月光的照耀下，這些船隻就像是尋找獵物的惡魔，劃破著水面，時刻準備將潛在海底的獵物釘死。

又有三艘兵船遠遠地駛離本隊，保持著相應遠一些的距離，負責接應以及進行更廣範圍內的注視。

在其中一艘船上，中廳燈光一片昏暗，負責這艘船的膠州水師將領許茂才，正冷冷地坐在太師椅上。他的三名親兵，兩人在廳外負責警戒，一人負責與水師旗船聯絡。

在他的身邊卻又有一名親兵，這名親兵的臉隱在燈光後的黑暗之中，看不清楚五官，但隱約能看到他的臉色有些蒼白，不知道是不是被今天夜裡的大陣勢嚇著了。

兵船上一片安靜，忽然間那名親兵開口說話——

「為什麼膠州水師也叛了？」

許茂才如今已經是膠州水師的第三號人物，手底下有足夠強大的力量，像今夜這種大事，如果他不知曉內情，是斷然不敢隨著水師旗船將大東山四周的海域包圍起來。

他低著頭，然後緩緩開口說道：「少爺，現在的情況不是膠州水師叛……而是……您叛了？」

那名親兵自然是運氣好到逆天、悄悄摸上兵船的范閒。許茂才是當年泉州水師的老人，而且那隻一直垂在舷外的手，證明此人一直在暗中期盼著范閒能夠死裡逃生，所以范閒對他足夠信任，可是聽著這句話後，范閒依然皺了皺眉頭。

永陶長公主一方面會怎麼安排，范閒和皇帝早就已經猜到，大東山圍殺如此大的事情，頂多只能控制數日消息，而最後皇帝遇刺身亡，讓太子繼位……皇帝遇刺的事情，總需要一個人來背。

那個人必須擁有強大到殺死皇帝的力量，並且有這種行為動機，才能夠說服宮裡的太后、朝中的百官。

即便不是說服，也是要給那些人一個心理上的交代。

而很明顯，往大東山祭天一行人當中，唯一有力量殺死皇帝的人，當然就是手握四百黑騎，暗地裡又擁有一些不知名高手的監察院提司范閒。

至於刺駕的動機……想必以永陶長公主的智慧，自然會往太后最警惕的葉家一事上繞。

「你沒有做出應對，相信你也沒有往吳格非那裡報信……侯季常那裡你也沒有報信。」

范閒站在許茂才的身後，冷冷地盯著他的側臉，為了防止有人忽然進屋，所以上船後他只是略微包紮一下傷口，便偽裝成許茂才的親兵，一直站在身後。

「我讓你在膠州水師待著，為的便是今天這一天。」范閒語氣平靜，但內裡卻蘊著一絲怒意。「結果，你什麼都沒有做……監察院刺殺陛下，或許能說服水師中的某些將領，可是你怎麼會信？而且燕小乙為什麼會在水師的船上？這些水師將領們難道心裡就沒有疑問？為什麼這方面會相信你的忠心，讓你來到大東山？」

許茂才低著頭想了一會兒後說道：「關於刺駕一事，應該是有些人會信的……畢竟監察院的名聲不好，而且昨天收到消息，四百黑騎連夜從江北大營趕赴峭山沖，在東山路一帶忽然沒了消息，所以如果說這四百黑騎是趕來刺駕，也說得過去。」

范閒心頭微凜，四百黑騎是自己調過來的，只是沒有靠近大東山的範圍，如果被京都人往這處再陰一次，如果陛下這一次真的難逃大劫，自己還真有些說不清楚……好在懷裡還有幾份殺手鐧。

許茂才將眼下軍中的狀況又詳細地敘述一遍。范閒越聽越是無奈，自己在山頂一日，原來山下已經傳成了另一番模樣，自己勾結東夷城四顧劍刺駕？媽的……這種栽贓的手段，未免也太幼稚了。

不過范閒清楚，手段從來都是次要的，只要最後憑藉實力分出勝負，永陶長公主那方面再幼稚的栽贓，都會成為史書上斬釘截鐵的史實。

「當然，水師裡大多數人心有疑惑，甚至我相信有些人……根本就是知道此次大東山之事的真相。」許茂才冷冷說道：「只是即便知道真相又如何？如果還是常昆領軍，以他及那些水師老將對陛下的敬畏之心，肯定是打死也不敢摻和到這件事情中。而少爺您去年在膠州大殺一陣，好多老將都已經被殺死，不知有多少將領開始對朝廷感到心寒，如今的膠州水師已經是秦家人的天下，即便是真的謀逆，我相信大東山下的這些水師兵船上的將領也會很樂意的。」

范閒平靜說道：「你應該也知道真相。水師的演變，我從來沒有懷疑過……陛下也清楚秦家，我相信他一定有後續的手段，所以我還是覺得奇怪，你是怎麼獲得長公主一方的信任……」

他忽然間皺著眉頭說道：「對朝廷心寒，想必這件事情有你的功勞……茂才，我讓你留在膠州水師，不是讓你折騰出一支叛軍出來。」

許茂才沉默半晌後，忽然起身，對著范閒深深一揖，誠懇說道：「少爺，茂才不才，一直沒有能將膠州水師完全控制在手中，但眼下……長公主既然謀反，秦家也加入了進來，您應該看見了……海上還有那位大宗師，機會難得。」

他的雙眼盯著范閒蒼白的面容，閃過一絲忠毅與熾熱，咬牙說道：「少爺，藉機反了！」

范閒盯著許茂才的雙眼，許久沒有說話。他知道這位將領對於自己，不，應該是對於母親的忠誠，對於對方此時提出如此大逆不道的建議，也不是沒有猜想過，然後……他只是輕輕搖了搖頭。

「為什麼？」許茂才壓低聲音，焦急說道：「如今全天下真正的強者，都被吸引到大東山，京都只是一塊空腹，少爺您覷機登岸，聯絡上崤山沖一帶的四百黑騎，千里奔襲京都，與陳院長裡應外合，一舉控制皇宮……待大東山這邊殺得兩敗俱傷，您以皇子的身分，在京都登高振臂一呼，大事……可成！」

「完全不可行。」范閒盡量平緩語氣，免得傷了眼前人的心，溫和說道：「陛下防我防得嚴，一直沒有讓我掌軍，區區四百黑騎，怎麼進得了京都？京都外一萬京都守備師，京都中十三城門司，禁軍三千……我怎麼可能應付得了？」

「京都守備師師長是大皇子的親信，禁軍更全在大皇子控制之下，十三城門司直屬陛下統馭，而陛下一旦不在，則屬於無頭之人。」許茂才明顯極有準備，有條不紊地一條一條說道：「少爺您既然冒險突圍，身上必定帶有陛下的信物，應該是親筆書信或是行璽之類，您單身入宮，說服太后，再獲宜貴嬪支持……宮外請陳院長出手，一舉掃蕩太子與二皇子的勢力……」

范閒揮手截住他的話，說道：「這一切都建立在大皇子支持我的前提之下。」

許茂才不待他說完，進諫道：「陛下如果死了，您手中又有行璽御書，又和大皇子相交莫逆，大皇子不支持您，能支持誰？」

「那秦家呢？」范閒盯著他的雙眼，一字一句說道：「還有定州葉家呢？雙方合起來多少兵力？葉家經營京都守備師二十年，大皇子根本無法完全控制住。」

「那又如何？」許茂才壓低聲音說道：「我大慶朝七路精兵，燕小乙身在東山，戌北營無法調動，葉、秦兩家只有兩屬，還有四路精兵……只要少爺能夠控制宮中，這四路精兵盡屬您手，即便最初時京都勢危，可不出半月，整個大勢可逆！您猶豫的原因，是因為您一直沒有仔細分析過自己手上到底能夠調動多大的力量。」

許茂才盯著范閒的雙眼，一字一句說道：「陛下在大東山遇刺，您有行璽和陛下親筆書信作證，刺駕的罪名可以輕鬆地安在長公主和太子、二皇子的頭上，這便是有了大義的名分……不出半月，這大義名分便能得到那四路精兵的認可，您在朝中雖然無人，可是林相爺……只怕留了不少人給您。至於大事雷霆一動之初，京都局勢動盪，可是……陳院長是最擅長這種事情的高手。還有……不要忘了范尚書，他一定是會支持您的。」

范閒沉默許久，承認許茂才為了謀反一事，暗地裡不知下了多少工夫，為自己謀算了多久，如果事態就這樣發展下去，如果自己能夠遠離海上，脫離燕小乙的追殺，回到京都……或許，這慶國的權柄，真的會離自己的手無比接近。

這種誘惑大嗎？范閒不知道，因為他的心神清明，根本沒有往那個方向去想。

「首先，我要保證自己能夠活著回到京都。」范閒看著許茂才平靜說道：「還有最重要的一個問題，你這一切的推論都是建立在大東山聖駕遇刺的基礎上……可是，誰告訴你，陛下這一次一定會死？」

第四章　追捕（上）

海風呼嘯著從船上掠過，海浪帶動著船隻一上一下，被連在船壁上的燈臺雖然不會摔落在地，然而燈中的火苗卻是時大時小，耀得船艙中的二人面色陰晴不定。

外面隱約有傳訊之聲，一名親兵叩門而入，向許茂才稟報了幾句，然後又急匆匆地出艙而去。今夜大東山方圓二十里地內的人們都陷入緊張恐懼的氣氛中，不論是知道事實真相，還是不知道事實真相的人們，都十分惶恐不安。

「要擴大搜索範圍了。」許茂才壓低聲音說道，他的表情有些複雜，先前范閒的那句話，直接推翻了他所有的想法，如果皇帝沒有死……可是許茂才並不相信范閒的這個推論，他雖然不知曉永陶長公主的全盤計畫，可是看眼下這種勢頭，皇帝如何能從大東山之巔活著下來？

他在思索的時候，范閒在一旁靜靜地看著他。膠州水師的反叛，明顯許茂才起了相當重要的作用，不然永陶長公主一方也不會放心讓他帶著船隻前來行事。而范閒清楚，許茂才向來對慶國朝廷沒有什麼忠心，有的只是仇恨與報復的欲望，所謂謀反，本就是水到渠成之事……只是他謀反想幫襯的對象卻是自己。

所以許茂才沒有依照范閒當年的安排，在第一時間內與膠州知州吳格非，或者是侯季常取得聯繫，沒有將膠州水師異動的訊息傳遞給監察院，從而才造就了大東山被圍的絕難困境。

這是范閒在膠州水師裡埋得極深的一枚棋子，卻因為棋子有自身的想法，而喪失了原本的作用。

可是范閒也不能發怒，連生氣也是淡淡的，因為他清楚此人的心。

許茂才見無法說服范閒，臉上的表情有些黯然，半晌後說道：「我原本的打算是在最後時刻，調動手下的部屬在海上反戈一擊，打亂水師的包圍圈，強行登岸，接應您下山，再赴京都。」

范閒心頭一顫，以許茂才手中這幾艘船，統共千餘的兵員力量，便想登陸接應自己下山，想必是抱著必死的決心和勇氣。

「沒有想到，您居然能……」許茂才搖著頭嘆著氣，眼中不自禁地浮現出一絲敬畏。在這些人的眼中，一個人能從光滑如玉的大東山絕壁上遁下，這似乎已經脫離了凡人的範疇。

許茂才接著說道：「您猜想得不錯，此次膠州水師加入長公主的計畫，一方面是秦家，但更重要的是我的參與……如果讓少爺您在山上遇險，那我真是萬死難掩其過了。不過好在正因如此，燕大都督很信任我，想必怎麼也不會查到這艘船上來，您就放心地待著吧。」

范閒咳嗽了兩聲，搖頭說道：「我必須趕回京都。」上船之後，他第一時間就向許茂才打聽了此時海上、陸上的封鎖情況，清楚今夜這個封鎖圈，集結了無數的強人，加上東夷城那些恐怖的九品刺客，如果自己要從陸上突圍，難度確實極大。

「能不能讓船往北去三里。」他皺著眉頭說道：「三里之外，那些人就無法控制更廣闊的區域，應該能找到機會。」

「太多眼睛盯著，要等。」許茂才擔憂地看了范閒一眼，嘆了口氣。依他看來，此時回京反而不是最緊要之事，想辦法聯絡上黑騎，然後和京都裡的人們取得聯繫，坐山觀虎鬥，才是最明智的選擇。

范閒何嘗不清楚，如果要謀取最大的利益，眼下如果能遁回江南，通知薛清，再由梧州歸京，後手以待，反而是最妙的一招——可是這種決定毫無疑問不是正常人能夠做出來的。京都裡有太多他需要關心的人，慶國的存亡，天下會不會戰事大起，身在范閒之位，必須深懷其心。

「我不能等太久。」范閒壓低了聲音，直接說道。燈裡的火苗隨著艙外的海浪而明暗著，讓他的臉色多了一絲往常極少見到的焦慮。

是的，大東山這邊他可以拋下，因為他最擔心的五竹處於大東山這種環境中，相較於葉流雲和四顧劍甚至是洪四庠而言，擁有絕對的優勢，誰也不可能留下五竹。而京都方面，卻亟需他回去，需要他懷中的行璽還有皇帝給太后的親筆書信。

「澹州港外，你在船上？」范閒依然穿著親兵的服飾，站在許茂才的身後，低聲問道。

「是。」

得到了肯定的回答，范閒緊接著問道：「燕小乙是什麼時候上的船。」

「不清楚。」許茂才應道：「應該是從澹州到大東山的路上。」

范閒的眉頭皺了起來，看來永陶長公主的聯盟得到了彼此的認同，內部並沒有什麼太多的縫隙可以利用。「在澹州時，你應該看到一艘白帆船。」

許茂才疑惑地偏了偏頭，說道：「那是您的船，當然有注意到。」

「我要上那艘船。」范閒眼睛微微瞇起，語氣裡夾著不容置疑和肯定。「燕小乙這時候的眼睛只怕已經從海底浮了上來，我要上岸，難度太大，有沒有辦法從海上往北走一截？」

許茂才皺著眉頭，說道：「那還不如直接坐船到澹州，只是……這要看運氣。」

范閒想了會兒後，點頭說道：「我的運氣向來是絕好的。」

黑暗的海面上，離大東山最近的那艘水師船隻亮著明燈，努力地與四周的船隻保持聯繫。海船極大，然而和橫亙天地間的大東山比較起來，卻是渺小得有些可憐，就像是一張白紙前的一粒綠豆。

船上的軍士們緊張地注視海面，似乎是想從海水中找到蛛絲馬跡，時不時有人吆喝著什麼，還有許多軍士手中拿著弓箭，隨時準備射向海中。

距離石壁上那個人影消失在海浪中已經過去了許久，從海面上到大東山兩側的陸地上，不知道有多少人在尋找范閒的蹤跡，根本沒有人想到，范閒居然會躲在叛軍們的船上。

一身黑色輕甲的燕小乙沉默站在船首，身旁的親兵幫他揹著那柄厚重的捆金絲長弓。他自身旁的木案上取下一杯烈酒一飲而盡，依舊是冷漠地盯著懸崖下的那些浪花。雖然時間已經過去了很久，可是他依然相信范閒沒有死。

雖然范閒中了自己一箭，又被那破浪一劍所懾，可燕小乙依然認為范閒沒有死，發出號令，命令水師以及岸上的親兵們加緊偵緝。

燕小乙知道范閒受傷了，可是他下意識希望范閒還活著，最好能夠活到自己面前，然後讓自己的那支箭狠狠地扎進他的喉嚨——他很厭惡范閒這個小白臉，痛恨這個小白臉，一方面是因為他知道自己獨子的死亡與范閒脫不開關係，一方面是因為那一夜在京都的街巷中，他手執硬弓，卻在與范閒的迷霧對峙中落了全盤下風，這是他不能接受的屈辱。

范閒必須死在自己手上，才能洗清這個屈辱。

「這一次你應該沒有那麼好的運氣了。」燕小乙瞳中閃著厲狠的光芒，盯著大東山的石壁一動不動，卻想著先前看到的那一幕，讓自己震驚的那一幕。

那個小白臉居然能從這麼高、這麼陡、這麼平滑的絕壁上溜下來！

如果不是燕小乙的境界高妙，眼力驚人，海面上的水師官兵絕對不會發現范閒的蹤跡，只怕范閒借水遁出千里之外，所有的叛軍還以為這位年輕的提司仍被困在山上。

這不是運氣的問題，這是實力的問題，燕小乙微微心寒，震驚於范閒所表現出來的實力；而且因為船隻與絕壁相隔太遠，他的連環十三箭，沒有將范閒釘在懸崖上，只是讓他受了傷，這個事實讓燕小乙難抑動容。

如此強大的敵人，怎能允許他逃出今夜的必殺之局？

「各船上的搜查如何？」燕小乙冷著臉說道。當海中沒有找到范閒的蹤跡，他第一時間就想到，那個小子應該是攀上了己方的船隻。此次膠州水師遣來的都是深知內幕的己方人，燕小乙並沒有懷疑。

膠州水師提督秦易看了他一眼，低聲說道：「不在船上。」

此人是秦家的第二代人物，樞密院副使秦恆的堂兄弟，因為去年范閒清查膠州一案，讓此人得了機會接任膠州水師提督一職，此時他既然和燕小乙並排站在船首，秦家的態度……自然清楚了。

「小心一些，此子十分奸滑，他既然從山上下來，懷裡一定帶著極重要的東西，如果讓他趕回了京都，只怕對長公主殿下和秦老將軍的計畫有極大影響。」燕小乙沉默說道。

秦易應了聲是。他雖是從一品的水師提督，但在燕小乙這位超品大都督面前，沒有一絲硬氣的資格；尤其是此次圍殺大東山，各方相互照應，但真正說話有力的，還是燕小乙。

燕小乙看著面前的海水，忽然皺了皺眉頭，說道：「我擔心……范閒從海底上了岸。」

「沒有誰能在海底閉住呼吸這麼久。」秦易搖頭說道：「岸上有大人您的親兵，還有東夷城的那些高手，應該不會給他機會。」

燕小乙的唇角浮起一絲怪異的笑容，心想那小白臉能從數百丈高的絕壁上滑下來，又豈能以常理推斷。

看出燕小乙的擔憂，秦易平緩說道：「明日，最遲後日，沿路各州的計畫便要開始發動，雖然無法用監察院的名義，但是我們這邊的消息要傳出去，范閒刺駕，乃是天字第一號重犯，他怎麼跑？」

燕小乙嘲弄地看了他一眼，沒有說什麼，心想一般的武將怎麼清楚一位九品強者的實力。如果讓對方上了岸，投入茫茫人海，就算朝廷被永陶長公主糊弄住了，頒給范閒一個大大的謀逆名目，誰又能保證范閒無法入京。

「范閒如果脫身上岸，肯定會尋找最近的監察院部屬向京都傳遞消息。」燕小乙冷漠說道：「雖說州郡各地都有監察院的密探，但他最放心、離他最近的……毫無疑問是他留在澹州的那些人。」

秦易會意，說道：「我馬上安排人去澹州。」

如果范閒此時在這艘船上聽到這番對話，一定恨不得抱著燕小乙親兩口，他在許茂才的船上苦思冥想如何才能回到澹州自己的船上，不料燕小乙便給了這麼一個美妙的機會。

只是……他為什麼要去澹州？

燕小乙布置好所有的事情，緩緩抬頭，右手食指與中指下意識地彎曲，這是常年的弓箭生涯所帶來的習慣性動作，隨著他手指的屈動，他的眼光已經落在遙遠的、黑暗的大東山山頂。

他知道皇帝在那裡，也知道迎接皇帝的是什麼，但縱使是謀反已經進行到這一步，身為軍人的他，依然對那位皇帝存著兩分欣賞、三分敬畏、五分不自在。

如果不是獨子的死亡，讓他明確了自己的兒子總是不如皇帝的兒子金貴，或許燕小乙會選擇別的法子，而不會像今夜一樣。

好在山頂上的事情不需要自己插手，燕小乙這般想著。山門前的親兵交給那個人，這是協議的一部分，自己的心情也會順暢一些。

然後他向著海面上極為恭謹地行了一禮，祝願那位馬上將要登臨東山的舟中老者，代自己將陛下送好。

第五章　追捕（中）

如牛乳般的白霧平緩地鋪在海面上，四周一片寧靜，只有不遠處隱隱傳來的水波輕動之聲，聲音愈來愈清晰，三艘戰船像是幽靈一樣破霧而出，漸漸露出黑色船身的整個軀體。

許茂才站在船首，與手下的校官低聲交代著什麼。這一行三艘船領命沿海岸線往北追緝，沒有用多長時間，便到達了指定的位置。此處離澹州約莫還有十二里距離，監察院那艘白帆船正停在澹州南的碼頭上。

有濃霧遮掩，這三艘戰船可以神不知、鬼不覺地靠近監察院的船隻，然而這樣也為他們的搜尋帶來了不可知的麻煩。此時水師的士兵們已經知道，夜裡從大東山上逃出來的那個黑衣人，正是此行的目標，監察院提司范閒。他們不清楚上司們為什麼要把自己這些人派到澹州南來，因為他們不知道燕小乙斷定范閒脫困之後，一定會在第一時間內與這艘白帆船上的親信取得聯繫。

范閒穿著一件有些寬大的親兵衣物，將黑色的夜行衣和裝備都包裹住。他藏在戰船的前艙房中，並不擔心被船上的人發現。他的雙眼透過窗櫺的縫隙往外望去，微微瞇著，心裡在擔心霧那邊的那艘船。

三艘船在海上往北行駛，一直與海岸線保持著絕佳的距離，許茂才幾次試圖讓船隻離海岸近些，又擔心動作太大，引起追捕者們的疑心，所以范閒在這一個時辰裡，卻沒有辦法上岸。

范閒也想過單身逃脫，但他不放心留在澹州南的部屬。啟年小組還有一個小隊留在船上，他很喜歡的洪常青還在負責那艘船上的事務，此時追捕的三艘水師戰船圍攻，如果自己跑了，那些下屬的生死怎麼辦？

他不知道燕小乙是不是在這三艘船中，心中湧起一股憤怒且無奈的情緒，他總以為自己的運氣好到極點，此時才發現，運氣這種東西本來就是雙刃劍。

如果自己不現身，監察院那艘船一定會成為水師的首要攻擊目標，船上的人們沒有誰能活下來。

如果這三艘戰船全部被許茂才控制，范閒當然有更好的辦法處理。問題在於秦易沒有犯這種錯誤，三艘戰船分別從三位裨將調出。

更關鍵的是，范閒不認為燕小乙會輕忽到這種地步，如果對方認為自己在逃脫後去尋找澹州南的監察院部屬，又怎麼會不跟著自己？

他坐在窗邊的椅子上，調整著呼吸，知道自己即將面臨的是一個兩難的選擇——燕小乙調兵強打澹州南，這是在用自己下屬的性命逼自己現身——只怕燕小乙早就猜到了自己躲在船上，只是不知道自己在哪艘船上，又不方便不給膠州水師顏面來搜。

問題是范閒也不知道燕小乙此時在哪艘船上，如果知道就好了。

白霧愈濃，海風卻愈勁，漸漸將濃如山雲般的霧氣颳拂得向兩邊散去。透過窗子，隱隱可以看見岸邊的山崖和那些青樹，而安靜停泊在海邊，有如處子般清美可愛的白帆船，那艘陪伴范閒許久的白帆船，也漸漸映入眾人的眼簾。

范閒的心緊了緊，岸上的山崖、青樹對他的誘惑太大，如果捨了那艘船，直接登岸，就算燕小乙此時在船上，上岸追緝，他自信也有六成的機會逃出去，混入人海，直抵京都。

可是……那艘船對范閒的誘惑更大，那艘船上的下屬們的生死對范閒也很重要。歸根結柢，他兩世為人，依然沒有修練到陳萍萍那種境界——他必須登上那艘船，必須在水師叛軍發起攻勢前，提醒那些依然沉浸在睡夢中的下屬們。

三艘水師戰船上漸漸響起絞索緊繃的聲音，范閒的心頭再緊，知道船上配的投石器在做準備了。而遠方那艘白帆船上的人們，明顯因為深在慶國內腹，又沒有大人物需要保護，從而顯得有些放鬆警惕，沒有察覺到海上的異動。

范閒的眼瞳微縮，指尖一彈，將許茂才招回艙中，低語數聲，準備賭了。

三艘戰船呈品字形，緩緩向監察院所在船隻包圍，還有一段距離時，許茂才所在的戰船忽然間似乎被海浪一激，舵手的操作出現了些許問題，船首的角度出現一些偏差。

另兩艘船上的水師將領微微皺眉，心想許茂才久疏戰陣，竟然犯了這種錯誤，但看著沒有驚動岸邊的目標，便沒有放在心上。

便是這一瞬間的疏忽。

啪的一聲悶響，似乎是某種重型器械扳動的聲音，緊接著一片白霧的海邊響起一陣淒厲的呼嘯破空之聲！

數塊稜角尖銳的稜石，從許茂才所在戰船的投石機上激飛而出，巨大的重量夾著恐怖的速度，飛越水面上的天空，無視溫柔的霧絲包裹，毫無預兆地向著離海邊最近的那艘水師戰船上砸下去！

轟隆幾聲巨響！

一塊稜石砸中那艘戰船的側沿船壁，不偏不倚恰好砸在吃水線之上，砸出了一個黑黝黝的大洞。

一塊稜石卻是砸中了那艘戰艦的主桅杆，只聽得喀啦一聲，粗大的主桅杆從中生生斷開，露出尖銳高聳的木刺，大帆嘩的一聲倒了下來，不知道砸倒多少水師官兵；而那些連著帆布的絞索在這一瞬間也變成了索魂的繩索，被桅杆帶動著在船上橫掃而過，嘶啦破空，掠過那些痴呆站立著的水師官兵，將他們的腰腹從中勒斷……

只能說這塊石頭的運氣很好，只是一瞬間，便造成了那艘戰船上的慘重死亡，無數血肉紅水就那樣噴濺出來。

這是三艘準備偷襲的戰船，所以當他們被自己人從內部偷襲的時候，一切顯得是那樣的突然，來不及防備。似乎在這一剎那，呈品字形的三艘戰船同時都停滯下來，時間停頓了，只聽得到巨石破空的恐怖響動。

「放箭！」許茂才鐵青著臉，低聲喝道。隨著他的下令，無數火箭同時騰空，向著那艘已經受了重創的戰船射去……

火箭像是雨點一樣落在那艘已遭重創的戰船上，那艘船上的將官此時不知是死是活，根本沒有人組織反擊，更遑論救援。剎那間，整艘船都燃燒起來，尤其是那幾面罩在船上的帆布，更成了助燃的最大動力。

許茂才的面色極為複雜，那艘戰船上都是他的同僚，如果不是到了最危險的時刻，他不會選擇用這種方式偷襲。而在極短的時間內，能組織起全船的攻勢，如果他不是在膠州水師經營二十年，如果不是這艘船上的官兵全數是他的親信，他根本不敢想像會有這樣好的成果。

他皺眉望著岸邊那艘白帆船，從那船上的異動中發現，監察院的人應該已經反應過來了，而他答應范閒做的事情也算是做到了。

他微握右拳，對著身後比劃一下。

在這艘突然發動卑鄙偷襲的戰船右側，那座用於海上近攻的弩機忽然動了，一聲悶響，整艘戰船微微一震，帶著鉤錨的弩箭快速地射過去，直接射在了岸邊的監察院船上。

兩艘船被這支巨大的弩箭所牽拖著的繩索，連接了起來。

啟年小組的人手奮勇奔至船舷邊，意圖將這繩索砍斷，卻聽著海霧中傳來一聲聲響，不由得一怔，然後轉身便跑，奇快無比地棄船，沿著背海一面的舷梯登岸，就像無數陰影般，消失在岸上的霧氣之中，動作之迅速，實在令人瞠目結舌。

這是監察院強大的原因，所有的八大處官員、密探，對於令箭聲的反應已經深植於內心深處，不需要去問為什麼，只需要照辦。

海上一艘船熊熊燃燒著，不時傳來悽慘的呼號聲。發動偷襲的船停在海上，與岸邊的白帆船連在一起，白帆船上的人們以一種可怕的速度逃跑後，留下一艘死船，而最後的那艘船……

加速！

許茂才眼瞳裡閃過一抹懼色，看著完好無損的那艘水師戰船忽然加速，以奇快的速度，由左下方而突前，直接進入前方那片海域，橫亙在自己這艘船與海岸線當中，並且能夠看清楚那艘船上也已經做了發動攻勢的準備。

先前許茂才已經一股腦將船上的稜石與火箭拋撒出去，才換取這樣的戰果，此時看著對方準備發動攻勢，第一反應便是……

「回舵！反……」

反槳那個詞還沒有說出口，許茂才的嘴張著，卻說不出一個字——因為一陣風強行灌入他的脣中，令他難以發聲！

箭風！

一隻腳狠狠地踹在許茂才的髖骨上，強大的力量直接將他踢飛，撞到船舷之上，震起幾塊碎木片。

也正因為如此，他才僥倖地避過了迎面而來的那記箭風！

當許茂才的身體剛剛被那一腳踹得微偏時，那記箭風便擦著他的臉頰飛出去，箭風有如山中穿松一般強勁，卻沒有太大的聲音，一味的陰幽。

嗖的一聲輕響！

許茂才躺在碎木片裡，看著眼前的這一幕發呆，恐懼得身體都顫抖起來。

一共五名水師官兵，身上帶著秀氣的小洞，還保持著生前最後的表情，目瞪口呆地站著，然而已經沒有了氣息，血水順著他們咽喉上、胸腹上、頭顱上那些秀氣的小洞往外拚命地流著。

一支清秀的黑色小箭，正釘在戰船的正面木板上，箭羽高速顫動，發著嗡嗡的聲音，血水染著箭羽，滴答一聲，向下滴落一滴血。

一滴血。

一地死人。

這是什麼樣的箭？

收回踹在許茂才身上的那一腳，范閒知道自己賭輸了，燕小乙果然在船上，卻不在許茂才拚命攻擊的那艘火船上。他知道自己的蹤跡已經落在燕小乙的眼中，再行遮掩也無用。

他雙眼微眯，看著那艘依然保持著極快的速度、向著岸邊的官船撞去的戰船，看著船首那個穿著黑色輕甲、如天神一般執弓漠然的燕小乙，反手一掀，將監察院官服淺色的那面套在身上。

他回頭看了半邊臉都在血泊中，已經沒有一隻耳朵的許茂才一眼，穿著小牛皮靴子的右腳，已經踩到那條連接這艘船與白帆船的繩索之上。

身子一晃，偽裝後的范閒，沿著霧中的繩索，向著那邊滑去。他的身體微微弓著，就像是一隻狸貓般，無聲地遁入白色的霧氣中。

嗤的一聲！一支箭沒有射向消失於霧中的范閒身體，而是射向了繫在戰船右側的弩機繩索，箭尖瞬息間將繩結扎得粉碎！

兩船間的繩索無力垂入海中，卻沒有聽到有人落水的聲音。

燕小乙冷漠地收回弓，看著腳下的船隻以奇快的速度向著那艘監察院官船撞去。

霧的那頭，范閒像是幽靈般，單手擎著斷繩，飄進了自己熟悉的船艙中。他來不及看自己的屬下有沒有人受傷，也顧不得身後不足一箭之地，那艘巨大的水師戰船正朝著自己的屁股撞來。

他直接狠狠一腳踹在艙中一個箱子上，啪的一聲脆響，結實的堅硬木箱被他蘊藏著無窮霸道真氣的一腳踹得木片四濺，銀光四射。

是的，銀光四射。

十三萬兩雪花銀從裂開的箱子裡傾瀉出來，就像是被破開腹部的熟爛了的石榴。

露出了那個狹長黑色箱子的一角。

第六章　追捕（下）

范閒一探臂，伸手在滿地散落的銀錠裡捉住黑箱。

手指上傳來微微粗糙卻又極有質感的觸感，這種熟悉美妙的感覺，似乎在一瞬間內，灌注了無窮的勇氣與真氣到他的身體內，讓他拋卻所有的膽怯與心驚，滿懷信心，毫不將身後馬上便要撞來的那艘船放在眼裡。

然而他撲進船艙，這一連串動作太快，以至於沒有發現身旁有人。

所以當他雄心百倍背著黑箱，準備搶出船艙、進入大陸、雄霸天下……之時，愕然發現自己的身邊多了一個穿著監察院官服的人，不由得呆了一下。

也只不過呆了一下，因為這人是洪常青，是他給予重任的啟年小組親信。沒有時間交談什麼，范閒只是看了他一眼，這一眼的意思很明確——老子發了命令，你怎麼還不跑？

洪常青愣愣地回望著他，眼神裡的意思也很清楚——十三萬兩銀子，哪裡捨得丟了就跑？總得替大人您多看會兒吧？

所謂惺惺相惜，會不會就是這種眼神的對視？

眼神一觸即分，洪常青奇快無比地站到范閒的身後，而范閒那隻如蒼龍也難以逃脫的左手，也狠狠地抓住洪常青的後頸。

錚的一聲！一支箭準確無比地射中洪常青的腰腹，綻出無數血花，洪常青的臉倏地一下子就白了，雖然他前一步是奮勇無比地替范閒擋箭，但他怎樣也沒有想到，這支箭竟會如此輕鬆地突破自己的刀風，射中自己的身體。

箭勢未止，狠狠扎進船上散落著的銀錠堆，很湊巧地扎進銀錠中，看上去就像是穿著饅頭的鐵籤，很可愛……也很可怕。

范閒沉著臉，一手提著箱子，一手抓著洪常青的後頸，往船尾的方向疾奔，身後箭如雨落，追蹤著他的腳步，追攝著他的靈魂，卻沒有讓他的腳下亂一分、慢一分。

「找黑騎，再會合！」

范閒一腳踩上船尾的欄杆，一掌拍在無力說話的洪常青胸腹間，遞入一絲天一道的溫柔真氣，暫時幫洪常青封了血，而他自己，則像是一隻大鳥一樣，藉著這一拍之力，縱身而起，輕揚無力卻又極為快速地飛掠起來。

下一刻，他已經落到岸上，沒有回頭去看慘慘然跌入海水中的洪常青一眼。雖然他不知道那一箭究竟為洪常青帶去何種程度的傷害，但他堅信，洪常青不會死，既然洪常青能從那座人間地獄一般的海島上活著出來，這一次一定也能活下來。

這或許是一種心理上的自我安慰，或許是一種祝福，或許范閒真的很相信洪常青裝死的本領。

海上。

許茂才捂著半邊流血的臉，陰狠說道：「反槳！」

水師戰船極為靈活地開始轉舵，遠離海岸線上的廝殺。海面上此時一片濃煙，與白霧一混，讓人們的視線變得更差。許茂才清楚，自己必須趁著這個機會，遠離這片是非地，按照范閒的計畫，開始在海上漂泊，在必要的時候，趕回膠州。

戰船快速地在海中後退，許茂才盯著海岸邊的白帆船，眼瞳微縮，他此時再也無法幫助范閒，心裡很擔心范閒能不能逃出生天。

轟的一聲巨響！

三艘水師戰船中唯一完好無損的那艘，就像是一隻衝上海岸捕捉海獅的虎鯨一般，凶猛地、勢無可阻地撞上了監察院的白帆船！

受此強大的撞擊力干擾，岸邊的海水似乎沸騰起來，掀起了半人高的浪頭，以岸邊為圓心，強烈地向著四周擴散，只聽著一連串喀啦聲響，白帆船似乎要被這次撞擊撞散架。

而就在相撞的那一瞬間，六個人影，憑藉著撞擊的巨力，從水師戰船上騰空而起，在空中依然保持完美的陣形，簌簌數聲，落在強烈震動的白帆船船尾。

最懾人心魄的是這六人當中的那一位，身著黑色輕甲的燕小乙，有如一尊天神，凌空而至，如磐石般穩穩落在船尾的甲板上，落地之後，紋絲不動！

在他身旁，是五名戍北營中的親衛高手。

燕小乙到得快，然而范閒和啟年小組的部屬們跑得更快，此時的白帆船之中，除了那滿地的銀錠和木屑外，已經空無一人。

燕小乙站在船尾，雙眼冷漠地注視岸上，盯著那個快速遠去的黑點，回腕，右臂一振！

不知何時，那柄捆金絲的噬魂長弓便出現在他手上，上箭、控弦，一連串的動作一氣呵成，有如流水般。

此時船尾與岸上范閒的距離不遠不近，正是長弓最能發揮殺傷力的距離，只見黑色的羽箭離弦而去，勢逾風雷！

這一箭凝結了燕小乙已至巔峰的精神與力量，似乎隱隱間已經突破了所謂速度的限制，穿越了空間的隔斷，神鬼莫敵，前一刻還在弓弦上，後一刻卻來到了范閒的背後！

范閒此時來不及回頭，也不能回頭，縱使他在五竹的訓練下，成為天底下躲避身法最快的那個人，可是經歷了一夜的廝殺逃逸，面對著自昨夜起，燕小乙最快、最霸道的一箭，他依然沒有辦法躲過去。

箭尖毫不意外地狠狠扎進范閒的後背，不，應該是射中了范閒揹著的那只黑色箱子！

岸上霧中傳來一聲悶哼，那個黑點似乎踉蹌一下，險些被這一箭射倒在地，但不知為何，卻馬上撐地而起，飛快地向著遠方奔馳。

沒有死？

沒有死！

有濃霧遮掩，船上眾人只能隱約看到范閒的身影，即便眼力強大如燕小乙，也沒有看清楚那一箭射中對方的細節。燕小乙那五名親兵高手的臉上，都流露出一絲恐懼與疑惑，一夜追殺范閒至此，眾人的信心漸漸流失了。

這世界上居然有人能夠從數百丈高的光滑絕壁上溜下來！

這世界上居然有人能夠被大都督全力一箭射中，卻只是打了個踉蹌！

這些親兵高手忽然想到自己追殺的那個人的來頭，想到了傳說中的天脈者，想到了許多與范閒有關的故事。

燕小乙的心中難免也生起一些情緒的激盪，然而他冷漠著那張臉，看不出內心的變化。他一拍船欄，人已經飄然至岸上，岸畔的林中隱隱傳來馬隊疾馳的聲音。

船尾處的五名親兵高手對視一眼，滿臉堅毅地掠至岸上。

不一會兒時間，林中馳來一隊騎兵，將座下的坐騎讓給燕小乙一行六人。

燕小乙的準備不可謂不充分，此行澹州誘殺，竟是水陸兩路進行，有駿馬在下，范閒如何能逃？

噠噠馬蹄聲響，追殺范閒的隊伍消失在岸邊的迷霧中，海上那艘白帆船受了撞擊之後，開始緩緩地向冰冷的海水中沉去，海面上到處漂浮著屍體與殘渣。

洪常青跳下去了，范閒跳下去了，燕小乙和他的親兵們也跳下去了，十三萬兩白銀也沉下去了。

追捕仍在繼續。

一日後，澹州北的原始密林之中，在一棵大樹的後方，穿著一身黑衣的范閒正坐在青苔上，用力地大口喘息著，不時伸手抹去脣角滲出的血水。

然後他輕輕地撫摸著懷中箱子表面的那個小點，心生寒意。自己從少年時，就知道這個箱子的結實程度，自己用費介給的黑色匕首都無法留下一絲痕跡，但誰能想到，燕小乙那凌空一箭，卻在箱子上留了個記號。

由此可見燕小乙那一箭強橫到什麼程度。

想必那些人也沒有料到自己敢直接硬擋那一箭，范閒的脣角泛起一絲笑容，有這樣一個箱子在身，不拿來當防彈衣，那就是自己傻了。

只是他清楚，雖然箱子擋住了箭鋒刺入自己的身體，卻沒有辦法擋住那記凌厲的箭意和傳遞過來的強大震動力，所以自己的內腑是傷上加傷，真氣也開始有些混亂的跡象。

所以他才會在澹州北的密林之中，被燕小乙的追捕隊伍，困在方圓不足十里的區域中。

不過范閒並不擔心，反而內心深處隱隱興奮起來，他用力壓抑下自己微喘的呼吸，雙手手指輕輕一摳，打開了黑色的狹長箱子。

箱子裡是那些樸實無華、甚至看上去有些簡單的金屬條狀物，但范閒清楚，這遠遠不如燕小乙手中纏金絲長弓霸道美麗的東西，卻是這個世界中最恐怖的武器。

他閉目休息片刻，然後雙手開始快速地在箱中活動，隨著喀喀喀一連串簡單而美妙的聲音響起，一把本來就不屬於這個世界的武器，就這樣平靜地出現在他的手中。

這把武器上一次出現在這個世界上時，直接導致了慶國兩位親王的離奇死亡，造就了誠王的登基，也讓如今的慶國皇帝，有機會坐上龍椅。

從某個角度上來說，當年北魏的滅國、天下大勢的變化、慶國的強大……所有一切的源頭，就是范閒手中這把狙擊槍。

M82A1，一個簡單的代號，黑色的箱子，一柄傳說中的神器。

處理好這一切，范閒將箱子關好，把槍抱在懷裡，小憩一下，卻怎樣也無法進入真正的冥想狀態，一來是身後山林中的燕小乙像隻瘋虎一樣，死死地綴著自己；二來懷裡傳來的金屬感，讓他的精神有些分散。

他感覺自己似乎不是在慶國，不是在這個世界，似乎自己是在睽違多年的舊世界裡，在雲南的山林中，和那些窮凶極惡的僱傭軍拚死搏鬥。

這種荒謬的感覺，讓他整個人的心神都變得有些扭曲，只是強烈的疲憊和對稍後的興奮期待，讓他沒有順手扔下這把槍。

從海邊一路逃至此處，范閒一直沒有機會反擊，或許是骨子裡謹慎的毛病發作，他始終只是背著箱子往密林鑽。

路過澹州時，害怕會帶給城裡的百姓和奶奶不可知的禍害，他自然不能前去求援，遠遠地拉了一道弧線，將燕小乙一行人引至懸崖後的山林中。

先前組槍的畫面，已經證實范閒這些年來一直沒有丟下這方面的訓練，猶記蒼山新婚時，他便夜夜拿著這把狙擊槍伏在雪山之上練習，所以他的胸中充滿了信心。

如果說燕小乙是將長距離冷兵器的威力發揮到極致的強者，那麼范閒便是一個努力訓練許久，第一次嘗試遠距離狙殺的初哥。

這是冷兵器巔峰與火藥文明的一次對決。

而這種對比，從一開始，就是不公平的。

錚的一聲！

一支箭狠狠地釘進了范閒靠著的那棵大樹。

但范閒卻是眼睛都沒有睜開一下，也沒有做出任何防禦的動作，他清楚，燕小乙帶的那幾個人也是追蹤的箭法高手，聽著箭聲，便知道燕小乙正在對面的山腰上，死死地盯著這邊的動靜，兩地相隔甚遠。

這種小小的試探，不可能讓他愚蠢到暴露出自己的身形。

不知道調息了多久，范閒睜開雙眼，知道自己的身體狀況，在這樣複雜艱險的山林狙擊戰中，無法得到充分的休息，很難回復元氣，他不能在這裡再耗太多時間。

他將黑色箱子重新綁在身上，用匕首割下一些藤蔓枝葉以做偽裝，再小心地查看了一遍自己留在樹前樹後的五個小型機關，右手提著那把沉重的狙擊槍，以大樹為遮掩，小心翼翼地向著山上行去。

想著這一夜裡死去的人，范閒一面爬著，一面舔了舔發乾的嘴脣。

第七章　驚豔一槍

如果不是被逼到絕路上，范閒絕對不會想到動用黑箱子。起初隨皇帝往大東山祭天時，總以為是皇帝在設局玩人，所以他把箱子放在船上。

箱子一直在船上，一直被十三萬兩白銀包裹著，坦露在蘇州華園的正廳，迎接著來來往往人群的注視。皇帝和陳萍萍，想這箱子想得快要失眠，但沒有人想到，范閒竟然會光棍到選擇這樣一個存放的位置。

最危險的地方，就是最安全的地方，對於人來說如此，對於箱子來說，也是如此。

而他此時要往山上去，是因為他清楚，對於這場不對等的狙擊來說，自己最大的優勢，就在於燕小乙根本不知道自己擁有什麼樣的武器，對於恐怖的熱兵器沒有絲毫的認知。

在五百公尺的距離上，燕小乙只有被自己打的分，而一旦燕小乙突入到三百公尺以內，以燕小乙箭法的快速和神威，只怕范閒會被射得連頭都抬不起來，更遑論瞄準。所以他必須和燕小乙拉開距離，同時等待著燕小乙出現在自己的視野之中。

之所以在船上拿到箱子後，范閒沒有馬上覓機反擊，正是因為他清楚，燕小乙不需要瞄準，便可以在一秒鐘內射出十三箭，而自己需要瞄準許久，才能……勉強地開一槍。若在海岸上胡亂射擊，想必自己會成為有史以來死得最窩囊的穿越者。

狙擊槍不是那麼好玩的……這是五竹當年教他用槍時，沒有忘記提醒的一點，風速、氣溫、光線的折射……所謂失之毫釐，差之千里，說的就是這種事情。

范閒不希望自己胡亂瞄準開了一槍，卻打穿燕小乙身旁五十公尺外的一棵大樹。

如果讓燕小乙這樣的強者，經歷了一次子彈的威懾，知道自己有這樣恐怖的遠端武器，對方一定有突進自己周身、讓狙擊槍武力大打折扣的方法。

所以，范閒只允許自己開一槍。

范閒如此謹慎小心，如此看重燕小乙，自然有他的道理。他自幼在費介的教育下學習，不足十六歲，便掌握了監察院裡跟蹤、匿跡、暗殺的一應手法，當年在北海畔狙殺肖恩，就已經證明了他的實力。

可是深入澹州北的山林之後，范閒沿路布下機關，消除痕跡，憑藉茂密山林與陡滑密葉地的幫助，意圖擺脫燕小乙的追殺，卻始終無法成功。燕小乙一行人，始終與他保持著百丈左右的距離。

直到最後，范閒才想明白，燕小乙當年是大山中的獵戶，似乎與生俱來一種對獵物的敏感嗅覺，自己既然是他的獵物，當然很難擺脫追蹤。而至於那些陷阱，只怕在燕小乙的眼中，也算不得什麼。

當范閒在高山上暗中佩服燕小乙的時候，下方他先前曾經暫時停歇過的大樹處，傳來幾聲悶哼和慘叫。

燕小乙冷漠地看著被木釘扎死的親兵，眼神中沒有流露出悲鬱，反而有一股野火開始熊熊燃燒。自澹州北棄馬入山以來，一路上，他的五名親兵已經有三人死在范閒的詭計與陷阱之中，而此時死在自己面前的這人是第四人。

追蹤至此，身為九品上絕世強者，幾近接近大宗師境界的燕小乙，和范閒此時心頭的想法一樣，對對方都生出些許敬佩之意。

燕小乙清楚在懸崖上自己的那一箭，尤其是葉流雲的那一劍，對范閒造成了怎樣的傷害。如果說以前范閒的水準在九品中上下沉浮著，那麼受了重傷，又經歷了一夜奔波的范閒，頂多算是一個八品的好手。

他本以為自己親自出手，追殺一個傷重的范閒，本是手到擒來之事……可就是這樣一個傷重之人，卻還能夠在山中布下如此多的陷阱，有些陷阱機關，甚至連燕小乙都無法完全發現，從而殺了他的手下，阻止自己的前行。

山林裡瀰漫著一股腐敗的氣味，澹州北部的原始森林千里無人進入，沼澤與石山相鄰，猛獸與蔓藤搏鬥，臨近海邊，溼風勁吹，吹拂出這個世界上最茂密的植物群，而植物群越茂密，隱藏在裡面的危險越多。

這股腐敗的氣味，不知道是動物的屍體，還是陳年落葉堆積，被熱熾的日頭晒出來的氣息，總之非常的不好聞，十分刺鼻。

燕小乙抽了抽鼻子，緩緩運行著體內的真氣，十分困難地嗅出了被腐爛氣味遮掩得極好的那抹味道。

陷阱裡，機關上都有這種味道，燕小乙的四名得力親兵的死亡，也正源自於此，如果不是他此時用心查探，只怕也聞不出來。

燕小乙沒有忘記，范閒是費介的學生，是這個世界上用毒用得最凶悍的幾個人。

山林裡不知何處還有范閒布置下的毒。

燕小乙望著山上，眼睛瞇了起來，有些想不明白，范閒體內是從哪裡獲取如此多的精神與勇氣，可以支撐他這麼久。

一念及此，他的唇角反而透出一絲自信的微笑，愈強大的仇人，殺起來或許也就越快樂。

「都督……」唯一活下來的那位親兵嚥了口唾沫，顫著聲音說道：「一入密林，再難活著走出來……」他壓低聲音說道：「畢竟范閒不像您知道這群山中的密道。」

燕小乙冷漠地看了那個親兵一眼，沒有說什麼。澹州北的群山與山中的原始森林，正是隔絕慶國與東夷城陸路交通的關鍵所在，如果不是有那條密道，此次大東山之圍根本不可能成功。自半年前起，燕小乙便將全副心神放在密道運兵之事上，對於這條密道和四周的山林的恐怖格外了解。

但也正因為如此，他對於范閒能夠支撐到現在，生起一絲敬意。

「大東山下五千兄弟在等您回去……難道您就放心讓那個外人統領？」這名親兵明顯是被死去的四個兄弟，被范閒沾血即死的毒藥震懾住了，沒有注意燕小乙的眼神，低頭說道。

「即便范閒能活著出去，可是京都有長公主坐鎮，何必理會？」

燕小乙沉默片刻後，揮了揮手，似乎是想示意這名親兵不要再說了。

他的手恰好揮在親兵的臉上。

喀的一聲脆響，這名親兵的腦袋就像是被拍扁的西瓜一樣，歪曲變形，五官都被一掌拍得擠作一處，連悶哼都沒有一聲，就這樣直挺挺地倒在地上。

燕小乙冷漠地看了地下的屍首一眼，走到那棵大樹的後方，蹲下低低按了按那片被范閒坐扁的野草，確認范閒沒有離開太久，確認了范閒離開的方向，然後沉默地追上去。

看著光學瞄準鏡裡時隱時現的那個身影，范閒倒吸一口冷氣，牽動了背後被那一箭震出來的傷勢，低聲咳了兩下。他沒有心思讚嘆於黑箱子的神奇，可以將這把狙擊槍保存得如此完好，光學瞄準鏡依然如此清晰……他只顧著讚嘆燕小乙的行動力與強大的第六感。

在草叢中已經潛伏了一會兒，一直盯著上山的那片區域，幾次都快要鎖定燕小乙的身軀，然而燕小乙似乎先天就能感覺到那種危險，每每在靜止半秒後，便會重新運動起來，藉助著參天大樹和茂密枝葉的遮蔽，一步一步地靠近山峰。

范閒深吸一口氣，擔心自己先前的咳聲會替燕小乙指明方位，強行壓下後背的劇痛，從草叢裡鑽出來，向著斜上方攀行百餘丈，又找到了一棵至少五人才能合圍的大樹，斜靠在樹幹上，大口地喘氣。

空氣快速地灌入他的咽喉，灼熱的溫度和體內對氧氣的貪婪，讓他的每一次呼吸都無比迅速，咽喉間感覺到陣陣的乾澀與刺痛，胸口處也開始升騰起一陣難過的撕裂感。

范閒鬆了鬆領口的繫帶，強行閉上嘴巴，用鼻子呼吸，在心裡暗罵幾句，心想為什麼自己有把狙擊槍，卻還是這麼沒有自信——後座力又不大，為什麼不敢提前試一下？

內心的獨白還沒有罵完，他便感覺到一絲怪異，身體馬上繃緊。

然後他聽到了篤的一聲輕響，身後的巨樹似乎微微顫抖一下。

應該是一支箭。

范閒本來沒有什麼反應，但他馬上想到那些親兵已經死光光，那這支箭……自然是燕小乙射的，他的眼瞳猛的縮了起來！

他馬上雙腿微屈，放鬆整個膝蓋，身體微微前傾，這是在這一瞬間，他唯一有能力做到的一些姿勢變換。

這個姿勢可以卸力，順著背後那記強大的力量，讓自己整個身體順勢向前倒去，盡可能地化解。

如果這時候硬擋，那下場一定非常悽慘。

嗡的一聲悶響，范閒被震得向前撲倒，嘴裡噗的一聲噴出一口鮮血，摔倒在深草灌木之中，臉上、手上不知被劃了多少道細細的傷口。

在他身後的那棵巨樹，約莫手掌大小的樹皮全數綻開，露出裡面的發白樹幹，一支秀氣的小箭像是潛伏已久的毒蛇般，探出了黑色的箭鋒，以箭鋒為圓心，白色樹幹被箭上強大的真氣震得寸寸碎裂。

范閒沒有時間去看身後那棵樹的異象，也沒有時間慶幸自己沒有放下背上的箱子，他連脣角的鮮血都來不及抹，開始了又一次的逃逸，憑恃著自己霸道的真氣，支撐著疲累的身軀，向著山頂放足狂奔。

燕小乙從瞄準鏡裡消失不到五秒鐘，便已經摸進了自己百丈之內，這種身法，這種恐怖的行動力，實在是令范閒有些心寒。

片刻之後，一身輕甲、宛如天神一般的燕小乙出現在這棵大樹之後，只是他此時的身上滿是泥土，看上去也是無比狼狽。

燕小乙冷漠地觀察了一下，再次追上去，只是腳步動時，再一次下意識趴到草叢之中。

他能感覺到，一股令他有些心寒的危險，先前差一點就鎖定住自己。燕小乙曾經感受過這種氣息，那是在京都滿是白霧的街巷之中。然而令他疑惑的是，能隔著這麼遠鎖定自己，除非……范閒已經達到了大宗師的境界，或者是像自己一樣，有神弓之助。

他依然小心翼翼地臥在草叢之中。

高處半跪瞄準的范閒，發現目標始終藏在死角裡，不由得暗罵幾句，收回狙擊槍，吞下湧入口中的腥味鮮血，向山頂衝去。

澹州北部盡高山，然而大概誰也不知道，就在燕小乙與范閒互相狙殺的這座雄山之巔，竟是一片平坦的山地。山巔之上平坦有如草原，很奇妙的，一棵大樹也沒有，只有深過人膝的長草，如青色的毛氈一般，一直鋪展開去。

山頂奇異的草甸，一直鋪展到懸崖的邊上。

在懸崖邊的草叢中，范閒將支架設好，將黑箱子平靜地擱在身旁，臉上的表情已經趨於平靜。他知道自己沒有後路了，就算自己揹著箱子沿著懸崖往下爬，可是此時是白天，如果燕小乙持弓往下射，自己只有死路一條。

而且他也不想再逃了，拿著一把狙擊槍的重生者，卻被拿著弓箭的原始人追殺，而且被追殺得如此狼狽，他覺得很羞愧，如果就這樣死了，在冥間一定會被那些前賢笑死，尤其是姓葉的那位。

然而光學瞄準鏡依然捕捉不到燕小乙的身影，范閒的額頭上開始滴落冷汗——他的身形隱藏得也很好，但是大概的區域已經被燕小乙掌握，草甸盡頭鄰近懸崖處只有這麼大塊地方，燕小乙總是會逼近自己的。

而燕小乙離自己越近，自己的勝算就越小。

燕小乙終於現出了身形，像是一隻鷹一般，在草叢之中沿著古怪的軌跡行進，很明顯，他雖然不知道范閒的手上有什麼，但他可以清晰地了解到，對方有可以威脅到自己的東西。

范閒的槍口伸在草叢中，不停地兩邊擺動著，卻始終無法鎖定快速前行的那個身影。對方雖然時而前行、時而後退，似乎在畫著螺旋的痕跡，但范閒比這個世上任何人都清楚，螺旋始終要上升的，燕小乙正在逐步地縮短與自己的距離。

五百公尺了。

范閒額上的汗滴得越來越快，漸漸要沁入他的眼睛。

四百公尺了。

范閒漸漸感覺到一絲無助，一種先前天下盡在我手之後，卻發現一切只是幻象後的空虛感，自己沒有辦法一槍狙擊燕小乙……而燕小乙再靠近一些，一定可以用他手中的箭，將自己射成刺蝟。

三百五十公尺了。

如果真的讓燕小乙欺近身來，憑范閒此時的狀態，絕對沒有辦法從九品上強者的手下逃出去。

直到此時此刻，范閒終於明白了手中這把狙擊槍的意義，那就是——沒有什麼意義！一把武器再強大，終究還是要看它掌握在誰的手上。試圖靠著一把狙擊槍，就可以橫掃天下，這只不過是痴人的一種妄語。

自己連燕小乙都無法殺死，更何況大東山頂的那些老怪物。

汗水淌過范閒臉上被草葉劃破的小傷口，一陣刺痛，他的心卻漸漸平靜下來，他知道不能讓燕小乙再繼續靠近自己，可是自己卻無法用瞄準鏡鎖定那個快速移動的身影，在這種生死關頭，似乎自己需要一些運氣。

在運氣之外，更需要勇氣和決心。

「燕小乙！」

山頂的草甸中傳來一聲大喝，穿著一身黑衣的范閒，霍地從草叢裡站起來，舉起了手中那把狙擊槍，瞄準了不遠處的燕小乙。

這一聲大喝，驚擾了草甸裡那些懵懂無知的生靈，一隻狡猾的山兔準備朝最近的那個洞窟奔去；一隻正在啃食草根的田鼠在地底下停住動作，兩條前肢微微垂下，隨時準備狂奔；無數隻藏在草叢中的鳥兒開始振翅，準備飛臨這片凶地。

隨著這一聲喝，在那電光石火的一瞬間，燕小乙做出了一個讓他後悔終生，或許是沒有時間後悔的決定。

他停住身形，用最快的速度取下身後的纏金絲長弓，雙足一前一後，極其穩定地站在草甸上，全力將弓弦拉至滿月，一支冷冰冰的箭支，直直地瞄準了現出身形的范閒。

在這一瞬間，燕小乙看清楚了范閒手上拿的東西，但他不認識這個東西，或許是監察院最先進的弩機？

但既然范閒已經現出身形，開始用一天一夜裡都沒有展現過的勇氣和自己進行正面的對峙，燕小乙便給范閒這個機會。

不是燕小乙自大，而是他清楚，如果自己保持高速的行進速度，同時放箭，不見得會傷到那個比兔子還狡猾、比田鼠還膽小、比飛鳥還會逃跑的小白臉。

而在一百丈的距離上，只要自己站穩根基，就一定能將范閒射死，就算射不死，也不會再給范閒任何反擊的機會。

至於范閒手中拿著的那個奇形怪狀的東西……人的心理就是這樣，對於神祕未知的事物，總有未知的恐懼，所以燕小乙先前會表現得如此謹慎；而當他看清楚那個金屬湊成的「玩意」之後，很自然地把它當作了監察院三處最新研製出來的厲害武器。

知道是什麼，自然就不再怕，尤其是像燕小乙這樣驕橫自負的絕世強者，數十年的箭道浸淫，天生的稟賦，讓他有足夠自信的資本。他總以為，就算敵人的弩箭再快，也不可能快過自己的反應。

自己就算聽到箭聲、機簧聲再避，都可以毫髮無傷，難道這世上有比聲音更快的箭？

燕小乙不相信，所以他冷漠地站住了，拉開了長弓，對準了范閒，鬆開了手指。

箭，飛了出去。

所有的這一切，只發生在極其短暫的一瞬間內，從范閒勇敢地從草叢中站起，到燕小乙站穩身形，再到燕小乙鬆開手指，不過是普通人眨了一下眼睛。

范閒的速度明顯沒有燕小乙快，所以當他清晰地看見那支箭高速旋轉著，離自己的身體愈來愈近的時候，他才用力地扣動扳機。

狙擊槍的槍口綻開一朵火花，十分豔麗。

燕小乙手中的長弓正在嗡嗡作響，他的姿勢還是保持著天神射日一般的壯烈，然後他的瞳孔縮了起來，因為……

他看到了那朵火花。

他也聽到了那聲很清晰的悶響。

然而，他卻沒有辦法再去躲避。

因為對方的「箭」，真的……比聲音還要快！

噗的一聲，就像是一個紙袋被頑童拍破，就像是澹州老宅裡那個淋浴用的水桶被石頭砸開。

燕小乙的半邊身體在一瞬間內裂開，他強大的肌體、強橫的血肉，在這一瞬間，都變成了一朵花，一朵染著血色的花，往青色的草甸上盛放。

他毫不意外地重重摔倒下去，在這一刻，他終於想起了當年的那個傳說。

同一瞬間，燕小乙射出的那支箭，也狠狠地扎進范閒的身體裡，噴出一道血花，將范閒的身體死死地釘在懸崖邊微微起伏的草甸上。

時間再次流轉，山兔鑽進狹窄的洞窟裡，田鼠放下了前肢，開始在黑暗中狂奔；草叢中的小鳥們也飛了起來，化作一大片白色的羽毛，在山頂的草甸上空不知所措地飛舞著。

草甸的兩頭，躺著兩個你死我活的人。

第八章　傷心小箭

正是盛夏之末，整個大陸都籠罩在高溫之中，這片蒼茫群山雖然鄰近大海，卻因為地勢的原因，無法接納海風所帶來的溼潤與涼意，只是一味的悶熱，所以山林中才會有那樣濃烈腐爛的氣味，那麼多令人心悸的危險。

山頂上的這片草甸因為直臨天空，反而要顯得乾燥一些，加之地勢奇險，沒有什麼大型的肉食動物。

此時已近正午，白耀的太陽拚命地噴灑著熱量，慷慨地將大部分熱量都贈予到這片草甸之上。光線十分熾烈，以至於原本是青色的草桿，此時都開始反耀起白色的光芒，可想而知溫度有多高。

小動物們都已經進入土中避暑，飛鳥們也回到山腰中林梢的窩，等著明天清晨再來尋覓草籽作為食物。

整片草甸一片安靜，靜悄悄的，只有偶被山風一拂，才會掀起時青時白的波浪。天下瓷藍的底色與軟綿的白雲，溫柔地注視著這些波浪，整個世界，十分美麗。

如果沒有那兩個人類和那些人類身上流出來的鮮血，那就更完美了。

一聲呻吟，范閒緩緩睜開了被汗水和血水糊住的眼簾，他瞇著眼睛看著天上，發現眼瞳裡似乎有一個光點總是驅之不去。他沒有反應過來，這是被熾烈的太陽照射久了之後的問題，下意識伸手去揮，卻發現右手十分沉重，原來手裡還緊緊握著那把狙擊槍。

他又換左手去揮，然後一陣深入骨髓的痛苦，讓他忍不住大聲地叫了起來！

疼痛讓他清醒，他微垂眼簾，看著左胸上那支羽箭發呆，羽箭全數扎了進去，只剩最後的箭羽還留在身體外，鮮血不停地汩汩流出，將黑色的羽毛染得更加血腥。

范閒微微屈起左腿，很勉強地用右手摸出靴子裡的黑色匕首，極其緩慢小心地伸到背下，順著身體與草甸間極微小的縫隙，輕輕一割。

深埋在泥土中的箭桿被割斷，他的身子頓時輕鬆一些，卻被這輕微的震動惹得胸口一陣劇痛，臉色慘白，險些又叫了出來。

強忍著疼痛，他又用匕首將探出胸口的箭羽除去大部分，只留下一個小小的頭，方便日後拔箭。

做完這一切，疼痛已經讓他流了無數冷汗，那些汗水甚至將他臉上的血水都清洗得一乾二淨。

他仰面朝天，大口地呼吸著，眼神有些渙散地看著天上的藍天白雲，甚至連那刺眼的陽光都懶得躲開，因為他覺得世界上再也沒有比活著更好的事情了，如果以後再看不到這太陽，自己該有多後悔。

范閒的運氣很好，燕小乙那一箭準確地射中他的左胸，但箭鋒及體時，范閒正好扣動扳機，M82A1 的後座力雖然不大，卻依然讓他的身體往後動了一下。

就是這一下，讓燕小乙的那一箭射中的位置，比預計的要偏上一些，避開了心臟的要害，插入了左肩下。

至於燕小乙死了沒有，他根本不想理會，他只是覺得很累，很想就這樣躺下去，躺在這鬆軟的草甸上，與世隔絕的山頂上，享受難得的休息。再說，如果燕小乙沒死，以他此時這種狀態，也只有被殺的分。

既然如此，何必再去理會？

可他必須要理會，因為人世間還有許多事情等著他去做。片刻之後，安靜得令人窒息的草甸上，出現了一個虛弱的人影，范閒拖著重傷的身軀，拄著那把狙擊槍，一步一步，穿過草甸，向著那片血泊行去。

先前的時候，范閒總覺得三百公尺太近，近到讓他毛骨悚然，然而這時候，他卻覺得這三百公尺好遠，遠到似乎沒有盡頭。

等他走到燕小乙身邊時，他已經累得快要站不住了，兩隻腿不停地顫抖著，那件世間最珍貴的武器，支撐著他全身的重量，精細的槍管深深地陷入泥土之中。

范閒不在乎了，再怎樣強大的武器，其實和拐杖沒有多大區別，如果人不能扔掉拐杖，或許永遠也無法獨自行走。

他看著血泊中的燕小乙，眼睛瞇了一下，眉頭皺了一下，心情一片複雜，不知道應該生出怎樣的情緒。

鮮血早已流盡，已經滲入了青青草甸下的泥土之中。燕小乙的左上部身體已經全部沒了，變成了一些看不清形狀的肉末，看上去就像是一個被人捏爆的番茄，紅紅的果漿與果肉胡亂地噴塗著，十分恐怖。

范閒自幼便跟著費介挖墳賞屍，不知看過多少陰森恐怖的景象，但看著眼前的這一幕，依然忍不住轉過頭去。

很明顯，范閒的那一槍還是歪了，不過反器材武器的強大威力，在這一刻得到了充分的展示。遭受到如此強大的打擊，即便是這個世界的九品上強者，依然只有付出生命的代價。

范閒平復一下心情，轉回了頭，走到燕小乙完好無損的頭顱旁邊，準備伸手將這位強人不瞑目的雙眼闔上。

然而……他看到了那已經散開的瞳孔，卻停住動作，似乎覺得這個人還是活著的。

「也許你還能聽見我的話。」范閒沉默一會兒，開始說道，話聲中夾著壓抑不住的咳嗽：「我知道你覺得這不公平，但世上之事，向來沒有什麼公平。」

燕小乙沒有絲毫反應，瞳孔已散，瞪著蒼天。

范閒沉默了片刻後說道：「你兒子，不是我殺的，是四顧劍殺的，以後我會替你報仇的。」

不知道為什麼在燕小乙的屍體旁，范閒會撒這樣一個謊。其實他的想法很簡單，他覺得這種死亡對於燕小乙來說不公平，對於這種天賦異禀的強者而言，死得很冤枉，而他更清楚一個人在臨死之前會想什麼。

比如燕小乙心裡最記掛的事情是什麼——如果說讓燕小乙認為自己是殺燕慎獨的凶手，而燕小乙卻無法殺死自己為兒子報仇，這位強者只怕會難過到極點。

這句話，只是安一下燕小乙的心。然而燕小乙的眼睛還是沒有闔上。范閒自嘲地笑了笑，心想自己到底是在安慰死人，還是在安慰自己呢？

他輕聲說道：「他們說得沒有錯，你的實力確實強大，甚至可以去試著挑戰一下那幾個老怪物。所以我沒有辦法殺死你，殺死你的也不是我。」

沉默了片刻後，范閒繼續說道：「這東西叫槍，是一個文明的精華所在……雖然這種精華對那個文明而言並不是什麼好事。」

燕小乙的眼睛還是沒有闔上，只是頸骨處發出咯的一聲響，頭顱一歪，落在自己的血肉之中。這位九品強者早已經死了，被子彈震碎的骨架，此時終於承受不住頭顱的重量，落了下來，如同落葉。

范閒一愣，怔怔地看著死人那張慘白塗血的臉，久久不知如何言語。許久之後，他抬頭望天，似乎想從藍天白雲裡找到一些什麼蹤跡。

善戰者死於兵，善泳者溺於水，而善射者死於矢，這是人們總結出來的至理名言。箭法通神的燕小乙，最終死在一把巴雷特狙擊槍下。不論結局是否公平，不論過程是否荒唐，可那灑滿一地的血肉證明了這個道理的血腥與赤裸。

燕小乙是范閒重生以來殺死的最強敵人，他對地上的這攤血肉依舊保持著尊敬，尤其是這一天一夜的追殺，讓他在最後的生死關頭，終於明白了一個道理，想通了一件事情，這對他今後的人生，毫無疑問會起到非常大的作用。

他過於怕死，所以行事總是謹慎陰鬱有餘，厲殺決斷無礙，但從來沒有擁有過像海棠朵朵那樣的明朗心情，王十三郎那樣的執念勇氣。直到被燕小乙逼到懸崖的邊上，他才真正破除掉心中的那抹暗色，勇敢地從草叢中站起來，舉起手中的槍。

他從此站起來了。

保持著對燕小乙的尊敬，范閒在習慣了這一攤血肉之後，開始無情地進行後續的工作，取下屍體旁邊的纏金絲長弓，費力地拖著那半缺殘的屍體向懸崖邊上走去。

站在懸崖邊，他測量一下方位，然後緩緩蹲到地上，撿了塊石頭，開始雕琢屍塊。此時陽光極盛，藍天白雲青草之間，一個面相俊美蒼白的年輕人拿著石塊不停地砍著身邊的屍體，血水四濺，場面看著極其噁心。

他將燕小乙的半個屍體和那塊石頭都推下了懸崖，許久也沒有傳來回聲。

做完這一切，他已經累得夠嗆，胸口處的劇痛，更是讓他有些站不住，十分狼狽地一屁股坐到地上，腦中有些暈眩。

他知道自己必須休息療傷了，草叢裡殘存的肉末、內臟應該用不了幾天，就會被這片原始森林裡的生靈消化掉，而他還必須把狙擊槍留下的痕跡消除。

他咳了兩聲，震得心邊穿過的那支小箭微顫，一股撕心般的疼痛傳開，令他忍不住悶哼一聲。

並非同一時刻，離那片山頂奇妙草甸遙遠的大東山頂，在慶廟的建築中，被圍困在大東山的慶國皇帝，隔著窗戶，看著窗外的熹微晨光淡淡出神。

「不知道那孩子能不能安全地回到京都。」他緩緩說著，這應該是慶國皇帝第一次在外人面前，表現得對范閒如此溫柔。

洪四庠微微一笑，深深的皺紋裡滿是平靜，就像是山下沒有五千強大的叛軍，登天梯上並沒有緩緩行來一位戴著笠帽的大宗師。

「小范大人天縱奇才，大東山之外也沒有什麼了不起的人物。」洪四庠溫和說道：「路上應該不難，關鍵是回京之後。」

「京都裡的事情不難處理。」慶國皇帝微微笑道：「朕越來越喜愛這個孩子，這一次再看他一次。」

洪四庠在心裡嘆了口氣，心想既然喜愛，何必再疑再誘，這和當年對二皇子的手法又有多大區別？

皇帝不再談論逃出去的私生子，轉身望向洪四庠，平靜說道：「這次，朕就倚仗你了。」

洪四庠依然佝僂著身子，沉默半晌後緩緩說道：「奴才是慶國的奴才，自開國以來，便時刻期盼著我大慶朝能一統天下，能為陛下效力，是老奴的幸運。」

這不是表忠心，皇帝與洪四庠之間，並不需要這些多餘的話。可是時至今日，大軍圍山，洪四庠依然緩緩地說出來，就像是迫切地想將自己的心思講給皇帝知曉。

皇帝靜靜地看著洪四庠，臉上神情漸趨凝重，半晌後他雙手一揖，對著洪四庠拜了下去。

以皇帝至高無上的身分，向一位太監行禮，這是不可思議的情景，然而洪四庠卻無動於衷，平靜得甚至有些冷漠地受了這一禮。

皇帝直起身來，臉上浮現著堅毅神情，說道：「朕許給你的，朕許給慶國的，朕許給天下的……將來，朕會讓你看到。」

天色早已大明，濃霧早已散去，叛軍大營在大東山腳下幾排青樹之後的小山坡上，那位全身黑衣的叛軍統帥平靜地看著山門處的動靜，寧靜的眼神裡滿是平和，全沒有一絲激動與昂揚。

「不再攻了，沒用。」黑衣人對身邊人平和說著，就像是在說一件家長里短的事情，態度很溫和，卻又不容人置疑。

背負長劍的雲之瀾看了這位神祕人物一眼，眉頭微皺，雖然不贊同對方的判斷，但卻沒有出言反駁。此次大東山的圍殺，便有如註定驚動天下的風雷，身為劍術大家的雲之瀾，並不想因為自己而對整個大局有絲毫的影響。

山門那裡一片安靜，殘存的數百禁軍已經撤往山門之後，然而叛軍的五千長弓手數次強攻，卻被山林裡的防禦力量全數打退回來。這一次發動攻勢的，正是以東夷城高手們作為核心的強攻部隊。

雲之瀾對於劍廬子弟的實力，有非常強大的信心，心想有他們領著長弓手強攻，就算山門之後的山林裡隱藏著慶國皇帝最厲害的虎衛，也總會被撕開一道口子。

更何況禁軍方面最強悍的……小師弟，當他面對東夷城的同門時，難道還要繼續動手？

晨間鳥驚，嘩啦一聲衝出林梢，竟是扯落了幾片青葉，由此可以想見那些休息一夜的鳥兒被驚成了什麼模樣。

驚動鳥兒的是那些潑天般亮起的雪光。

一片雪便是一柄刀。

殺人不留情的長刀。

漫天的雪光，不知道是多少柄噬魂長刀同時舞起，才能營造出如此淒寒可怕的景象。

林間刀氣縱橫，瞬息間透透澈澈地灑出來，侵伐著平日結實、此時卻顯得無比脆弱的林木，削起無數樹皮樹幹，劈里啪啦地激射而出，打在泥土中噗噗作響。

無數聲悶哼與慘呼，在一瞬間響起來，林子裡的血水不要錢地灑著，殘肢與斷臂向著天空拋離，向著地面墜落。初一遇面的遭遇戰，竟然便是如此慘烈，可以看出那些刀手們在被逼到最後的困境中時，終於爆發了最強悍的力量。

雲之瀾眼瞳一縮，知道黑衣人的判斷果然正確無比，再也不敢等待，一揮手發出訊號。

東夷城的高手們領著殘存的叛軍士兵，很勉強地從林子裡敗退而出，看那勢頭，如果說是潰敗，似乎更合適一些。

只是幾息間的阻擊戰，攻打山門的叛軍便付出了七成的傷亡，就連東夷城的高手也折損五人。

雲之瀾心頭一痛，不知如何言語。東夷城沒有南慶與北齊那樣大批的士兵，最強大的便是劍廬培養出來的劍客群，就算只死了五人，依然是一次沉重的打擊。

他知道慶國皇帝身邊的防禦力量相當恐怖，但他怎麼也沒有想到，對方守山的力量竟然強大到這種地步。

「是虎衛。」騎在馬上的黑衣人望著他平靜說道：「傳說中，小范大人身邊的七名虎衛聯手，可以逼退海棠姑娘……而這座安靜的大東山上——」

他微微一笑。「有一百名虎衛。」

第九章　大宗師

大東山是天底下最美麗、最奇異的一座山峰，臨海背陸，正面是翡翠一般的光滑石崖，背面是肥沃的土地所滋養出來的青青山林。在人們的理性思考中，不可能有人可以從那面光滑石崖上下，然而這個紀錄終於在前一夜被慶國提司范閒打破了。

大東山的正面依然險峻，除了一道長長直直的石階，陡直而入雲中山巔外，別無他路，若要強攻，便只能依此徑而行。尤其是最狹窄處，往往是一夫當關，萬夫莫過，真可謂易守難攻之險地。

而叛軍之所以選擇圍大東山，也是從逆向思考出發，既然山很難上去，那麼如果大軍圍山，山上的人也很難下來。

直到目前為止，叛軍的大勢控制得極好，皇帝一方的力量突圍數次，都被他們狠絕不留情地打了回去，打退回山門之後，大東山下的要衝之地，盡數控於叛軍之手。

可是叛軍沒有想到，圍是圍住了，這山，卻半步也上不去。

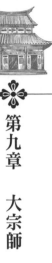

是的，大東山上有一百名虎衛，如果做個簡單的算術題，那麼至少需要十四個海棠朵朵，才能正面敵住皇帝的這些強力侍衛。可事實上，整個天下，只有一個海棠朵朵。

更何況在虎衛的身旁，還有那個愚痴之中夾著幾分早已不存於這個世界的勇武英氣……的王十三郎。

這樣強大的護衛力量，加上大東山這種奇異的地勢，就算叛軍精銳圍山之勢已成，可如果想強攻登頂，依然難如登天。

就如同那道長長石徑之名——登天梯。

欲登青天，又豈是凡人所能為。

所以那位渾身籠罩在黑衣中的叛軍統帥很決斷地下達命令，暫停一切攻勢，只是不停加強對山下四周的巡視與封鎖。

下完這個命令之後，他轉過身來，輕輕拍著馬背，對身邊的雲之瀾平靜說道：「在這樣一個偉大的歷史時刻，如你，如我，有時候也只有資格做一個安靜的旁觀者。」

這是一個武道興盛的時代，這是一個個人的力量得到近乎天境展示的時代，在三十年前，世上從來沒有大宗師，而當大宗師出現後，人們才發現，原來個體的力量竟能夠如此強大。因其強大，所以這幾位大宗師可以影響天下大勢。

也正因如此，所以這幾位大宗師往往深居簡出，生怕自己的一言一行會為這個天下帶去動盪，從而影響到自己想保護的子民們的生死。

而這個地方是神祕美麗的大東山，山頂上是慶國皇帝，似乎只有大宗師有資格出手。

而一旦大宗師出手，那些雄霸一方的猛將、劍行天下的大家，很自然地便會退到後方，光彩被壓得一乾二淨，如同一粒不會發光的煤石，只盼望著有資格目睹歷史的發生。

如同此刻。

長長向上的石階似乎永無盡頭，極高處隱隱可見山霧飄浮，一個穿著麻衣、頭戴笠帽的人，平靜地站在大東山的山門下，第一級的石階上面。

石階上面全部是血跡，有乾涸的、有新鮮的，泛著各式各樣難聞的味道，不知道多少禁軍與叛軍為了一寸一尺的得失，在此地付出生命。

而那個人卻只是安靜地站著，似乎腳下踩著的不是血階，而是朵朵白雲。山風一起，那人身形飄渺，飄然若仙，似欲駕雲直上三千尺，卻不是要去天宮，而是山頂的那座廟。

當這個戴著笠帽的人出現在第一級石階上時，山中、山外的兩方軍隊同時沉默，連一聲驚呼都沒有，似乎生怕唐突了這位人物。

一直坐在馬上的黑衣人與雲之瀾，悄無聲息地下馬，對著那個很尋常的麻衣背影微微佝身，表示敬意。

他們知道這位大人物昨天夜裡就已經來到山下，但他們不知道這位大人物是如何出現在眾人眼前。不過他們不需要驚訝，因為這種人出現在這個世界上，本來就是最無法解釋的事情。

叛軍不再有任何動作，而山林裡的虎衛、禁軍、監察院眾人在稍稍沉默之後，卻似乎有些慌張無措。因為他們再如何忠君愛國，可在他們的心中，從來沒有設想過要正面與此人為敵，尤其是慶國的子民們，他們始終把這位喜歡乘舟泛於海的絕世高人，看成了慶國的守護神。

然而，這尊神祇此時卻要登山，不顧皇帝旨意登山，目的是什麼，誰都知道。

虎衛們緊張了起來，監察院六處劍手的嘴有些發乾，禁軍更是駭得快要拿不穩手中的兵器——和一位神進行戰鬥，這已經超出了大多數人的想像力與精神底線。而且他們知道，對方雖只有一人，卻比千軍萬馬更要可怕。

哪怕他的手中沒有劍。

是的，戴著笠帽的葉流雲手中無劍，不知心中可有寶劍？他的劍昨天夜裡已經穿過了大東山腳下那片時靜時怒的大海，刺穿了層層疊疊的白濤，削平了一座礁石，震傷了范閒的心脈，最後凌厲地刺入了堅逾金石的石壁，全劍盡沒，只在石壁上留了一個微微突出的劍柄。

然而全天下的人都知道，葉流雲大宗師，手中沒有劍的時候更可怕。在那些傳說中，葉流雲因為一件不為人知的故事，毅然棄劍，於山雲之中感悟，得流雲散手，從此才進入宗師的境界。

葉流雲此時已經踏上第二級石階，終於，山門後隱於林中的虎衛們反應過來。而最先迎接這位大宗師登山的，則是那些破風凌厲、遒勁無比的弩雨。

這是監察院配備的大殺傷性武器，曾經在滄州南原上出現過的連弩。在這樣短的距離內連發，誰能躲得過去？

在山門外遠處平地上注視著這一幕的黑衣人與雲之瀾眼睛都沒有眨一下，他們當然不是擔心葉流雲的生死，沒有人認為區區一波弩雨，便能攔下葉流雲。他們只是不願意錯過，往常如神龍一現的大宗師親自出手的場面！

黑衣人在心裡想著，如果是自己面對這麼急促的弩雨，只怕受傷是一定的。

雲之瀾卻在想自己的師尊會怎麼應付。

而葉流雲面對著將要襲體的弩箭，只是……揮了揮手。

這一揮有如山松趕雲，不願被白霧遮住自己的清麗容顏；這一揮有如滴雨穿雲，不願被烏雲隔了自己親近泥土的機會；這一揮帶給所有睹者最奇異的感受便是……自然輕柔而又堅決快速。

兩種完全相反的屬性，卻在這簡簡單單地一揮手裡，融合得完美無缺，淋漓盡致。手落處，弩箭輕垂於地。

高速射出的弩箭，遇著那隻手，就像是飛得奇慢的雲朵，被那隻手緩緩地一朵一朵地摘下來，然後扔落塵埃。

黑衣人心頭一寒，輕聲說道：「我看不清他的手。」

雲之瀾沉默不語，他本想看看這位慶國的大宗師與自己師尊境界孰高孰低，但沒料到，自己竟是什麼也沒看明白。

以他和那位神祕黑衣人的眼力，只看懂了一點——溫柔的流雲散手，竟是如此之快，快到可以輕柔地施出，卻依然沒有人能捕捉到那指尖的運行軌跡！

「不只快。」黑衣人喃喃自語道：「雲是形狀最多的存在，所以他的手溫柔而可怕。」

葉流雲在蘇州城的抱月樓中，曾經用一雙筷子像是趕蚊子一樣打掉范閒的弩箭，而此時在大東山山門之下，單手一揮，更顯高妙。

他又往上走了一級石階。

刀光大盛，八月大東山石徑如飄飛雪，雪勢直衝笠帽而去。

不知有多少虎衛，在這一瞬間因為心中的責任與恐懼，鼓起勇氣，不約而同地選擇了出刀。

長刀當空舞，刀鋒之勢足以破天，將葉流雲的整個身體都籠罩在其間。同時間如此強盛的刀勢疊加在一起，完全可以將范閒與海棠朵朵兩個人斬成幾塊。

卻沒有斬到葉流雲。

石徑上只聽得一陣扭曲難聽的金屬摩擦聲響起，葉流雲笠帽猶在頭頂，而他的人卻像是一道輕煙般，瞬息間穿越了這層層刀光，倏地間來到石階的上方，將那些虎衛們甩在身後。

他一振雙臂，雙手上兩團被絞成麻花一般的金屬物品跌落在石階上，噹噹脆響著往下滾了十幾級臺階，摔分開來。

眾人才發現，原來這些像是麻花一樣的金屬，竟是六、七把虎衛斬出的長刀！

流雲足以縛金捆石，葉流雲完美地展現了自己超出世俗太多的境界後，卻靜靜地站在石階上。忽然間，他的身體晃了一晃，麻衣一角被風一吹，離衣而去，一片麻布隨山風飄起，在石階上方捲動著。

不知何時，他的面前，出現了一個渾身血汙已乾、雙眼湛朗清明有神、手持青幡的年輕人。

王十三郎。

一陣山風飄過，山頂上遮著的那層雲似乎被吹動了，露出廟宇飄渺一角。

石階上一聲悶響。

葉流雲收回自己的手，低頭看著腳邊斷成兩截的青幡，古井無波的眼神裡閃過一絲不解與笑意，然後咳了兩聲。

此時王十三郎還在天空飛著，鮮血又習慣性地噴出來，他的人劃了一道長長弧線，頹然不堪地落入林中，將石階右側極遠處的一株大樹重重砸倒。

即便是九品強者，依然不是大宗師一合之敵。

然而葉流雲咳了兩聲。

黑衣人的眼中閃過一絲憂色，知道葉流雲看似不可能地連破弩箭、虎衛和那名強大的年輕九品高手後，依然受了影響——他清楚，以大宗師的境界，應該不會受傷。然而葉流雲三次出手，都刻意留有餘地，卻面對著那些被恐懼和憤怒激紅了眼的慶國皇帝屬下高手，總會有些問題。

大宗師是最接近神的人，但畢竟不是神，他們有自己的家國。尤其是葉流雲，此人瀟灑自若，今日哪怕是為家族前來弒君，卻依然溫柔地不肯傷害慶國的子民。

然後他看見大宗師衣上的那一片麻布溫柔地飄下來，落到自己的身前，自己的坐騎好奇，去嗅了嗅。

第十章　人世間

大東山的山頂，晨霧已去，山風勁吹，隔雲漸斷，廟宇真容終現。一身明黃色龍袍在身的慶國皇帝，靜靜站在欄邊，等待著葉流雲的到來。

當山下被五千長弓手包圍，尤其是叛軍之中，出現了東夷城九品高手們的蹤影，這位向來算無遺策的慶國皇帝，似乎終於發現事態第一次開始超出自己的掌控，眉宇間浮起淡淡的憂愁。

黑色圓簷的古舊廟宇群裡，響起了噹的一聲鐘聲，沁人心脾，動人心魄，寧人心思，卻讓這天下不寧起來。祭天所用的誥書於爐中焚燒，青煙裊裊，皇帝所歷數太子的種種罪過，似乎已經告祭了虛無飄渺的神廟和更加虛無飄渺的天意。

祭天一行，皇帝最重要的任務已經完成，他所需要的，只是帶著那些莫須有的上天啟示，回到京都，廢黜太子，再挑個順眼的接班人。

然而一頂笠帽此時緩緩地越過大東山山巔最後一級石階的線條，自然卻又突然地出現在廟宇前一眾慶國官員面前。

皇帝平靜看著那處，看著笠帽下方那張古拙無奇的面容，看著那雙清湛溫柔有如秋水一般的眼眸，緩緩說道：「流雲世叔，你來晚了。」

葉流雲一步步踏上山來，無人能阻，此時靜對廟宇，良久無語。

山巔上眾官員、祭祀，包括禮部尚書與任少安等人，都下意識對這位慶國的大宗師低身行禮。

在葉流雲面前，只有皇帝依然如往常一般挺直站立著，而他身邊不離左右的洪四庠雖然佝著，但所有人都知道，這位老太監每時每刻都佝著身子，似乎是在看地上的螞蟻行走，卻不是因為此時要對葉流雲表示敬意。

「怎麼能說是晚？」葉流雲看著皇帝嘆了一口氣，語氣中充斥著難以言喻的無奈與遺憾：「陛下此行祭天，莫非得了天命？」

「天命盡在朕身，朕既不懼艱險，千里迢迢來到大東山上，自然心想事成。」皇帝冷冷說道。

葉流雲微微低頭，思忖片刻後說道：「天命這種東西，總是難以揣忖。陛下雖非常人，但還是不要妄代天公施罰。」

皇帝冷漠地看著十餘丈外的葉流雲，說道：「世叔今日前來，莫非只是進諫，而並未存著代天施怒的意思？」

葉流雲苦笑一聲，右臂緩緩抬起，袖口微褪，露出那隻無一絲塵垢的右手，手指光滑整潔，絕對不像是一個老人所應該擁有的肢體。

他的右手指著慶廟前方的那片血泊，以及血泊之中那幾名慶廟的祭祀。

「陛下……施怒的人是你自己。」葉流雲悲憫說道：「祭祀乃侍奉神廟的苦修士，即便他們也知道，陛下此行祭天乃是亂命。君有亂命，臣不能受，祭禮也不能受……所以你才會殺了他們。」

是的，皇帝祭天的罪太子書出自內廷之手，所擇罪名不過放誕、蓄姬、不端這些模糊的事項，而這是太子若干年前的表現，和如今這位沉穩孝悌的太子完全兩樣。歷朝歷代廢太子，不曾有過這樣的昏亂旨意，無稽的祭天文。

大東山慶廟歷史悠久，雖然不在京都，但慶廟幾大祭祀往往在此清修，只不過隨著大祭祀的離奇死亡，二祭祀三石大師中箭而亡，慶廟本來就被皇帝削弱得不成模樣的實力，更是殘存無幾。所以一路由山門上山，大東山慶廟的祭祀們表現得是那樣的謙卑與順從。

然而當慶國皇帝在今天清晨正式開始祭天告罪廢太子的過程，仍然有一些祭祀勇敢地站出來，言辭激烈地表示反對，並且神聖地指出，慶廟永遠不會成為一位昏君手中的利刃。

朝廷對慶廟的暗中侵害，兩位首領祭祀的先後死亡，讓大東山慶廟一脈的祭祀們感到了無窮的憤怒，山下叛軍的到來，給了這些人無窮的勇氣。

所以這些祭祀變成了黑簷廟宇前的幾具死屍，他們的勇氣化作腥臭惹蠅的血水。

當有人敢違抗皇帝的旨意時，他向來是不憚於殺人的，即便是大東山上的祭祀。皇帝不敢殺的人，只是那些他暫時無法殺死的人——比如葉流雲。

皇帝平靜地注視著石階邊的葉流雲，說道：「世叔，你不是愚痴百姓，自然知道這些祭祀不過凡人而已，朕即便殺了，又和天意何關？」

葉流雲眉頭微皺，說道：「祭祀即便是凡人，但這座廟宇卻不平凡，想必陛下應該比我更清楚，當在廟宇正門殺人，血流入階，陛下難道不擔心天公降怒？」

皇帝面色漠然，將雙手負在身後，半晌後一字一句說道：「你我活在人世間，並非天之盡處，所以朕這一生，從不敬鬼神，只敬世叔一人。」

葉流雲默然無語。

皇帝側過身子，安靜地看著黑色廟簷，簷上舊瓦在清晨的陽光下耀著莊嚴的光澤，說道：「所以朕請了一位故人來和世叔見面。」

這個世界上能有資格被皇帝稱為葉流雲故人的人不多，只不過寥寥數人而已。所以當慶廟鐘聲再次響起，古舊小廟的黑色木門吱呀拉開，一陣山風掠過山巔，繫著一塊黑布的五竹從門內走出來時……

葉流雲只是笑了笑，當然，笑容中多了幾分動容與苦澀。

「澹州一別已然多年，不聞君之消息已逾兩載。」他望著五竹和藹說道：「本以為你已經回去了，沒想到原來你是在大東山上。」

兩年前的夏天，北齊國師苦荷與人暗中決鬥受傷，葉流雲身為四大宗師之一，自然能猜到動手的是五竹，所以才會有這句不聞君之消息已逾兩載。

而葉流雲那句「本以為你已經回去了」更是隱藏了太多的訊息，不過這個世界上除了他和五竹之外，可能沒有誰能聽明白，當年澹州懸崖下的對話，范閒遠在峭壁之上，根本沒有聽見。

五竹一如往常般乾脆俐落，說了兩個字之後，便站在小廟門口，沒有往場間再移一步，遙遙對著葉流雲，離皇帝的距離卻要近些。

他說的兩個字是：你好。

區區「你好」兩個字，卻讓葉流雲比先前看著他從院中出來更加震驚、更加動容，甚至忍不住寬慰地笑了起來，笑聲十分真誠。

然後笑聲戛然而止，葉流雲轉身面對皇帝，微微欠身一禮，讚嘆道：「陛下神機妙算，難怪會有大東山祭天一行，連這個怪物都被你挖出來，我便是不想佩服也不能。」

皇帝聞言卻沒有絲毫表情的異動，反而是眉角極不易為人所察覺地抖了兩下。是的，祭天本來就是針對葉流雲的一個局，而當五竹這個局中鋒將站出來時，葉流雲卻沒有落入局中的反應。

勢這種東西，向來是你來我回，皇帝的眼中一抹擔憂一浮即隱，想必是知道自己與范閒猜測的大事件，終於要變成現實。

皇帝看了身旁的洪四庠一眼，眼神平靜，卻含著許多意思，似乎是在詢問：為何並不馬上出手？以大宗師的境界，即便是以二對一，可如果不能抓住先前那一瞬間，葉流雲因為五竹神祕出現而引起的一絲心防鬆動，想要在山上狙殺葉流雲，依然會變成一件極其難以完成的任務。

洪四庠此時卻根本沒有理會皇帝的目光，他的眼光異常熾熱地盯著前方，穿越過葉流雲的雙肩，直射石階下方那些山林。

他往前移了半步，擋在皇帝的身前，然後緩緩直起身子。

似乎一輩子都佝著身子的洪四庠，忽然直起身子，便是這樣一個簡單動作的改變，一種說不出來的氣勢開始洶湧地充入他的身體，異常磅礡地向著山巔四周散發……

明明眾人都知道洪四庠的身體並沒有變大，但所有人在這一瞬間都產生了一個錯覺，似乎洪四庠已經變成一尊不可擊敗的天神，渾身上下散發著刺眼的光芒，將身後的皇帝完全遮掩下去。

這股真氣的強烈程度，甚至隱隱已經超出一個凡人肉身所能容納的極限。霸道至極。

無邊落木蕭蕭下，不盡大江滾滾流。這是范閒在京都抄的第一首詩，且不論大江的大字究竟是否合宜，然而這首詩已經在這個世界上傳頌開來。

這一天有幸或是不幸在大東山上的人們，在這一瞬間，都聯想到這句詩的前半段。

因為他們感受到一股沖天而起的劍氣，正在石階下方的山林裡肆虐，即便是遙遠的山巔也被這記凌厲至極的劍氣所侵，青青林木開始無緣無故地落葉，落葉成青堆。

葉流雲看著洪四庠說道：「卿本佳人，奈何為奴？」

洪四庠銀白的髮絲在風中飄拂，沙啞著聲音說道：「大宗師都是奴才，我是陛下的奴才，而你們……也不過是這個人世間的奴才，有什麼區別？」

第十一章　會東山

在這一刻，高達以為自己飛了起來。

他飛越了大東山山腰間的層層青林、林間的淡淡霧靄，飛越了那些疾射的弩箭，越來越高。

飛得越高，看得越遠，在那一瞬間，高達看見山腳下的山門，看見長長石徑上，那些青色石板上染著的血漬、林間閃耀的刀光、石徑旁像是毒蛇一般的劍影。

然後他落了下去，重重地摔了下去，不知道折斷多少根樹枝，砰的一聲砸在林子裡的溼地上，險些摔下陡峭的山崖。

高達悶哼一聲，憑藉體內的真氣強抗了這次衝擊，整個人像是裝了彈簧一樣地蹦了起來，雙手緊緊握著長刀柄，抬步，準備再次向那條死亡的石徑處衝過去。

然後一個動作，讓他感覺到渾身的骨頭同時碎了，一聲悶哼從他的鼻子裡傳出來，疼痛得難以忍受，同時間，兩道血水也從他的鼻子裡滲出來。

高達雙腿一軟，下意識反手將長刀往身旁地下刺入，以支撐自己的身體，不料刀尖一觸泥地……劈里啪啦在一瞬間內碎成了無數金屬片！

噹噹脆響中，高達狼狽不堪地摔倒在林間的泥地中，身邊是刀的碎片，手中握著可憐的殘餘刀柄，眼中盡是驚駭與恐懼，說不出的可憐。

他是被一個人、一把劍直接斬飛。

身為范閒身旁親衛，高達擁有八品上的實力，當初在北齊宮廷中一刀退敵，那是何等威風？即便在宮廷虎衛之中，也是數得出來的高手，不料卻被一把劍像是拍蚊子一樣的拍飛了！

高達眼神複雜地看著遠方石徑上的劍光，心頭一陣黯然。

這次范閒帶著他們七名虎衛遠赴澹州，不料卻被皇帝帶到大東山來，接著便遇到了刺駕一事。身為虎衛，先天第一要務便是保護皇帝的安危，高達雖然不清楚范閒這個時候已經悄悄溜下懸崖，但他還是率領另外六名虎衛，加入了宮廷護衛的大隊伍，在這條陡峭的石徑上，進行最無情的絕殺。

百餘名虎衛守護一條山徑，依理來講，天底下沒有什麼高手，可以突破上山。

然而世間，總是有幾個不怎麼依循道理而存在的存在，比如先前化為流雲而過的慶國大宗師葉流雲；比如此時手執一把劍，正在石徑上遇神弒神、顧前不顧後、劍意淒厲絕豔已經到了頂點的那位。

高達嚥下口中發甜的唾沫，強行平復一下呼吸，聽著石徑上的聲音越來越小，知道自己的兄弟們只怕已經死在那名大宗師的手中。

虎衛，最基本的要求便是對皇帝忠心，明知道自己這些人面對的是人世間最巔峰的力量，可他們堅毅地擋在石徑上，擋在皇帝的身前，潑灑著碧血，剖開了胸腹，捨生忘死，不退一步！

所以高達……這時候的第一反應是，自己應該再衝過去，再攔在那個可怕大人物的面前，充當對方劍下的另一條遊魂。

哪怕自己已經受了重傷，哪怕自己的刀已經碎成了小片！

然而高達在這一瞬間卻猶豫了一下。

長長碧血石徑上，不知道有多少虎衛試圖七人合圍，用日常訓練中對付九品上高手的方法對付那位大人物，然而一切的努力都是徒勞的。那把似乎自幽冥中來，攜著一往無前氣勢的劍，只是那樣輕輕地揮舞著，泛著重重的殺氣，便將人們的刀斬斷，手臂斬斷，頭顱斬斷。

而高達之所以還能夠活著，在飛越之後，依然活著，正是因為這兩年和范閒在一起的日子裡，他受了范閒太多的影響，他凌厲的長刀中不自主地帶上幾分范閒小手段的陰暗印記。

不再一味厲殺，不再一步不退，所以對上那位大人物，高達依然不是一合之敵，經脈被劍意侵襲欲裂，可他依然活了下來。

既然活下來了，還要去送死嗎？

不！

高達眼瞳裡閃過一抹異色。范閒曾經無數次說過，什麼事情，首先要把命保下來，才有機會挽回。大東山被圍，自己再次衝過去，死在石徑上也於事無補。

他用手捂著嘴唇，讓鮮血從手指縫裡流出來，沒有發出一點聲音。他望著林下，林下叛軍的防禦圈，明顯因為接連兩位大人物的到來，而顯得鬆懈一下。

高達咬著牙，眼裡滿是堅毅之色，他決定要找機會突圍出去。

從他做出這個決定開始，他就已經不再僅僅是一個皇家虎衛了。而他也沒有想到，自己的這個抉擇，在兩年後，會給這天下帶來多少的震驚。

滴答滴答，血滴緩緩墜下，很微小的聲音，在這一刻卻顯得那樣刺耳，甚至讓場間的人們感覺，滴血的聲音，甚至比身後古舊廟宇的鐘聲更能蕩滌人們的心靈。

因為……血滴是從一把劍的劍尖上滴落。

這把劍緩緩升起，越過最後一級石階，出現在大東山山頂的眾人眼中。

劍很普通，看不出什麼異樣，就連劍柄，也是隨便用麻繩縛了一層，看上去有些破舊。

然而就是這樣普通的一把劍，並不怎麼反光的劍面，卻耀著一絲令所有人感到畏懼的強勢與寒意，尤其是劍身上的血水緩緩向劍尖聚集，再緩緩落下，似乎是讓看到這把劍的人們，都感覺自己心尖的血，也在隨著這個過程往體外流著。

所以他們的臉色都發白了。

然後看見了握著那把劍的那隻手、那個人。

那個戴著笠帽、穿著麻衣，身材並不高大，反而顯得有些矮小的人。

和葉流雲的瀟灑不沾塵形象完全是兩個極端，這位大人物因為身體矮小，麻衣破爛，渾身滿是衣物的裂口、灰塵、血水，手中提著一把沾血破舊之劍，而顯得無比猥瑣。

然而沒有人敢因為這個猥瑣的感覺發笑，因為他們知道，這個大人物殺起人來，絕情滅性，從恐怖的程度上講，比葉流雲還要可怕。

洪四庠靜靜地看著拾階而上的猥瑣劍者，微微一笑，然後緩緩收回釋放出去的霸道氣息，整個人的身體又佝僂了下來，回復成一個老太監的模樣。

皇帝滿臉冷漠看著石階處，看著葉流雲與新來的那位，往前輕輕踱了一步，平靜說道：「看來雲睿這一次下的本錢不少……只是世叔，你也和她一起發瘋？家國家國，為家族而叛國，實在是讓朕意想不到。」

既然那位恐怖的大人物與葉流雲站在一起，自然說明天底下最強悍的幾個老怪物已經聯手做了一個決定，不能讓慶國開國以來最強悍的那位帝王繼續生存下去。

葉流雲溫和一笑，不解釋，不自辯。

自從那位拿著一把劍的恐怖大人物上山以來，所有人都安靜了，生怕驚擾了那人。但慶國皇帝卻一點不懼，冷笑盯著那件滿是破洞的麻衣，嘲諷說道：「四顧劍，你不在草廬養老，在這大東山做什麼？看你這狼狽樣，殺光朕的虎衛，你以為就不用付出些代價？白痴就是白痴，我大慶朝治好你的痴病，你不思報恩也便罷了，非要執劍強殺上山，空耗自己真氣……看來這麼多年過去，你的腦袋也沒有好使一些。」

是的，一個矮小的人，一把破爛的劍，一身狼狽的衣，就這樣凌厲地殺上不盡石階，殺盡百餘虎衛，整個天下，也只有那個顧前不顧後、裹脅一往無前劍意、單劍護持東夷城及諸侯小國二十年的四顧劍。

沒有人敢對四顧劍不敬，只有慶國皇帝敢用這種口氣對他說話，然而這番譏諷的話語，落在有心人耳中，卻聽出了幾分色厲內荏的味道。

沒有人敢不回皇帝的問話，然而四顧劍……卻看也懶得看皇帝一眼，只是怔怔地盯著皇帝身邊的洪四庠。漸漸的，這位大宗師的眼神熾熱起來，似乎要穿透笠帽下的陰影，融化掉洪四庠蒼老的面容。

矮小的四顧劍開口了，他的聲音卻不像是他的身體，亮若洪鐘，聲能裂松，卻興奮地顫抖著——

「剛才是你吧，好霸道的真氣……」四顧劍痴痴地看著洪四庠。「我知道范閒也是走這個路子，原來你是他的老師……如此說來，十幾年前在京都皇宮裡釋勢之人，便是你了，天下間的傳言果然有道理。」

堂堂慶國皇帝，被這位大宗師視若無睹，皇帝雖不動怒，眼神卻漸漸冰冷下來，看著四顧劍說道：「閣下三次刺朕，卻連朕的臉都見不著便慘然而退……今次是否有些意外之喜？」

四顧劍似乎此時才聽到慶國皇帝說話，眼光微轉，看著皇帝的臉，沉默半晌後忽然搖了搖頭。「你比你兒子長得差遠了，有什麼好看的？」

皇帝微笑說道：「這自然說的是安之，難道你見過他？」

四顧劍偏了偏頭，說道：「我有個女徒孫，叫呂思思……明明她的師姊是被范閒殺死的，可是在杭州遠遠見過范閒一面，這小丫頭便忘了怨仇，變成了花痴，天天捧著什麼《半閒齋詩集》在看……如此說來，范閒那小白臉自然是生得不錯。」

海風微拂，在山巔穿行，皇帝哈哈大笑道：「你們東夷城一脈，果然都有些痴氣。」

四顧劍沉忖片刻後，認真說道：「我是白痴，我那小徒弟更白痴，我徒孫是花痴，這也很應該。」

然後這位看上去有幾分傻氣的大宗師忽然望著慶國皇帝說道：「治國、打仗這種事情，我不如你……天底下也沒有幾個比你更強大的。所以我必須尊敬你，剛才對你不禮貌，你不要介意。」

「先生客氣了。」皇帝似乎有些陶醉，微揖一禮。

然後皇帝和四顧劍同時哈哈大笑起來，就連越來越勁的海風也遮掩不住這笑聲傳播開去。四顧劍的笑聲夾著精純至極的真氣，自然破風無礙；而皇帝的笑聲，卻是他久為天下至尊所養成的豪氣。

笑聲戛然而止，場間一陣尷尬的沉默，似乎雙方都不知道應該如何將這場荒誕的戲劇演下去。

殺與被殺，這是一個問題，而不是一個需要彼此寒暄談心、講歷史說故事的長篇戲劇。

而為什麼皇帝和四顧劍二人先前卻要拙劣地表演這一幕？

皇帝緩緩將雙手負在身後，嘆息一聲，不再看石階處的兩位大宗師，平靜說道：「此局本是朕依著雲睿之意，順她布局之勢，意圖將世叔長留在此……不料雲睿計畫如此瘋狂，竟不顧國體安危，將東夷城與北齊也綁上了她的戰車。」

他回頭，沒有絲毫畏怯，靜靜看著四顧劍笠帽下的陰影，說道：「大宗師久不現世，出世必令世間大震，今日二位來此，自然是事在必得，朕雖不畏死，卻不願死。所以不得不拖……朕實在不知，閣下為何卻也要陪我拖這麼久？」

四顧劍沉默半晌，手腕自然下垂，顯得有些局促不安，怪笑說道：「為什麼我對這位公公如此感興趣？因為天底下這四個怪物，我們三個都算得上是神交的朋友，就只有這位公公喜歡躲在宮裡……正因為我了解葉流雲，所以我知道他的性情，如果可以，他會一個人動手，而不會等著我們這些外族人來干涉慶國的內政。」

四顧劍平靜下來，對著洪四庠敬重說道：「即便公公在此，葉流雲也會出手。」

他最後說了一句話，以作為對皇帝疑問的解釋：「葉流雲不出手，自然有他的原因，所以我也只好……看看他到底為什麼沒有馬上出手。」

葉流雲和緩一笑，側身對四顧劍說道：「痴劍，你這時候還沒有感覺到嗎？」

四顧劍身體矮小，所以顯得頭頂的笠帽格外大，陰影一片，完全遮住他的臉。但此時縱使陰影極重，山頂眾人似乎也看到了這位大宗師唇角的一絲苦笑和臉上的些許異色。

眾人心頭一驚，心想是什麼樣的發現，會讓一向視劍如痴、殺人如草的四顧劍，也安靜這樣久。

四顧劍轉身，很直接地對著眾人身後、那間古舊廟宇的門口提劍一禮，沉默半晌後說道：「實在是想不明白，這些人世間的破事，你來湊什麼熱鬧？」

被四顧劍眼光看到的那些官員、祭祀們驚恐不已，趕緊避開，生怕被目光觸及。如此一來，順著四顧劍望過去的目光，人們分開了一條道路，露出最後方古舊小廟的黑色木門。

以及門外穿著一身黑衣，似乎與這座廟宇融為一體的五竹。

四顧劍的目光像是兩把劍一樣穿透空氣，落在五竹那張乾淨的面龐和那塊似乎永不會沾染灰塵的黑布上。

然而五竹無動於衷，沒有任何反應。

四顧劍嘆了一口氣。

在這個時候，皇帝又笑了起來，只是此時的笑聲卻變得自如：「閣下來得，老五為何來不得？」

皇帝斂了笑容，冷冷地看著四顧劍。

葉流雲苦笑著搖了搖頭，對四顧劍說道：「圍山的時候，范閒在山上……他自然也來了。」

四顧劍一愣。這位大宗師哪裡關心過圍山時的具體過程，但愣了半晌後，他忽然破口大罵起來，全然不顧一絲大宗師的氣勢與體面，竟是罵了足足數息，將所有能想到的汙言穢語都罵出來！

「狗日的……雲之瀾和燕小乙這兩個蠢貨！把那個小白臉圍在山上幹什麼？」四顧劍氣喘吁吁罵道：「這是要陰死老子？」

他忽然神情一凜，寒寒看著慶國皇帝，嘲笑說道：「帶著范閒上山，便找著這麼一個好幫手……難怪你一點兒不怕……看來先前說錯了，治國、行軍我不如你，壓榨自己的子女親人，這種本事，我更不如你。」

皇帝微微一笑，沒有言語。

很明顯，不論是四顧劍還是葉流雲，對於忽然出現在大東山山巔慶廟的五竹都感到了強大的震驚與警惕。

雖然他們是大宗師，但是過往的歷史與這世間神妙的偶然發生，已經證明了許多事情，不然四顧劍也不會腆著臉把王十三郎送到范閒身邊，將那個心性執著最似自己、卻格外溫柔的關門弟子扔出去。

不就是因為這個瞎子嗎？

四顧劍忽然望著五竹靜靜說道：「你不要摻和這件事情，下山吧，這皇帝不是什麼好鳥……我們這些老傢伙給你一個保證，范閒這輩子絕對會風風光光，就算不在南慶待，去我東夷，我讓他當城主。」

場間眾人依然安靜，但眼裡卻露出震驚與惶恐，他們不知道那個站在廟門的黑衣人是誰，竟能讓兩位大宗師在刺駕前的一瞬間停止下來；竟然能夠讓四顧劍，那位一向狠辣的四顧劍，許出了這樣大的承諾。

大宗師說的話，沒有人會不相信。

所以人們更好奇，那位和范閒息息相關的黑衣人，究竟是何方神聖？

皇帝的眉頭微微皺了皺，因為他發現五竹低著頭似乎在想什麼。

五竹思考了一會兒後，緩緩說道：「不好意思，范閒讓我保住皇帝的性命。」

如同葉流雲一樣，四顧劍也張大了嘴，陷入比看見五竹時還要震驚的神情之中，半晌後才搖頭說道：「三十年不見，想不到你竟然變得話多了……如果不是知道是你，只怕還以為你是被人冒充的。」

五竹搖了搖頭，懶得回答這個無聊的問題。

四顧劍正了正頭頂的笠帽，說道：「五竹，我們當年是有情分的……除非迫不得已，我不想對你動手……你要知道，從牛欄街之後的這兩年，我對范閒可是容忍了很久。」

眾人再次心驚，暗想當年的情分是什麼？

五竹微微一怔，想了半晌後輕聲說道：「你那時候鼻涕都落到地上了……髒得沒辦法。」

四顧劍哈哈大笑。「我現在也一樣的髒，我現在還是那個十幾歲還流鼻涕的白痴，如何？要不要還陪我去蹲蹲？」

五竹脣角漸翹，似乎想笑，卻終究沒有笑出來，只是搖了搖頭。

四顧劍沉默許久後，搖了搖頭，將劍收回鞘中。

葉流雲一驚道：「幹麼？」

四顧劍指指洪四庠，指指五竹，又看看葉流雲，沒好氣說道：「兩個打兩個，傻子才動手。」

葉流雲苦著臉說道：「可你……難道不是傻子？」

「我是傻子。」四顧劍認真說道：「可我不是瘋子。」

場間包括慶國官員和祭祀還有幾名太監在內的眾人，其實都是第一次看見這些傳說中的人物，看見在人類心中有如天神一般的大宗師。在初始的敬畏害怕之後，此時再看了這幾幕對話，心中卻生出了無數荒謬感覺。這幾個像是小孩子一樣鬥嘴鬥氣的老頭，難道就是暗中影響天下大勢二十年的大宗師？

皇帝看著這一幕，等待著大劇的落幕，心中一片寧靜。

如果四顧劍和葉流雲真的退走，這幕大劇，便成為了一場鬧劇。而四顧劍也不是真的白痴，他當然知道，如果真的讓慶國皇帝活著回了京都，會帶來多麼恐怖的後果。

四顧劍扯著嗓子罵道：「反正二打二，老子是不幹的，那賊貨再不出來，老子立馬下山。」

皇帝聽著此言，瞳孔微縮，面色大寒。

有流雲沉浮於山腰，有天劍刺破石徑，有落葉隨風而至。

風過光散，須臾間，第三個戴著笠帽的人，就像是一片落葉一樣，很自然地飄到了山頂上。

苦荷終於來了。

第十二章　大行

「大宗師果然不愧是大宗師，就算是破口大罵，居然也能從空無一片中，罵出一個大宗師來。」

王啟年躲在滿臉驚恐的任少安身後，在心裡習慣性地相聲了一下，眼珠子便開始轉，然後趁著眾人沒注意，悄無聲息地往後面挪著步子。他與宗追並稱監察院雙翼，論起逃命匿跡之類的功夫，實在是天下無三。

此時大東山山頂上，眾人的注意力全部集中在忽然出現的第三位戴笠帽之人身上，根本留意不到眾人間消失了一位。

王啟年暗想，這大概便是小角色的優勢。和山腰間辛苦保住性命的高達一樣，他們這些在范閒身邊待久了的人，都和世上大部分忠臣孝子的心思有了些許差別——活著是最重要的，哪怕皇帝要蹬腿了，可自己還得活著呀。

王啟年的消失，可以瞞過天底下所有人，卻瞞不過山頂上的這幾位大宗師，只是他們看著彼此、看著對方、看著慶國皇帝，卻吝於分出一分心神去看一個無名的乾枯老頭子。

層層烏雲無來由地聚攏，高懸於大東山之頂的天空中，將熾烈的日光遮去大半，山頂重入陰鬱海風之中。

一片安靜。

禮部尚書是個精神矍鑠的老者，他本應該出列嚴詞指責眼前這幕卑劣的算計，但他卻說不出話來。太常寺正卿任少安年歲不大，他應該站在皇帝的身邊，幫皇帝擋住這些來自內部、來自異國的強大殺氣，可是……他不敢。

是的，所有人都不敢動，所有人都不敢說話，所有人的心中都泛起無限複雜的情緒，或激動、或恐懼、或興奮、或絕望、或敬畏、或悲傷。

是的，這個面積並不如何闊大的山頂上，今日發生了太多的事情，來了太多的大人物，以至於那些錯落有致的古舊廟宇，也開始在海風中發抖，簷角的銅鈴叮叮噹噹，在向這些大人物們表示禮拜。

葉流雲、四顧劍、苦荷，天下三國民眾頂禮膜拜的三位大宗師。三位大宗師各居天南地北，苦荷乃北齊國師，四顧劍一劍護東夷，葉流雲卻漂泊海上難覓蹤跡。這個世界上沒有任何人能同時請動他們三位出現在同一個地方，這是身為人間巔峰的自覺。

今天他們卻為了一個人來到大東山。

因為對方是雄心從未消退的慶國皇帝，天下第一強國的皇帝，人世間權力最大的那個人！

而皇帝的身邊站著洪四庠，從不出京的洪四庠。

四大宗師會大東山！

刺慶帝！

人間武力的巔峰與權力的巔峰，齊聚於此。這樣奇妙的場景，從來沒有在這片大陸的歷史上出現過，在以後的漫長歲月裡或許也沒有機會再次出現。這樣的場景，往往只能存在於人們的幻想中，或者是北齊說書人的話本裡。

然而這看似絕對不可能的場景，終於在這個夏末的大東山上，變為真實。

而且那位身為目標的慶國皇帝，四位大宗師，永遠都不會忘記，在那間古舊小廟的門口……還站著一位瞎子，眼睛上繫著一塊黑布的瞎子。

「見過陛下。」最後上山的那位大宗師，身上也穿著麻衣，腳卻赤裸著，麻褲直垂腳踝處，沒有遮住未沾灰塵的雙腳。

皇帝微微躬身行禮。「一年半未見國師，國師精神愈發好了。」

苦荷緩緩取下頭上戴著的笠帽，露出那個光頭，額上的皺紋裡透著一股寧和的氣息，輕聲說道：「陛下精神也不差。」

皇帝已經從先前的震驚中擺脫出來，既然五竹來得，四顧劍來得，苦荷自然也來得。他苦笑一聲，似乎是在讚嘆自己刻意留下一條性命的妹妹，竟然會弄出如此大的手筆來。

「真不知道，雲睿有什麼能力能說動幾位。」

不須片刻，慶國皇帝笑容裡苦澀盡去，昂然說道：「君等不是凡人，朕乃天子，亦不是凡人，要殺朕……你們可有承擔朕死後天下大亂的勇氣？」

此言並無虛假，慶國皇帝一旦遇刺身死，不論永陶長公主在京都如何扭轉局勢，可是慶國必然受到大創。皇帝遇刺，不啻於是在慶國子民的心上撕開了一道大大的傷口。一向穩定的慶國朝野受此重創，如果要保持內部的平衡，必定要在外部尋找一個怒氣的發洩口。

慶國皇帝的平靜，來自於他對時勢的判斷，自己若被刺於大東山，還有異國的勢力加入，不論朝中諸臣忠或不忠，在國君新喪的強大壓力下，必然會被迫興兵。

以慶國強大的軍力，多年來培養出的民眾血性，一旦打起為皇帝復仇的大旗，殺氣盈沸之下，北齊和東夷如何支撐得住？即便對方有大宗師……可是天下亂局必起！

「朕一死，天下會死千萬人。」皇帝輕蔑笑著，看著那三位大宗師。「你們三人向來都喜歡自命為百姓守護者，苦荷你護北齊，四顧劍護東夷，然而卻因為朕的死亡，導致你們子民的死亡、饑餓、受辱、流離失所、百年不得喘息……這個交易划算嗎？」

苦荷微微一笑。「如果陛下不死，難道就不會出兵？天下大戰便不會發生？」

皇帝緩緩說道：「這二十年間，天下並未有大的戰事，你們最清楚是為什麼。」

苦荷嘆息道：「陛下用兵如神，慶國一日強盛過一日，陛下之所以憐惜萬民，未生戰釁，不外乎是世上還有我們這幾個老頭子活著，不然即便一統天下，卻是個被我們折騰得隨時分崩的天下，陛下自然不想要這個結果。」

「不錯，朕便是在等你們老，等你們死。」皇帝眼簾微垂，淡淡說道：「朕比你們年輕，朕可以等……」

「我們不能等了。」苦荷再次嘆息道：「不然我們死後，誰來維繫這天下的太平？」

皇帝的兩道劍眉漸蹙，眉心那道小小的皺紋夾著一絲冷漠與強橫。「太平？這個天下的太平，只有朕能給予！就憑你們三個不識時務、只知打打殺殺的莽夫，難道能給這天下萬民一個太平盛世？」

那位最後上山的北齊國師溫和一笑，對慶國皇帝輕聲說道：「千年之後，史書上再如何談論今日大東山之事，那不是我們這些凡人所能控制，每個蒼生中一員，都無法對遙遠的將來負責……我們所要看的，不過是這個清淨世界中的當下。」

苦荷雙掌微微合十，說道：「至少在我們三人死前、老去前，要對這個天下負些責任。」

「所以朕必須死？」皇帝微微一笑，轉首望著葉流雲說道：「世叔，你是慶國人，乘桴浮於海，何等瀟灑，你要朕死，莫非是為了天下的太平？莫忘了，我大慶南征北戰殺人無數，你葉家便要占其間的三成！」

不待葉流雲回答，一言畢，皇帝又轉向四顧劍，冷笑說道：「你呢？一個殺人如草的劍痴，竟然會心懷天下？莫非你當年殺了自己全家滿門，也是為了東夷城的太平？」

皇帝最後不屑地望著苦荷，說道：「天一道倒是好大的苦修名頭，可你們這些修士不事生產，全由民眾供養，又算得什麼東西？不過是一群蛀蟲罷了。

「戰明月！」皇帝一聲冷喝，說道：「不要以為剃了個光頭，就可以把自己手上的血洗掉。

「世叔，你只不過是為了自己家族的存續……當然，朕本來起意在此地殺你，你要殺朕，朕毫無怨言。

「四顧劍，你守護東夷城若干年，朕要滅東夷，你來刺朕，理所應當。

「苦荷，你乃是北齊國師，朕要吞北齊，你行此狂舉，利益所在，不須多言。

「爾等三人，皆有殺朕的理由，也有殺朕的資格，但……」他看著這三位一身修為驚天動地的大宗師，鄙夷之意抑制不住。「諸君心中打著各自的小算盤，何必再折騰一個欺世的名目出來？

「戴著三頂笠帽，穿著三件麻衣，以為就是百姓？錯！你們本來就是不應該存在這個世界的怪物。」皇帝冷冷盯著三位大宗師。「為萬民請命，你們配嗎？」

皇帝輕輕拂袖，長聲而笑，笑聲裡滿是不屑與嘲諷，或是嘲諷那三位高立於人間巔峰的大宗師，或是自嘲於算計終究不敵天意的宿命感。

「罷罷罷，這天道向來不公，三個匹夫，便要誤朕大計，二十年來，朕常問這老天，為何千年前不生，百年前不生，偏在朕活著的時候，生出你們這些老怪物來……」

這位天下權力最大的中年男子忽然斂了笑容，冷漠說道：「如今人都已經到齊了，還等什麼呢？」

自洪四庠斂去了自己的氣息，慶國皇帝站到他的身旁，昂首而立，於三大宗師包圍之中，笑談無忌，這是何等的自信神采？若換成世間任何一位權貴，置於他此時的處境中，只怕縱使再如何心神清明，終究也會陷入某種難以承擔的情緒之中。

只有慶國皇帝依舊侃侃而談，眉宇間、眼瞳裡，沒有一絲畏懼，有的只是一絲錯愕後的坦然，以及坦然之後的那絲淡淡惆悵、無奈。

他分別向三位大宗師冷言質問，那種不可一世的氣焰並未因為此時的危局而有絲毫減弱。天下第一權者的長年養氣功夫，讓他縱使在這些人類巔峰力量的包圍之中，依然自然地透露著帝王的無上威嚴。

最後那段話表明的意思很清楚，以慶國皇帝的手段、魄力、決心，在這二十年前就已經出現了一統天下的跡象，他有能力完成這件大事業，從而開創北魏之後，又一個萬朝之國。

慶國皇帝也會成為真正的天下共主。

而在二十年前，慶國統一天下的步伐卻被迫放慢下來。因為在慶國代替北魏、成為大陸上最強盛的國家過程中，人間的武道境界也忽然間有了一次飛越。三十年前開始，人世間逐漸出現了幾位大宗師。人類的歷史中，以往並沒有出現過這種能夠以一人之力對抗國家的怪物。

一旦出現這種恐怖的大宗師，即便心性強大如慶國皇帝，依然不得不暫攝兵鋒，在大陸上謀求一個暫時的平衡。

「還等什麼呢？」皇帝再次用嘲諷的語氣重複一遍，說道：「堂堂大宗師，也會怕朕？戰明月你一直隱跡不出，是不是擔心這大東山之局是朕與雲睿聯手設的？」

一語道破他人心思，慶國皇帝就是有這種能力，即便對方是深不可測的大宗師。

苦荷微微一笑，頭頂映著烏雲下的淡光，整個人似乎已經和這片山巔融為一體。他和聲回道：「說到底，還是這些年北齊、東夷兩地被陛下和長公主殿下害慘了。」

是的，對於大東山這樣好的一個機會，三位大宗師都會思考，永陶長公主的忽然失勢與太子的忽然被廢，是不是慶國人玩的一件大陰謀，所以他們必須看到慶國內部真正的問題。

而眼下這一幕、燕小乙的叛軍、臨陣換帥，已經證明了這一切。

海上有異象生，大東山山巔上方的層層烏雲範圍越來越廣闊，最後直接連到了海天交際的天邊一線。整片天穹都被烏暗的雲朵遮蔽著，天色越來越暗，雲中的翻滾擠弄似乎清晰可見，似乎有些不知名的能量正在那些變形、掙扎的雲層間蘊蓄。

嗚嗚……風聲呼嘯，雲間隱有雷聲隆動，似乎是天地在痛苦的呻吟，然後落下一滴雨水。

在層層烏雲疊加最厚的那片天空下，大東山的山巔已經進入了一種很奇妙的境界。第一滴雨水落下時，恰巧打在皇帝明黃龍袍上的金絲繪龍上。

雨水打在那條蟠龍的右眼中，明黃的衣料沾水色重，讓那條龍的眸顯得有些黯淡、悲傷。

異常強大的四道勢，同時出現在烏雲籠罩的山頂，互相干擾著、依偎著、衝突著，漸漸交會，直欲沖天而起，與山頂上空的那些厚雲隱雷天威做一番較量！

勢。

四道勢含著實體的力量，完美地融合在一起，進入到一種玄妙的境界。在第一滴雨落下時，便掌控了大東山山頂的一切。所有的生命在這實勢圓融的境界中，開始失去了自我心靈的掌控。

實。

慶國的官員與廟宇的祭祀們並沒有因為場間恐怖的氣勢壓榨而倒向地面，他們仍然站立著，只是渾身僵硬，沒有一絲動彈的可能。他們恐懼但眼瞳無法縮小，他們失禁但尿水無法打溼衣褲，他們想驚聲尖叫卻張不開嘴。

山頂四周的長長青草像是一柄柄劍般倒下，刺向場地的正中間，就像是在膜拜人間的君主。廟宇簷上的銅鈴輕輕搖盪，然而內裡的響鐵也隨之和諧而動，發不出任何聲音。地面上的黃土用一種肉眼可以看見的速度，緩緩向著青石縫隙裡退去，縮成一道線，一道瑟縮的線，躲避著這股磅礴的力量。

沒有一絲聲音，所有的聲音都被封鎖在實勢恐成的堅厚屏障內，雲層絞殺的雷聲、雨滴潤土的輕語，都變成了默劇的字幕，能觀其形，而無法聞其聲。

實超九品，勢突九品，人類一直在思考，這樣的力量一旦全力施展出來，會出現什麼樣的狀況？而今日大東山上，整個人間最巔峰的五位同時出手，這股威力甚至隱隱超出了人類的範疇，而開始向著虛無飄渺的天道無限靠近。

大風起兮，無聲無息。

大雨落下，聽不到滴答。

雨水擊打在苦荷那張蒼老的面容上，沒有被他體內純正的真氣激起雨粉，而是十分溫柔自然地滑落，打溼了他的衣襟、他的麻衣、他的赤足。山巔的狂風，吹拂得他的衣裳向後飄動，然而他的人卻像是一座山一樣，靜靜地佇立在山巔，迎接著風吹雨打，沒有刻意抵抗，只是溫柔自然地和風雨混在一處。

此乃借勢，借山勢、借風勢、借雨勢，平和著對面那記霸道到了極點的真氣。

洪四庠一手牽著皇帝，整個人的身體已經挺了起來，體內霸道的真氣毫無保留地釋放出來。他的鬚髮皆張，刺破了頭頂戴著的宦帽，他的衣裳也逆著風勢而飛舞，渾身上下散發著一股鬼神辟易的霸道氣息，似乎直要將這山、這風、這雨……統統碾碎了去！

苦荷的眼中忽然閃過一絲妖異的光彩，一絲完全不合天一道中正平和之意的妖異，脣中唸唸有詞，卻聽不清他在唸什麼，然而他的身體在風雨中無助擺動，卻看不到一絲頹色。

在場間四勢之中，唯有洪四庠這處全力而發，氣息沖天而去，震得他與皇帝四周的雨水變成一片粉霧，瀰漫身周，模糊了其中的景象。

霸道終不可持，尤其是這種逆天動地的霸道，洪四庠的眼中耀著異彩，整個人像是年輕了數十歲，難道他是在耗損著自己的生命真元拖住這三位大宗師一剎那，從而給五竹救駕的機會？

然而五竹在雨中，任雨水打溼黑布，卻是一動未動。

他不動，並不代表他永遠不會動，所以四顧劍像一道變了方向的雨水，劃過一道黑影，像鬼魅一樣站在五竹與皇帝的中間。

四顧劍也沒有動，只是凝著自己的勢，他低著頭，笠帽遮著他的臉，漫天的雨水似乎要將這個穿著麻衣的矮子完全吞沒。

但再大的風雨也無法吞沒他手中倒提著的那把劍。

五竹隔著黑布「望」了四顧劍手中的劍一眼。

在風雨中依然耀著寒光血意的那柄劍忽然黯淡了一瞬間。

四顧劍依然未動，而他體內的強橫真氣卻逼了出來，順著身上麻衣大大小小數百道口子向外滲出來。

這幾百道口子，是這位大宗師一劍殺盡百名虎衛的代價。

四顧劍的真氣宛若實質，從他的麻衣裂口中激射而出，雖未發出聲音，但從那些裂口處麻衣急速搖擺的形狀，可以感受得異常清楚。而這些真氣的碎片被逼出他的身體後，並未破空而去，卻繞著淒厲的弧線，在他的周身上下飛舞。

帶動著那些雨水飛舞。

雨水變成了一把把鋒片，無聲地飛舞，透明一片，看上去神奇無比。

五竹緩緩低頭，反手握住腰間的那根鐵釺，眉頭皺了一下。

在這一瞬間，四顧劍周身的雨水鋒片飛舞得愈發激烈，割斷周身的一切生機，讓整個山巔都籠罩在一股絕望厲殺的氛圍之中。

四顧劍還沒有拔劍，因為他本身就是一柄痴愚而執著的劍。

葉流雲也沒有拔劍，因為他的劍已經刺入了山腳的懸崖石壁之中。場間五位大宗師級別的絕世強者，此時只有他一個人顯得有些落寞。

他是慶國人。

他是葉家的守護神。

他被慶國皇帝稱為世叔。

他要殺死慶國的皇帝。

他那雙斷金斬玉、崩雲捕風的手，依舊穩定而溫柔地放在袖中，始終沒有伸出來。

便在這一瞬間，苦荷最先動了，他動了一隻腳，只是往洪四庠的身邊走了一步，輕輕地踏了一步。

但洪四庠卻覺得似乎有一座山向著自己壓了過來，眉毛一挑，左手中指微屈一出，如天雷崩去，純以霸道真氣破對方圓融之勢。

山破。

雨至。

苦荷合十，滿天風雨在這一瞬間改變了方向，向著洪四庠那張驟然間年輕了數十歲的臉龐撲去。

雨水一觸洪四庠的臉，沒有激出任何印跡，但洪四庠光滑的臉上，卻像是多了幾條皺紋，整個人蒼老了少許！

而那些雨水卻馬上被蒸發乾淨，洪四庠再屈食指，一指向著身前的空中敲了下去，雖是無聲無息，卻激得雨水從中讓路，讓那青石板上寸裂而開，露出下方瑟縮黃土。便是黃土也承受不了這種暴戾的氣息，無數顆粒翻滾著、絞弄著，把溼潤的水氣擠壓出去！

苦荷如落葉般，不沾雨水飄退，他先前踏上的那一方青石板，忽然間消失，於暴雨中乾燥，露出了龜裂的地皮，似黃沙。

苦荷的心中有惻意，知道這位隱在慶國皇宮數十載的同行人，今日已有去念，不然不會選擇如此強硬的方式，這是何等霸道的真氣，如此強悍的真氣釋出，即便是大宗師的身體，只怕也支撐不了片刻。

然而他再次飄前，依然如落葉。

他握住了洪四庠的左手，就像是落葉終於被雨水打溼，死死地貼附在廟宇斑駁的牆壁上，再也無法脫離。

洪四庠的眉毛飄了起來。

苦荷的衣裳鼓動了起來。

二人間的空氣不停地變形，卻讓穿越其間的風雨，駭得平靜起來。

依舊沒有一絲聲音。

雨水順著笠帽流下，形成一道水簾，遮住四顧劍的臉，他低著頭，輕輕鬆開手掌，放開了劍柄，於風雨之中併二指疾出，各指天際，不知方向。

手指一劃，周身風雨頓亂，劍意大作！

長劍從他的手中緩緩向下劃落，卻定在半空中，不再落下，於剎那間重獲光彩，一道亮光從劍柄直穿劍尖，殺意直指大地，反指天空，一往無前，其勢不可阻擋。

地面上無故出現了一個深不見底的黑洞。

五竹低著頭，反手握緊鐵釬，拇指壓在食指之上，指節微微發白。

葉流雲知道自己必須出手了，這最後的一擊，必須由自己完成，這是協議中最關鍵的一部分。

他緩緩睜開雙眼，眼神裡已經是一片平靜，於袖中伸出那雙潔白如玉的手掌。

葉流雲全力發動，場間實勢的平衡頓時被打破，洪四庠一身霸道氣息，再也無法抵擋三位大宗師的合擊，場間玄妙的境界頓時被撕開一道小口子。

泡沫上的小口子，足以毀滅一切。

聲音重臨大地。

一聲悶響在苦荷與洪四庠身間響起，先前兩道性質完全不同的真氣相沖，聲音卻延遲至此時才響起，悶聲如雷、如風雲。

苦荷雙臂上的麻衣全數震碎，露出滿是血痕的蒼老雙臂，然而他的眼神依然一片平靜寧和，雙手輕柔地拂著洪四庠的右手，落葉重新被山風吹動，劃著異常詭異、而又看上去十分自然的痕跡，飄了上去。

苦荷的右掌輕輕撫在洪四庠的胸上。

洪四庠的面容更加蒼老三分。

然後洪四庠的胸膛忽然暴烈地脹了起來！將苦荷那夾著天地之勢、溫柔貼近的一掌震開！

苦荷臉色發白，再輕柔地按上第二隻手掌。

皇帝嘆了一口氣，鬆開一直握著洪四庠的那隻手，嘆息聲在安靜許久的山巔響起，顯得是那樣的淒涼而平靜。

「浪花只開一時，但比千年石，並無甚不同，流雲亦如此，陛下……亦如此。」

葉流雲面無表情地唸完此偈，來到了皇帝的身前。此時苦荷與洪四庠在一起，五竹與四顧劍在一起，世間再沒有人有資格阻止他完成刺君的最後一擊。

在這時，天空中的一道閃電終於傳到了山巔，雨聲也大了起來。

電光一閃即逝，只照亮了一剎那，真正的電光石火間。而就在這瞬間內，四顧劍看見對面的五竹鬆開了握著鐵釬的手！

四顧劍咧嘴一笑，雙手併著的兩指屈了一指，指尖的雨水滴了下來，而他身旁那柄一直懸浮在空中的長劍，倏地飛了出去，繞著他的身體畫了一個半圓，直刺皇帝的後背！

前有葉流雲，後有四顧劍一往無前、凝集全身真氣的一劍，就算是大宗師也無法應付，事情終於到了終局的這一刻。

皇帝此時已經鬆開了洪四庠的手，他不願意讓這位老太監因為自己的緣故，而在宗師戰中不得盡興。他的右手顫抖著，面容卻無比平靜，已經做好了迎接死亡的準備。

人總是要死的，雨水進入皇帝的雙唇，微有苦澀之意。他龍袍上的那條龍淋了雨水，在盤雲中掙扎，顯得格外不甘。

閃電之後，雷聲終於降臨山巔，喀嚓一聲，轟隆連連。

慶國皇帝傲然站在山頂，等待著死亡。

此時那些慶國大臣與祭祀們已經跌坐在雨水中，看著這令人撕心裂肺的一幕，跪伏在地，哭喊著：「陛下……！」

第十三章　京都的蟬鳴

慶曆七年的夏末，比往常的年頭要來得更熱一些。第一場秋雨遲遲未至，層疊三月的暑氣全數積在民宅、街道之中，風吹不散，讓京都像是焐在炕頭的棉被裡。

京都的居民們晨起後，便會覺得身上全是濃度極高的汗液殘留，略一梳洗，出門後又是一陣汗水湧出，一日之中，直讓人覺得渾身上下無比黏稠，好不難受。

蟬兒們卻高興了，拚命地高聲嘶叫著，只是沒有往年夏末秋初時節的聲嘶力竭、生命最後的悲切，反而是一種留有餘力、游刃有餘的高亢。知了、知了的聲音，在京都城內外的叢叢青樹間此起彼伏，驚擾著人們的睏意，嘲笑著人們的難堪。

一根青竹竿忽然分開樹葉，準確地刺中樹幹上的某一處。那位正在引吭高歌的蟬兄只覺得眼前一白，感覺滿臉被糊了一層東西，再也無法張嘴，情急之下想用觸肢去扒拉，不料卻連觸肢也被糊上，再也無法掙脫。牠只好在心裡嘆了口氣，暗想得意確實不能太早。

一位小太監得意地望著樹上，回手將竹竿收了回去，摘下被麵筋縛住的蟬，扔進身邊的大布袋裡，正準備繼續出手，眼角餘光裡卻瞥見了院牆旁邊坐在竹椅上乘涼的那位，趕緊屁顛屁顛地跑過去，湊在那位耳邊說了幾句，像是獻功一樣地扯開布袋給對方看。

躺在竹椅上的那位太監是洪竹，他斜乜著眼看了一下，嗯了一聲，示意自己知道了，想了想後，皺著眉頭，壓低聲音說道：「說了多少遍了？要你黏翅膀，非往那知了的頭上黏……這半晌才黏了幾個？待會兒太后被吵醒了，你自己領板子去？」

那名小太監趕緊請罪，帶著青樹下發呆的十幾個太監趕緊繼續去黏蟬。

洪竹半倚在竹椅上，瞇眼看著那個小太監的身影，不知怎的，卻想起了自己初進宮時的情況——皇宮裡樹木極多，蟬自然也多了起來。尤其是今年夏天太熱，一直持續到今月，宮中的貴人們對這些蟬的鳴叫已經煩不勝煩，也虧得洪竹想出了這個主意，派了幾撥小太監往各宮裡去黏蟬。

難怪皇帝和皇后都喜歡他，如此細心體貼的奴才，真是少見。

洪竹苦笑了一下，心想這法子是小范大人教給自個兒的，小范大人如今應該在大東山，也不知道陛下祭天進行得如何了。

慶國皇帝離京祭天，沒有依照祖例由太子監國，而是請出了太后垂簾，其中所蘊含的政治氣息十分明顯。皇宮裡的人們都小心翼翼地等待著皇帝歸京的那一天，人心惶惶，各種小道消息傳了又傳。太后垂簾，而東宮此時早已失勢，整個後宮竟然沒有一位貴人出來領頭，宮牆之中的平靜，無法自制地呈現出一種慌亂。

而洪竹在這一片慌亂之中是個另類，他原意還是想留在東宮侍候皇后與太子，但不知道為什麼，太后將他調到了含光殿來。半年前東宮失火，整個皇宮的人都清楚，東宮與廣信宮的太監、宮女們全數離奇死亡，雖然眾人不敢議論此事，但對於唯一活下來的洪竹，卻多了幾分敬畏與疏離。

所有人都死了，洪竹還活著，這件事情本身就很恐怖。

洪竹站起來，心裡有些黯然。是的，他是一個奴才，但他是個有情有義的奴才，所以此時在宮中，他竟有些不知如何自處，看著東宮的頹涼，他竟有些傷感。

他往含光殿裡走去，微佝著身子，年紀輕輕的，卻開始有了洪四庠那種死人般的氣味。

十三城門司的官兵們在暑氣中強打精神，細心地查驗進京人們的關防文書。京都守備師的軍隊，在元臺大營處提高了警戒，而守護皇宮的數千禁軍更是站在高高的宮牆上，用懷疑的目光，打量著腳下所有的一切。

整個京都的防衛力量，便控制在這三部分軍隊的手中，在當前這樣一個安靜詭異的勢態，稍有不慎，只怕便會引出大亂。

三方都不敢有絲毫鬆懈，以大皇子為首，強力地壓懾著所有人的異心與動靜。

京都的百姓，卻沒有官員和軍隊這般緊張。這麼熱的天氣，富庶的慶國子民們不願意待在家中硬抗悶熱，而是習慣躲進遮陰的茶樓裡，喝著並不貴的涼茶，享用著內庫出產的拉繩大葉扇，講一講最近朝廷裡發生的事情，說一說鄰居的家長里短。

對於京都百姓來說，皇宮和自己的鄰居似乎也沒有太大區別。

蟬兒在茶樓外的樹中高聲叫著，有幾隻甚至眼盲地停在茶樓的青幡之上，把那個大大的「茶」字塗成了「茶」字。而這些嘶啦嘶啦的鳴叫，恰好掩住茶樓裡面好事者們的議論。

議論的當然是皇帝此行祭天事宜，風聲早已傳了數月，天下人都知道皇帝這一次是下定決心要廢儲了。只是太子這兩年來表現得仁厚安穩，和往年的模樣有了極大的區別，所以官員和百姓們的心中都在犯嘀咕，為什麼皇帝要廢儲？

沒有幾個人敢當面問這些，但總有人敢在背後議論些什麼。總體而言，京都百姓們對於那位東宮太子投予了足夠的同情和安慰，或許是因為人們都有同情弱者的精神需要，又或許是身為死老百姓，總是希望天下太平一些，不願意因為廢儲而產生太多的風波。

當然，此時的京都百姓，包括朝中的文官，都沒有想到，慶曆七年夏秋之交的這場風波，竟以一種誰也沒有料想到的方式，轟隆隆地如天雷捲過，捲進了所有的人，京都所有的土地。

呼的一聲，大風毫無先兆地從京都寬闊的街道、密集的民宅間升起，穿過，掠過！風勢來得太突然，將那些在街上擺著果攤、低頭發睏的攤販涼帽吹掉，露出那雙渾渾噩噩的眼睛，吹得滿街的果皮亂滾，吹得茶樓外青幡上的蟬再也附著不住，啪答一聲落到地上。

「茶」字又變成了「茶」字。

坐在茶樓欄邊的茶客們好奇地往外望去，心裡納悶，這已經悶了三月的天，難道終於要落下一場及時的秋雨了？

然後他們看見本是一片碧藍的天，忽然間被從東南方向湧來的層層積雨雲覆蓋，整座京都的上方，宛若加了一個極大的蓋子，陰涼籠罩著城郭與其間的子民。

雲層不停地翻滾，像是無數巨龍正在排列著陣形，時有雲絲扯出，看上去十分恐怖。如此濃厚的烏雲，自然預兆著緊接而來的暴雨，看這雲頭，這場大雨只怕會異常凶猛。

而那些茶客們不驚反喜，心想老天爺終於肯讓這人間清明些了。

喀嚓一聲雷響，雨水終於嘩啦啦地下了起來，街上的行人們紛紛走避，樓上的茶客們瞇著眼，極為快活地欣賞著許久未見的雨水和民宅被打溼後沁出的些許別樣美麗。

雨下得並不特別大，卻特別涼，不一時工夫，茶客們便開始感覺到絲絲寒意，不免有些意外，心想往年的秋雨只是淅瀝下著，總要有個三場，才能盡祛暑意，今年怎麼這雨水卻如此之涼。

以這個時代人們的知識，自然不知道，在十幾天前，東海的海面上升騰起今夏最大的一場颶風，這場風災直衝大東山，在海畔五十餘里的地面上空降無數雨水，然後勢頭未減，繼續夾著海上蒸騰的水氣與溼氣，直入慶國腹地。

這場颶風很有趣，沿路之上並沒有造成太大的災害，卻給酷熱已久的慶國疆土帶來了立竿見影的降溫降雨。

茶客們搓著手，喝著熱茶，暗罵這老天爺太怪，眾人出門都未帶著傘，更不可能帶著簑衣，只好在這樓中硬扛著絲絲涼意。

「出什麼事了？」忽然有一個人望著城門的方向好奇問道。

聽著這話，好熱鬧的人們都湊到茶樓的欄邊，往城門的方向看去，隔著遠方層層的雨霧，看不清楚那方出了何事，只隱約感覺到一陣躁動與那些軍士們的慌亂。京都四方城門，都由十三城門司的兵馬把守，向來軍紀森嚴，極少出現眼下這種局面，所有茶客們都有些好奇。

自然不會是有軍隊來攻城，首先不論這種想像本身足夠荒謬，即便真的有軍隊攻到京都城下，周邊的守備師也會率先迎敵，而城門司設在角樓裡的瞭望卒，也會在第一時間內發出警訊。

噠噠馬蹄聲響，踏破長街雨水，聲聲急促。

茶客們定睛望去，只見城門處一匹駿馬急速駛來，只有這一匹，眾人明白肯定是哪方有急訊入城，紛紛放下心來。

但看著那匹駿馬嘴邊的白沫，馬上騎士滿臉塵土的憔悴模樣，眾人心頭再緊，紛紛暗想，難道是邊關出了問題？

雨水一直在下，疲憊到極點的駿馬奮起最後的氣力，迎著風雨，拚命地奔馳著。馬上衣衫破爛、神情嚴肅的騎士毫不愛惜自己坐騎的生死，狠狠地揮動著手中的馬鞭，催促著駿馬，保持最快的速度，踏過茶樓下的長街，濺起一路雨水，向著皇宮的方向衝刺！

幸虧是大雨先至，將路上行人與攤販趕至了街旁簷下，不然這位騎士不要命的狂奔，不知道要撞死多少人。

茶客們看著那一人一騎消失在雨水中，消失在長街的盡頭，不由得呼出一口氣來，消化掉先前安靜無比的緊張，面面相覷，不知道朝廷究竟發生了什麼事情。

「繫著白巾啊……」一位年紀有些大的茶客忽然顫抖著聲音說道。

茶樓裡更加安靜了。雖然晚出生的京都百姓沒有經歷過當年慶國擴邊時的大戰時節，但也曾經聽說過，當年三次北伐裡最慘的那次，慶國軍隊一役死傷萬人，當年千里飛騎報訊的騎士……也是繫著白巾！

「報訊的騎士是……」有人疑惑問道：「燕……大都督，不是才勝了嗎？」

「是軍中快馬。」那位年紀大的茶客明顯當年也是行伍中人，聲音依然顫抖著。報訊者繫上了白巾，一定是有大事發生！

茶樓裡的議論聲倏地一下子停止了，所有人，甚至包括店小二和掌櫃都陷入沉默之中。眾人安靜地站在欄邊，看著大雨中的街道，暗中禱告自己的國度不會出事。

「又來了！」

茶樓中，一位年輕人惶急而無助地喊叫起來。此時城門處早已沒了躁動，有的只是一片肅殺與警惕，然而第二騎來得比第一騎更快，就像是一道煙一樣，快速地從茶樓下飛馳而過。

這名騎士未著盔甲，只是一件深黑色的衣裳，單手持韁，雙腳急踢，臉上全是雨水淋下的黑色水跡。

他持韁的左臂上也繫著一塊白巾，而右手卻高舉著一塊令牌模樣的事物，直接衝過了城門，踏過長街，同樣朝著皇宮的方向疾馳而去。

茶樓中諸人帶著企盼的目光，望著先前那位深知朝廷體例的茶客，希望能從他的嘴裡聽到一些好消息。

那名老茶客滿臉慘白，喃喃說道：「是……是監察院。」

又過了些許時刻，第三個千里傳訊的快騎，再一次強行闖過十三城門司把守的城門，踏上茶樓下那條雨街。這名騎士與先前那位一樣，狼狽不堪，看來是千里迢迢趕來，換馬不換人，用最快的速度向京都報訊，著實是件很辛苦的事情。

然而馬上的騎士並不覺得辛苦，他只知道，如果不能將這個驚天的消息，用最快的速度報入宮中，慶國只怕……會出大問題。

雨水沖刷著騎士被太陽晒得乾裂開的臉，滴入他已經變得血紅的雙眼，卻阻不住他的速度，馬匹馳過長街，往皇宮方向急奔。

他的左臂上依然有一道白巾。

此時樓內的茶客們已經被連番而來的震驚弄得麻木了起來，紛紛張著嘴，卻說不出什麼話來。雖然不知道這第三騎代表著朝廷的哪一方，但他們知道，這三騎為京都帶來的消息，肯定是同一個。得到了這三方的確認，那麼……慶國一定有災難發生。

茶樓裡一片死一般的安靜，所有人都低下頭。那名年老的茶客，滿臉慘白，顫抖著坐下來，卻眼前一黑，昏倒在地。

眾人趕緊上前施救，誰也沒有注意到，樓外面的雨勢稍微小了一些。雨勢雖小，涼意已至，那些先前還在耀武揚威的蟬，終於感覺到天命的不可逆違，感受到生命之無常，感覺到秋日之悲涼，開始燃燒自己的生命，於京都的大街小巷中，不停吟唱著最後的辭句。

「嘶啦……嘶啦……死啦……死啦……」

整個京都陷入一種未知的恐懼與茫然之中，人們不知道發生了什麼事情，只是在傍晚的時候，聽見皇城角樓裡的鳴鐘，在雨後紅暮色的背景中，緩慢而震人心魄地敲打起來。

咚！咚！咚！

層層深宮中，那座闊大的太極宮裡人很多，卻鴉雀無聲。暫時主持國政的慶國太后，此時已經從珠簾裡走出來，一身鳳袍威嚴無比。

太后冷漠地站在龍椅之前，右手被侯公公扶著，洪竹拿著筆墨侍候在旁，卻看清了太后的手，在侯公公的手裡不停顫抖。

殿下跪著三名精神已經透支到極點的報訊者，他們身上的雨水打溼了華貴的毛毯，然而他們依然低頭跪著，不敢出聲，生怕自己這個不吉利的烏鴉，會最終毀壞了這座傲立天下三十載的宮殿福澤。

太后冷冷看了這三人一眼，咬著牙，陰寒罵道：「哭什麼哭？」

此言一出，殿裡那些正在不停悲傷哭泣的妃嬪們強行止住眼淚，卻抹不去臉上的驚怖與害怕。

太后在侯公公的攙扶下坐到龍椅旁邊的椅上，說道：「即時起閉宮，和親王主持皇城守衛，違令者斬。」

「是。」

殿下一片應聲，而眼中含著熱淚的大皇子有些意外地抬頭看了太后一眼，感覺到身上的重擔，只是他此時的心情異常激盪，根本沒有辦法去分清太后旨意裡的所指。

太后繼續說道：「宣胡、舒二位大學士入宮。」

「是。」

「宣城門司統領張鈁入宮。」

「是。」

「即時起，閉城門，非哀家旨意，不得擅開。」

「是。」

「定州軍獻俘拖後，令葉重兩日內回程，邊疆吃力，應以國事為重。」

「是。」

太后的眉頭忽然皺了皺，她此時雖然一直平靜，但終究還是感覺到腦子裡開始嗡嗡地響起，她輕輕揉著太陽穴，思忖半晌後說道：「宣靖王、戶部尚書范建，秦……恆，入宮。」

「是。」

太后最後冷漠說道：「讓皇后和太子殿下搬到含光殿來……寧才人和宜貴嬪也過來，老三那孩子也帶著。」

大皇子低著頭，心頭一緊，知道皇祖母依舊不放心自己，但在此時的悲慟情緒中，他根本不想計較這些事情。

天時已暮，外面的鐘聲已息，太極宮裡燭火飄搖，看著是那樣的慘淡不安。此時慶國實際上的控制者，已經垂垂老矣的太后忽然咳了兩聲，眼神裡閃過一抹複雜的情緒，淡淡說道：「著內廷……請長公主殿下及晨郡主入宮暫住，范閒……那個懷著孩子的小妾也一併入宮。」

「是……」

太后久不視事，然而此時的每一道旨意，卻那樣清楚地直指人心，她試圖在最快的時間內，將整座京都與外界隔絕起來，將那些可能會引發動亂的人物，都控制在皇城之中。

忽然有一個無子息的嬪妃瘋狂嘶喊：「范閒刺駕！太后要抄他九族，怎麼能讓他家人入宮！」

此言一出，闔宮俱靜，太后冷冷地看著那個嬪妃，就像是看著一個死人，緩緩說道：「拖下去，埋了。」

幾名侍衛和太監上前，將那名已經陷入癲狂狀態的嬪妃拖下去，不知道會把這個可憐人埋在宮中那株花樹下的泥土裡。

太后冷冷地掃視宮中眾人，寒聲說道：「管好自己的嘴和腦子，不要忘了……這宮裡的空地還很多。」

殿內眾人心生悲意，卻不敢多說什麼，她們心頭的悲傷疑惑與這名嬪妃相同，只是她們沒有瘋，所以沒有開口。

「陳萍萍呢？怎麼沒入宮？」太后寒著臉問道。

洪竹停下了手中的毛筆，迎著太后質詢的目光，顫聲說道：「陳院長中毒之後，回陳園由御醫治療，只怕……還不知道……」

太后眼光一寒，咬牙大怒說道：「傳旨給這老狗，說他再不進京，娘兒母子都要死光了！」

人去宮靜。強抑著心頭悲傷驚怖，在最短的時間內，做出了最穩妥的安排後，慶國的太后忽然間像是被抽空了所有的氣力，渾身癱軟地靠在椅背上，緩緩閉上眼睛，一滴濁淚打溼她眼角的皺紋。

第十四章　每個人的心上都有一層皮

漱芳宮的角落裡隱隱傳出哭泣的聲音，雙眼微紅的宜貴嬪看著跪在面前的太監，很勉強地笑了笑，讓太監離開殿內。沉默片刻後，她縮在袖子裡的手，緊緊抓著那方手帕，聲音有些嘶啞說道：「我不相信。」

此時皇宮裡已經亂成一團，太后接連幾道旨意疾出，不論是東宮皇后，還是寧才人，都要馬上搬到含光殿居住。而養育了慶國皇帝最小皇子的宜貴嬪也不例外。

當時在殿上，宜貴嬪清清楚楚地聽到這些旨意，當然明白所謂移至含光殿居住，只不過是為了方便監視宮中的這些人。

她的神思有些恍惚，不知道自己與兒子將要面臨什麼樣的局面……陛下死了？陛下死了！她的鬢角髮絲有些亂，用力地搖了搖頭，似乎想將這個驚天的消息驅趕出自己的腦海。

「陛下怎麼能死，怎麼會死呢？」

她緊緊地咬著下唇，紅潤的嘴唇上被咬出了青白的印跡。宮殿外面的雨已經停了，蟬鳴亦歇，但那股沁心的寒意卻在空氣之中瀰漫著，包裹住她的身體，令她不住打了個寒顫。

皇帝雖然對女色向來沒有什麼格外的偏好，後宮之中的妃嬪攏共也不過二十餘位，然而宜貴嬪卻是這幾年中最得寵的一位，如果要說她對皇帝沒有一絲感情，自然虛假。然而此時她的悲傷、她的惶恐、她的不安卻不僅僅是因為皇帝駕崩的消息。

軍方、監察院、州郡，千里傳訊至京都，向京中的貴人們傳遞了那個天大的消息——皇帝遇刺！

然而，軍方與州郡方面的情報是，刺殺皇帝的是監察院提司范閒！范閒勾結東夷城四顧劍，於大東山祭天之際，興謀逆之心，暴起弒君！監察院那方面的情報卻只是證實了皇帝的死訊，而在具體的過程描述上，顯得格外含糊，反而證實了前面兩條消息的真實性。

但宜貴嬪不相信！

她不是不相信皇帝已經駕崩，而是根本不相信這件事情是范閒做的！這根本說不通，皇帝祭天，是要廢太子，范閒的地位在祭天之後，只會進一步穩固，他怎麼可能會在這個當口，突然選擇如此荒唐的舉動？

宜貴嬪真的很害怕，她感覺到一張網已經套上了范閒，而且緊接著套上了漱芳宮。她出身柳氏一族，與范府一榮俱榮，而且范閒更是皇帝欽點的……三皇子老師！

如果范閒真的成為謀逆首犯，范府自然是滿門抄斬，柳家也難以倖免，宜貴嬪或許會被推入井中，而三皇子……

「母親！母親！」剛剛收到風聲的三皇子，向殿內跑進來，一路跑一路哭著。待他跑到宜貴嬪身前的時候，卻怔怔地停住腳步，用那雙比同齡人更成熟的目光，小心翼翼地看了宜貴嬪一眼。

宜貴嬪有些失神地點了點頭。

三皇子抿著小嘴，強行忍了一忍，卻還是沒有忍住，哇的一聲大哭出來，撲到了宜貴嬪的懷裡。

半晌之後，宜貴嬪咬了咬牙，狠心將兒子從自己的懷裡拉起來，惡狠狠地看著他的眼睛，用力說道：「不要哭，不准哭，現在還不是哭的時候……你父皇是個頂天立地的國君，你不能哭。」

三皇子李承平抽泣著，卻堅強地站在母親的面前，重重地點了點頭。長年的宮廷生活，跟隨范閒在江南的一年歲月，這位九歲就敢開青樓的陰狠皇子心性早已得到了足夠的磨練，知道母親這時候要交代的話極為重要。

「現在都在傳，是你的老師小范大人刺駕。」宜貴嬪盯著兒子的眼睛。

三皇子的眼神稍一慌亂後，馬上平靜下來，恨聲說道：「我不相信！老師不是這樣的人，而且……他沒理由。」

宜貴嬪勉強地笑了笑，拍了拍兒子的腦袋說道：「是啊，雖然有軍方和州郡的報訊，但沒有幾個人會相信你的老師，會對你父皇不利……要知道，他可是你父皇最器重的臣子。」

「不只我們不信。」宜貴嬪咬著牙說道：「太后娘娘也不信，不然這時候范府早已經被抄了，那個發瘋的女人也不會被太后埋進土裡。」

三皇子點了點頭。

宜貴嬪壓低聲音說道：「可是太后也不會完全不信，雖然不知道為什麼……你姨丈馬上要進宮，晨兒和思思那個丫頭也要進宮，如果太后真的相信大東山的事情是你的老師做的，只怕馬上，范、柳兩家就會陷入絕境。」

「孩兒能做些什麼？」三皇子握緊拳頭，知道自己的將來，已經完全壓在老師范閒的身上，如果老師真的被打成了弒君惡徒，自己便再也沒有翻身之力。

「什麼都不要做，只需要哭，傷心，陪著太后……」宜貴嬪忽然嘆了一口氣，眼中閃過一絲可憐的神情，將三皇子又摟進懷裡。「大東山的事情一天沒弄清楚，你的老師一天沒有回到京都，太后便不會馬上對范家動手。我們需要這些時間去影響太后，然後……等著你的老師回來。」

三皇子沉默片刻後點了點頭，他和母親一樣，對於范閒向來保有莫大的信心，在他們的心中，只要范閒回到京都，一定能夠將整件事情解決掉。

太監在外面催了。

宜貴嬪有些六神無主地開始準備搬往含光殿。

三皇子眼中閃過一絲狠色，從桌下抽出一把范閒送給他的淬毒匕首，小心翼翼地藏在了可愛的小靴子裡。

他並不認同母親先前的話，含光殿裡也不見得如何安全，那兩位哥哥為了父皇留下來的那把椅子，什麼樣瘋狂的事情做不出來？

太子李承乾緩緩整理著衣裝，他的臉上沒有一絲瘋狂的喜悅，皇帝的死訊傳至宮中，太子就和所有的皇子、大臣們一樣，伏地大哭，悲色難掩。

只是他的面色在悲傷之餘，多了一絲慘白。走到東宮的門口，對著遙遠東方的暮色，他深深地鞠了一躬，眼裡落下兩串淚來。

許久之後，他才直起身子，將身板挺得筆直，在心裡悲哀想著：父皇，不是兒子不孝，只是您已經將我逼到沒有退路了。

洪竹領著侍衛候在東宮門口，等著請皇后與太子搬去含光殿。

太子往宮門外望了一眼，回身看了皇后一眼，微微皺眉，強行掩去眼中的無奈，扶住皇后的手，在她耳邊輕聲說道：「母后請節哀。」

一向眉容淑貴的皇后，這半年來都被困於東宮之中，早已不復當初光彩，然則今日忽然聽到皇帝於大東山遇刺的消息，這位與皇帝青梅竹馬的女子還是崩潰了，整個人像是行屍走肉一般聽著各宮裡傳來傳去的消息，只坐在榻上哭泣。

「你父皇死了……」皇后雙眼無神地望著太子。

太子緩緩低頭，說道：「孩兒知道，只是……每個人都是要死的。」

他的臉上依然是一片哀痛，而這句話說得卻極為淡然。

皇后似乎在一瞬間恢復神智，聽懂了這句話，滿臉不可思議地望著自己的兒子，張大了嘴，半晌沒有說出話來。

「祭天，沒有完成。」太子低聲說道：「孩兒會名正言順地成為慶國的下一任皇帝，而您，則將是太后。」

皇后一時間心裡不知湧起多少複雜的情緒，嘴脣顫抖著，直到許久以後，才期期艾艾地說出話來：「是的，是的，是的……范閒那個天殺的，我……我早就說過，那是妖星……我們李家……總是要毀在他們母子手上……待會兒去含光殿，馬上請太后娘娘下旨，將范家滿門抄斬！不，將范、柳兩家全斬了，還要將陳萍萍那條老狗殺了！」

太子握著皇后的手驟然重了幾分，皇后吃痛，住了嘴。

太子附在她的耳邊，一字一句輕聲說道：「不要說這些，記住，一句都不要說……如果您還想讓我坐上那把龍椅，就什麼都不要說。現如今沒有人會相信范閒弒君，您這麼一說，就更沒有人相信了……所以我們要在含光殿等著，再過四、五天，人證、物證都會回來，到時候您不說，太后也知道會怎麼做。」

皇后渾身發抖，似乎像是從來不認識自己這個兒子。

太子最後在她耳邊輕聲說道：「秦恆待會兒要進宮……老爺子那邊，您說說話，太后那邊才好說話。」

離皇宮並不遙遠的二皇子府邸之中，二皇子正與他的兄弟一樣，一面整理著衣裝，一面模擬著悲傷。身為天子家人，最擅長的便是演戲，所以當他的心裡想著許多事情時，臉上的表情依然是那樣的到位。

王妃葉靈兒冷漠地在一旁看著他，並沒有上前幫手，片刻後輕聲問道：「你相信嗎？」

二皇子的手頓了頓，平靜回答：「我不相信，我欣賞范閒，他沒理由做這件事情。」

葉靈兒皺了皺好看的眉頭，問道：「那為什麼……流言都在這麼說？」

「流言只是流言，止於智者。」二皇子微微低頭，捲起雪白的袖子，他今天穿著一身淡色的單衣，看上去顯得格外低調沉默。「在沒有證據之前，我不會相信范閒會如此膽大妄為。」

葉靈兒心裡軟了一下，輕聲說道：「進宮要小心些。」

二皇子勉強地笑了笑，拍了拍妻子的臉蛋，說道：「有什麼要小心的呢？父皇大行，只不過現在密不發喪，等大東山的事情清楚後，定是全國舉哀，然後太子登基，我依舊還是那個不起眼的二皇子。」

「你甘心？」葉靈兒吃驚地看著他。

二皇子沉默片刻後，忽然開口說道：「我不瞞妳，我懷疑大東山的事情是太子做的……」

葉靈兒大吃一驚，死死地捂住了嘴。

二皇子苦笑一聲，說道：「只是猜測罷了。」

說完這句話，他向著府門外走去，在角落裡喚來自己的親隨，輕聲吩咐道：「通知岳父，時刻準備進京。」

是的，父皇死了。二皇子站在府邸的門口，忽然覺得自己頭頂上的天空已然開始綻放碧藍的美麗光芒，再沒有任何人可以擋在自己的頭頂上。他對大東山的事情看得很清楚，因為永陶長公主從來沒有瞞過他。

太子登基便登基吧，可是不論范閒是死是活，站在范閒身後的那幾個老傢伙，怎麼可能束手就擒？

二皇子的脣角泛起一絲冷笑，自己會幫太子的，那把椅子暫時讓他坐去，讓他去面對監察院、范家的強力反噬吧，自己只需要冷漠地看，太子那個廢物，將來被人揭穿他才是主謀弒父弒君一事的黑手時，看他會淪落到什麼下場！

來不及悲傷。

所有知道皇帝遇刺消息的人們都來不及悲傷，在剎那震驚之後，便開始平靜得以至於有些冷漠地開始安排後續的事情，有資格坐那把椅子的人，開始做著準備，有資格決定那把椅子歸屬的人，開始暗地裡通氣。

雖然太后在第一時間內，要求相關人員入宮，可是依然給那些人足夠多的交流時間。所有人似乎都忘了，死去的是慶國開國以來最強大的一位君王，是統治這片國土二十餘年的至尊，是所有慶國人的精神象徵。

他們被眼前的紅利、鼻端的香味擾得心神不定，只來得及興奮惶恐，偽裝悲傷，心中卻來不及真正悲傷。

只有一個人除外。

永陶長公主緩緩推開名義上已經關閉數月的皇家別院大門，平靜地站在石階上，看著下方來迎接自己入宮的馬車和太監，美麗精緻的五官沒有一絲顫動。她穿著一身單薄的白衣，俏極，素極，悲傷到了極點。

她沒有回頭去看別院一眼，緩緩抬起頭來，看著天上雲雨散後的那抹碧空，臉上的悲傷之意愈來愈重、愈來愈濃，濃到極致便是淡，淡到一絲情緒都沒有，如玉般的肌膚好似要透明了起來，讓所有的世人，看到她內心真正的情感。

那抹痛與平靜。

永陶長公主李雲睿微微一笑，清光四散，在心裡對那遠方山頭上的某縷帝魂輕聲說道：「哥哥，走好。」

然後她坐上了馬車，往那座即將決定慶國歸屬的皇宮駛去。

和太子、二皇子不一樣，她根本不屑於防範監察院和范府，因為她站得更高，看得更遠。整件事情的關鍵，已經隨著那三匹千里迢迢歸京的疲馬，而得到了確認，後面的事情，都只是很簡單的水到渠成。

只要皇帝死了，整件事情就結束了。

不論太后是否會相信范閒弒君，可她畢竟是慶國的太后，她必須相信，而且永陶長公主也有辦法讓她相信。

至於究竟是太子還是二皇子繼位，永陶長公主李雲睿並不怎麼關心，她所關心的，只是那個人的死亡。

我能幫助你，當你遺棄我時，我能毀滅你。

馬車中的女子笑了，然後又哭了起來。

雨水緩緩地從城門處的樹枝上滴下來，距離三騎入京報訊已經過去了好些天。天下沒有不透風的牆，宮城與城門司的異動，京都府衙役盡出維護治安，監察院的異常沉默，讓京都的百姓隱隱猜到了事實的真相。

那個他們不敢相信的真相。

黎民們的反應永遠和權貴不相同，他們看待事情更加直接，有時候也更加準確，他們只知道慶國皇帝是個好皇帝，至少從慶國百姓的生活來看，慶帝是難得一見的好皇帝。

所以百姓們悲傷難過哭泣惘然，不知道這個國度的將來，究竟會變成什麼模樣。他們的心中也有疑惑，無論如何也不相信范閒會是……那個該殺千刀的逆賊！

官員們最開始的時候也不相信，然而范閒親屬的四百黑騎至今不見回報，那艘停在澹州的官船消失無蹤。大東山倖存「活口」的證詞直指范閒，無數的證據開始向皇宮中匯集，雖不足以證實什麼，但可以說服一些願意被說服的人。

范府已經被控制住了。

國公府也被控制住了。

或許馬上要到來的便是腥風血雨。

聽說宮裡開始準備太子繼位。

馬上要被廢的太子繼位……歷史與現實總是這樣荒謬。

就在這個時候，一個賣豆油的商人，戴著笠帽，用宮坊司的文書，千辛萬苦地進入由全封閉轉為半封閉的東城門，走到東城一個轉角處，住進了客棧。

透過客棧的窗戶，隱約可以看見被重兵包圍的范府前後兩宅。那名商人取下笠帽，看著遠處的府邸，捂著胸口咳了兩聲，眼中閃過一絲複雜的情緒。

第十五章　秋意初起

數場秋雨後，窗外秋意濃，錯落有致的京都貴宅輕沐於溼意之中。

范閒握拳放在脣邊，咳了兩聲，將目光從窗外收回來，重重地喘息數聲，然後緩緩地坐在床上。

這家客棧能夠看到東城的美麗風光，自然非常有水準；這張床鋪的褥子不厚，但手感極好。他下意識用手掌在布料上滑動著，心裡一陣嘆息，經歷了大東山的絕殺，燕小乙一路向北的狙殺，無數次死裡逃生，此刻再看著京都熟悉的街景，竟是不由得生出了些恍若隔世的感覺。

用狙擊槍殺死燕小乙後，身受重傷的他，在那塊草甸上足足養了兩天傷，才蘊蓄了足夠的力量與精神，向著群山環繞的未知小路走去。

經歷一些難以盡述的困難，穿過那條五竹告訴的小路，范閒進入東夷城庇護下的宋國，在那個諸侯小國內，傷勢未癒的他更不敢輕舉妄動，只敢請店小二去店裡抓了些藥。

他是費介的學生，一身醫術雖不是世間一流，但花在療刀傷治毒方面的工夫極多，抓的藥物對症，再加上他體內霸道真氣為底，天一道自然氣息流動自療，便這樣漸行漸走著，傷勢竟是逐漸地好了起來。

但燕小乙的那一箭太厲害，雖然沒有射中他的心臟，卻也是震傷了他的心脈，傷勢未癒，心脈受損，所以咳嗽聲是怎樣也壓抑不下。

范閑對自己的身體狀態很清楚，頂多有巔峰狀態的六成實力。

出了宋國，在燕京的南地掠過，縱使後來僱了輛馬車入境，但終究是繞了個大圈子。等到范閑裝成豆油商人進入京都時，已經比報信的人晚了好些天，而且千里奔波，路途艱苦，漸好的傷也反反覆覆。

一路上，范閑很小心地沒有與監察院的部屬聯絡，可是這兩年內撒在抱月樓裡的銀子終於得到回報，進入慶國國境之後，京都方面發生的事情，最初始的一些反應，都得到了情報支持。

之所以一直沒有與監察院的屬下聯繫，是因為范閑的心中有些擔心，如果京都裡的貴人們真的把那頂黑鍋戴在自己頭上，就算自己是監察院提司，可是誰敢效忠一個弒君的逆賊呢？

范閑不願意去考驗人性，哪怕是自己監察院屬下的人性。

當天下午，他出去一趟，在京都的街巷中走了一圈，確認了很多事情，很小心地沒有去藥堂，而是直接進入三處的一間隱蔽庫房，取回自己需要的藥物。三處長年需要大量的藥物，而且處中人員大多都是些只知埋首藥中的古怪人，他身為監察院提司，對這些庫房分布十分清楚，神不知、鬼不覺地取了，相信不會讓人查到什麼線索。

回到客棧，上好傷藥，把雙腳泡在冰涼的井水裡，范閑低著頭，一言不發。

白天他喬裝之後，去了很多地方，但大多數要害所在，都已經被禁軍和京都府控制起來，尤其是家裡附近，他感覺到很多高手的存在，不敢冒險與府中人取得聯繫。

他還去了監察院和樞密院的外圍，監察院看似沒有什麼問題，但他非常清楚，那間院子也時刻處在內廷的監視中。至於樞密院，也是繁忙至極，對於軍中的一應手續，他有很詳盡的了解，用了半個時辰，他確認了，皇宮裡那位太后還在掌控一切，並且十分睿智地選擇在當前這個危險關頭，調動邊軍，開始向著四周施壓。

畢竟他擔任監察院提司已久，在京都有太多的眼線下屬，而且有抱月樓和江湖上的觸角，雖則不敢聯絡太多人，可是要搞清楚當前京都的狀況，並不是一件很難的事情。

而此時他心中想的最多的事情，則是……范閒抬起頭，取了毛巾胡亂地擦一下腳，躺在床上，看著上方的梁頂發呆——皇帝真的死了？

他的心情十分複雜，有些震驚、有些壓抑、有些失望、有些古怪。如果陛下真的死了，自己接下來應該怎樣做？

摸了摸懷裡貼身藏好的皇帝親筆書信和那一方行璽，范閒閉上眼睛休息，為晚上的行動蓄養精神，卻許久不能進入安靜之中。接下來的局面實在太險，此時擺在他面前，有兩個選擇，而無論是哪一種選擇，其實都是一種賭博。

如果想要阻止太子登基，自己一定要想辦法進入皇宮，將陛下的親筆書信和行璽當面交到太后的手裡。可是……

范閒明白，如果皇帝真的死了，以太后的心理，為了慶國的穩定，說不定太后會直接將這封書信毀了！

太子與自己都是太后的孫子，但太后從來沒有喜歡過自己，甚至因為葉輕眉的往事，而一直提防著自己。誰知道太后會怎樣決定？如果她真的決定將陛下遇刺的真相隱瞞下去，那麼范閒以及他周邊所有人，自然會成為太子登基道路上第一批祭祀的豬狗。

還有一個選擇。范閒可以聯絡自己在京都的所有助力，將大東山謀刺的真相全數揭開，雙方亮明兵馬，狠狠地正面打上一仗，最後誰勝了，誰自然就有定下史書走向的資格。

這個選擇會死很多人，但看上去，對於范閒自身卻要安全一些。但眼下的問題在於……范閒無法聯絡到父親，也無法聯絡到陳萍萍，據說陳萍萍前些時候因為風寒的緣故，誤服藥物，中了毒，一直纏綿榻上。

范閒不知道陳萍萍是在偽裝，還是如何，可是他在分理司偷看到的情報裡說得清楚，下毒的人，是東夷城的那位大家——天下三位用毒大家，肖恩已死，費介已走，最厲害的便是那人。如果真是那位大家出手，陳萍萍中毒，也不是十分難以想像的事情。

皇帝遇刺後所有的動靜，都隱隱指向一點——雖然宮中直至此時，依舊沒有認定范閒是刺殺皇帝的真凶，也沒有讓朝廷發出海捕文書，可是暗地裡已經將他當成首要目標，一旦范閒在京都現身，迎接他的，一定是無休止的追捕。

而現在對於范閒最不利的是，燕小乙的失敗，他活著的消息，應該也是在這兩天內會傳入京都。不論太后是否相信范閒，可一旦范閒活下來，她會想掌握住這個孫子，然後再一眼看著慶國的將來，一手決定范閒的生死。

林婉兒和思思在宮裡，范建被軟禁在府中。

范閒平靜地躺在床上，腦子裡急速轉動著，最終還是下了決定，晚上不回范府，直接進宮。即便說服不了太后，他相信自己依舊可以謀取某種利益，畢竟在皇宮裡，他有許多幫手，而且許多人哪怕是為了他們的利益，也會十分堅定地站在自己這邊。

至於范府，禁軍由大皇子統領著，應該不會對父親產生太大的威脅。

想完這一切後，京都的一天又結束了，淡淡的暮色滲入窗中，令客棧的房間泛著一抹暖暖的色彩。范閒霍地睜開雙眼，眼中充斥著強大的信心與執著——只要洗去了自己身上的謀逆罪名，有監察院在自己的手中，有大皇子的禁軍，宮外有父親、國公府的力量，宮中有宜貴嬪、寧才人相助，還有那位據說一直跟在太后身邊的洪竹。

只要葉、秦二家的軍隊無法入京，這整座京都，誰能比自己更強大？

「旨意已入征西軍營中，獻俘的五千軍士已經拔營回西，大約十日之後，便會開始發起戰勢。」皇宮之中，一位垂垂老矣的將軍坐在一個軟凳之上，恭敬地對太后說道：「南詔國主尚小，應該起不了太大的亂子。至於東、北兩個方向，征北軍挾新勝之勢，燕大都督應該能壓住上杉虎，燕京西大營與宋國接壤，直刺入境不需三日，東夷城不敢有異動。」

太后緩緩地點了點頭，皇帝的死訊已經傳遍京都，只不過一直勉強壓制著，可是這個消息終究是要傳遍天下。誰也不知道，天底下那些勢力，會不會趁著獅群領袖死亡，新的獅王未出之際，貪婪地尋求一些什麼好處——所以在處理國喪事宜之初，慶國臣民們第一件要做的事情，便是以強大的軍力，震懾住那些人的野心。

「不夠。」太后冷漠地看了秦老將軍一眼，說道：「傳哀家旨意，令樞密院擬個作戰方略出來，半個月內，三路大軍必須向外突擊，以一百里地為限，多的土地，咱們不要，但如果打得少了一里地，讓葉重、燕小乙、王志昆這三個傢伙自己把腦袋割了。」

「太后英明。」秦老將軍嘆了口氣，他身為軍方第一重臣，自然明白為什麼在這個時候，慶國反而要對外大舉用兵，但依舊疑慮說道：「只是驟然發兵，怕的是糧草跟不上。」

「打了就回，北齊、東夷裡面又不是大漠一片，要搶什麼搶不到？只不過半月的攻勢，不需要考慮那麼多。」太后冷漠說道：「在這個時候，我大慶朝不能亂，所以……必須多殺些、搶些，讓別的地方都亂起來。」

第十六章　請借先生骨頭一用

含光殿裡安靜許久，太后的聲音再次響了起來：「你有什麼意見？」

秦老將軍低首恭敬稟道：「老臣不敢，只是一應依例而行罷了，祈太后鳳心獨裁。」

太后想了會兒後，緩緩地點了點頭。所謂依例而行，皇帝既已賓天，那自然應該是太子繼位。太后想到這兩天裡與太子進行的幾次談話，對這個孫子的滿意程度越來越深，覺得這孩子比他母親倒是要更清明多了。

太后是皇后的姑母，不論從哪個角度上講，太子繼位，都會是她第一個選擇。此時又得到了軍方重臣的隱諱表態，再沒有什麼理由可以改變這一切。

「范府那邊？」

「娘娘……應該不會忘記以前那個姓葉的女人。」

又是一陣死寂般的沉默之後，太后開口說道：「你先下去吧。」

「是。」秦老將軍行了一禮，退出含光殿，只是離這座宮殿沒有多遠的時候，這位慶國軍方輩分最高的老者，下意識回頭望去，直覺著隱隱能聽到殿內似乎有人正在哭泣。

老人的心間忽然抽搐一下，想起了遠方大東山上的那縷帝魂，一股前所未有的心悸與驚懼一下子湧上心頭，後背開始滲出冷汗，加快了出宮的腳步。

在最先前的那兩天兩夜之後，被太后旨意請入殿中的嬪妃們回到各自的寢宮中，除了寧才人、宜貴嬪、淑貴妃這三人。原因很簡單，這三位嬪妃都育有皇子，在這樣一個非常時刻，如果要讓太子安全登基繼位，太后必須把這三個女人捏在手裡。

至於永陶長公主，則是回到了她睽違已久的廣信宮。

太后孤獨地坐在榻上，幾位老嬤嬤斂聲屏氣地在後方服侍著，不敢發出一絲聲音。暗黃的燈光，照耀在太后的側頰，清晰地分辨出無數條皺紋，讓這位目前慶國最大的權力者，呈現出一種無可救藥的老態龍鍾。

哀家會不會選錯了？

太后心底的那個疑問，就像是一條毒蛇一樣在不停吞噬著她的信心，臨老之際，驟聞兒子死訊，對於所有老人來說，都是極難承擔的打擊。然而慶國太后，卻強悍地壓抑住悲傷，開始為慶國的將來，謀取一個最可靠與安全的途徑。

「如果他還活著，一定會怪哀家吧。」

太后緩緩閉上眼睛，想著已經離開這個人世的皇帝，心中一片悲傷。此行大東山祭天，皇帝的目標便是廢太子，然而皇帝初始賓天，自己這個做母親的，卻要重新扶太子登基，皇帝的那抹魂魄，一定會非常的憤怒。

可是為了慶國，為了皇兒打下的萬里江山能夠存續下去，太后似乎別無選擇。

哪怕是橫亙在她心頭的那個可怕猜想，也不會影響到她的選擇。

太后猛地睜開眼睛，似乎是要在這宮殿裡找到自己兒子的靈魂，她靜靜地看著夜宮，嘴唇微張，用只有她自己才能聽到的聲音壓抑說道：「我不管是誰害了你，也不管是不是我選擇的那個人害了你，可你已經死了，你明白嗎？你已經死了，那什麼都不重要了！」

是的，太后不是愚蠢的村頭老婦人，接連數日送入京都的所謂證據，並不能讓她完全相信，自己那個並不怎麼親熱的宮外孫子，會是刺駕的幕後黑手。

她甚至在隱隱懷疑自己的女兒，自己其他幾個孫子，在皇帝遇刺一事中所起的作用，因為無論從哪個角度看，皇帝的死亡，讓這些人擁有了最美好的果實。

可是懷疑無用，相信只是一種主觀抉擇，太后清楚，如果想讓臨終前的幾年能夠安心一些，她必須強迫自己相信，范閒就是真兇，太子必會成為明君。

「太后，長公主到了。」一位老嬤嬤壓低聲音稟報。

太后無力地揮揮手，身著白色宮服的永陶長公主李雲睿緩緩走進了含光殿的正殿，對著太后款款一禮，怯弱不堪。

太后沉默少許，又揮了揮手，整座宮中服侍的嬤嬤與宮女，趕緊退出正殿，將這片空曠冷清的殿宇，留給這一對母女。

太后看著自己女兒眼角的那抹淚痕，微微失神，半晌後說道：「聽說這幾日妳以淚洗面，何苦如此自傷？人已經去了，我們再在這裡哭也沒什麼用處。」

永陶長公主恬靜一笑，用一種平素裡在太后面前從來沒有展現過的溫和語氣說道：「母后教訓得是。」

然後她坐到太后的身邊，就像一個十二、三歲的小姑娘那樣，輕輕依偎著。

太后沉默了片刻，說道：「妳那兄弟是個靠不住的傢伙，既然已經去了，得空的時候，妳多來陪我說會兒話。」

「是，母后。」

太后用眼角餘光望著自己的女兒，忽然皺了皺眉頭，說道：「試著說服一下哀家，關於安之的事情。」

永陶長公主微微一怔，似乎沒有想到母親會如此直接地說出來，沉默半晌後說道：「不明白母后的意思。」

太后的眼光漸漸寒冷起來，迅疾又淡了下去，和聲說道：「我只是需要一些能夠說服自己的事情。」

永陶長公主低下頭去，片刻後說道：「范閒有理由做這件事情。」

「為什麼？」

「因為他的母親是葉輕眉。」永陶長公主抬起臉來，帶著一絲淡淡的蕭索，看著自己的母親。「而且他從來不認為自己姓李。」

太后沒有動怒，平靜說道：「繼續。」

「他在江南和北齊人勾結，具體的東西，待日後查查自然清楚。」永陶長公主平靜說道：「另外……范閒與東夷城也有些說不清、道不明，最近這些日子，跟在他身邊的那位年輕九品高手，應該就是四顧劍的關門弟子。」

「妳是說那個王十三郎。」太后說道。

永陶長公主的眉角微微皺了皺，似乎是沒有想到母親原來對這些事情也是如此清楚，低頭應道：「是的。」

「數月前，承乾赴南詔，一路上多承那個王十三郎照看。」太后的眼神平靜了下來。「如果他是范閒的人，那我看……安之這個孩子不錯。」

太后緩緩說道：「太子將王十三郎的事情已經告訴了哀家。」這位老人家嘆了口氣。「幾日來，太子一直大力為范閒分辯，僅就此點看來，承乾這個孩子也不錯。」

永陶長公主點了點頭。「女兒也是這麼認為。」

太后靜靜地看著自己的女兒。「陛下這幾個兒子各有各的好處，哀家很是欣慰，所以……哀家不希望看著這幾個晚輩被妳繼續折騰。」

「女兒明白您的意思。」永陶長公主平靜應道：「從今往後，女兒一定安分守己。」

「這幾年來，陛下雖然有些執拗糊塗，但他畢竟是妳哥哥。」太后的眉頭漸漸皺了起來，眼神裡滿是濃郁的悲哀與無奈，看著自己的女兒，許久說不出話來。

永陶長公主微微側身，將自己美麗的臉龐，露在微暗的燈光之下。

太后舉起手掌，一記耳光重重地打在永陶長公主的臉上，發出啪的一聲脆響。永陶長公主悶哼一聲，被打倒在地，唇角流出一絲鮮血。

太后的胸膛急速地起伏著，許久之後，才漸漸平靜下來。

雖然不清楚范閒是否已經對宮中的局勢有了一個最接近真相的判斷，但如果他清楚這一點，那麼一定不會選擇進入皇宮，當面對太后陳述大東山的真相，並且交出皇帝的親筆書信，還有那枚行璽。

在這件震驚天下的大事當中，范閒必須承認，自己那位丈母娘所做的選擇，是非常簡單明瞭又有效果的規劃，只要皇帝死了，那麼不論是朝臣還是太后，都會將那位越來越像國君的太子，作為第一選擇。

從名分出發，從穩定出發，都沒有比太子更好的選擇。

而太子一旦登基，塵埃落定之後，范閒便只有想辦法去北齊吃軟飯了。但眼下的問題是，范府處於皇宮的控制之中，他的妻妾二人聽聞都已經被接入宮中，他便是想去吃軟飯，可也不可能把乾飯丟了。

老李家的女人們，果然是一個比一個惡毒。

范閒一面在心裡複述著「老婊子」這三個極有歷史傳承意味的字，一面藉著黑夜的掩護，翻過一面高牆，輕輕地落在青青的園中。

這是一座大臣的府邸，雖然沒有什麼高手護衛，但是府中下人眾多，來往官員不少，從院牆腳一直走到書房，重傷未癒的范閒，覺得一陣心血激盪，險些露了行跡。

在書房外靜靜聽了會兒裡面的動靜，范閒用匕首撬開窗戶，閃身而入，觸目處一片雪一般的白色布置，不由得微微皺了皺眉頭，然後一反身，扼住那位欲驚呼出聲的大臣咽喉，湊到對方耳朵邊，輕聲說道：「別叫，是我。」

那位被他制住的大臣聽到他的聲音，身子如遭雷擊一震，漸漸地卻放鬆下來。

范閒警惕地看著他的雙眼，將自己鐵一般的手掌拉離對方的咽喉，如果對方真的不顧性命喊人來捉自己，以他眼下的狀態，只怕真的很難活著逃出京都。

這是一次賭博，不過范閒的人生就是一次大賭博，他的運氣向來夠好。

那位大臣沒有喚人救命，反而用一種很奇怪的眼神，看著范閒那張有些蒼白的臉，似乎有些詫異，又有些意外的喜悅。

「舒老頭兒，別這樣望著我。」范閒確認了自己的判斷正確，收回匕首，坐到了舒蕪的對面。

是的，這時候他是在舒府的書房內，幾番盤算下來，范閒還是決定先找這位位極人臣的大學士，因為滿朝文武之中，他總覺得只有莊墨韓的這位學生，在人品、道德上，最值得人信任。

舒蕪眼神複雜地看著他，忽然開口說道：「三個問題。」

「請講。」范閒正色應道。

「陛下是不是死了？」舒蕪的聲音有些顫抖。

范閒沉默片刻。「我離開大東山的時候，還沒有死，不過……」他想到了那個駕舟而來的人影，想到了隱匿在旁的四顧劍，想到了極有可能出手的大光頭，皺眉說道：「應該是死了。」

舒蕪嘆了一口氣，久久沒有說什麼。

「誰是主謀？」舒蕪看著他的眼睛。

范閒指著自己的鼻子，說道：「據軍方和監察院的情報，應該是我。」

「如果是你，你為什麼還要回京都？」舒蕪搖搖頭。「如此喪心病狂，根本不符君之心性。」

兩個人都沉默了下來，范閒忽然開口說道：「我既然來找閣下，自然是有事要拜託閣下。」

「何事？」

「不能讓太子登基。」范閒盯著他的眼睛，一字一句說道。

舒蕪的眉頭皺後又鬆，壓低聲音說道：「為什麼？」

范閒的脣角浮起一絲淡淡的自嘲。「因為……我相信舒大學士不願意看著一位弒父弒君的敗類，坐上慶國的龍椅。」

滿室俱靜，范閒站起身來，取出懷中貼身藏好的那封書信，輕聲說道：「舒蕪接旨。」

舒蕪心中一驚，跪於地上，雙手顫抖地接過那封書信，心中湧起大疑惑，心想陛下如果已經歸天，這旨意又是誰擬的？

但他在朝中多年，久執書閣之事，對於皇帝的筆跡、語氣無比熟悉，只看了封皮和封底的交代一眼，便知道是皇帝親筆，不由得激動起來，雙眼裡泛著溼意。

范閒拆開信封，將信紙遞給舒蕪。

舒蕪越看越驚，越看越怒，最後忍不住拍向身旁書桌，大罵道：「狼子也！狼子也！」

范閒輕輕柔柔地扶住他的手，沒有讓舒蕪那一掌擊在書桌上，緩緩說道：「這是陛下讓我回京都前那夜親筆所修。」

「我馬上入宮。」舒蕪站起身來，一臉怒容掩不住。「我要面見太后。」

范閒搖了搖頭。

舒蕪皺眉說道：「雖然沒有發喪，但是宮內已經開始著手準備太子登基的事宜，事不宜遲，如果晚了，只怕什麼都來不及了。」

范閒低頭沉默片刻後，說道：「這封御書，本是……寫給太后看的。」

舒蕪一驚，心想對啊，以范閒在京都的隱藏勢力和他自身的超強實力，就算宮城此時封鎖極嚴，可是他一定也有辦法進入皇宮，面見太后，有這封書信和先前看過的那枚行璽在身，太后一定會相信范閒的話。

「啊……」舒蕪的臉色一下子變了，怔怔望著范閒。「不可能！」

「世上從來沒有不可能的事情。」范閒的雙眼裡像是有鬼火在跳動。「您是文臣，我則算是皇族裡的一分子，對於宮裡那些貴人們的心思，我要看得更清楚一些，如果不是忌憚太后，我何至於今夜冒險前來？」

他沉默片刻後說道：「李氏皇朝，本身就是個有生命力的東西，它會自然地糾正身體的變形，從而保證整個皇族，占據著天下的控制權，保證自己的存續……在這個大前提下，什麼都不重要。」

范閒看著舒蕪平靜說道：「事情已經做透了，大學士您無論怎麼選擇，都是正當。您可以當作我今天沒有來過。」

舒蕪也陷入了長時間的沉默，這位慶國大臣似乎在一瞬間變得蒼老了起來，許久之後，他嘶啞著聲音說道：「小范大人既然來過了，而且老夫也知道了，自然不能當作你沒有來過。」

范閒微微動容。

「老夫只是很好奇，雖然范尚書此時被軟禁於府，可是你在朝中還有不少友朋，為何卻選擇老夫，而沒有去見別人，比如陳院長，比如大皇子？」舒蕪的眼瞳裡散發著一股讓人很舒服的光彩，微笑問道。

范閒也笑了起來，說道：「武力永遠只是解決事情的最後方法，這件事情到最後，根本還是要付諸武力，但在動手之前，慶國，需要講講道理。」

他平靜說道：「之所以會選擇您來替陛下講道理，原因很簡單，因為您是讀書人。」

范閒最後說道：「我不是一個單純的讀書人，但我知道真正的讀書人應該是什麼模樣，比如您的老師莊墨韓先生——讀書人是有骨頭的，我便是要借先生您的骨頭一用。」

第十七章　悲聲

滿城俱素，一片縞白，如在九月裡下了一場沁寒入骨的大雪，雪花紛紛揚揚散落在皇城四周，各處街巷民宅。不是真的雪，只是白色的布、白色的紙、白色的燈、白色的懸掛、白色的燈籠。

白茫茫一片真是乾淨，乾淨得讓人們將自己的悲傷與哭泣也都壓制在肺葉之中，生怕驚擾了這慶國二十年來最悲傷的一天。

皇帝駕崩的消息終究不可能一直瞞下去，尤其是當傳言愈來愈盛的時候，太后當機立斷，等不及派去大東山的軍隊接回皇帝遺體，也等不及各項調查的繼續，便將這件震動天下的訃聞發出。

京都的百姓已經有了心理準備，可是一旦得到朝廷的證實，看見了皇城四方角樓裡掛出的大白燈籠，依然受到極大的衝擊。人們往往如此，在一個人死後，才會想到他的好處——不論慶國的皇帝是個什麼樣性情的人，但至少在他統治慶國的二十餘年間，慶國子民的日子，是有史以來最幸福的一段時光。

故而京都一夜盡悲聲。

皇帝病死在大東山巔，這是慶國的權貴們想要告訴慶國子民的真相。而至於真正的真相是什麼，或許要等幾年以後，才會逐漸揭開，像洪水一樣沖進慶國百姓的心裡，那些權貴們會再次利用慶國子民的哀慟，去尋求他們進一步的利益。

還不到舉國發喪的那一天，京都已經變成了一片白色的世界。然而禮部尚書與太常寺正卿應該隨著皇帝喪生在遙遠的大東山頂，所以一應體例執行起來，總顯得有些不順，就像是一首嗚咽的悲曲，在中間總是被迫打了幾個頓。

也正是因為這些不順，朝內宮中的大人物們在悲傷之餘，更多的是陷入了某種惶恐不安之中。皇帝這些年來，雖然沒有什麼太過驚人的舉措，顯得有些中庸安靜，然而這位死去的人畢竟是慶國皇帝，是整個慶國精神的核心！

所有的人在習慣悲傷之後，都開始感覺到荒謬，當年無比驚才絕豔的皇帝，胸中懷著一統天下偉大志業的皇帝，怎麼可能如此悄無聲息地逝去？不是不能接受皇帝的離去，只是所有人似乎都無法接受這種離去的方式。

這種離去的方式安靜得過於詭異。

統治者悄無聲息逝去，迎接慶國的……將是什麼？

是動亂之後的崩潰？是平穩承襲之後的浴火重生？

因惶恐而尋求穩定，人心思定，所有人都把目光投向了太極宮中的那把龍椅，迫切希望能有一位皇子趕緊將自己的臀部坐到那把椅子上，穩定慶國的朝政。

太子自然是第一個選擇，不論從名分上，從與太后的關係上，從大臣們的觀感上來說，理所當然應該由太子繼承皇位。然而眾所周知，皇帝此行大東山祭天，最大的目的就是廢太子……

有些人想到了什麼，想明白了什麼，卻什麼也不敢說。那些入宮哭靈的大臣們，遠遠看著扶著棺材痛哭的太子，心頭都生出了無比的寒意與敬畏，似乎又看到一位年輕時的皇帝，在痛哭與棺材旁邊重生。

在官員中流傳著大東山之事的真相，似乎與范閒有關，有些人相信，有些人不相信。但范閒失蹤了，或許死在大東山上，或許畏罪潛逃，扔下自己的父親、妻子與仍在腹中的孩兒，跑到遙遠的異國。

大臣們清楚，范閒如果沒有翻天的本領，那麼今後只能將姓名埋於黑暗之中，而大勢……已定。

太后坐在含光殿的門口，聽著殿後傳來的陣陣哭泣，眉頭不易察覺地皺了皺，眼中閃過一絲悲痛。然而她知道，眼下還不是自己放肆悲傷的時節，她必須把慶國完完整整地交給下一代，才能真正的休息。

門外依著李氏皇族當年發跡之地的舊俗，擺著一只黃銅盆，盆中燒著一些市井人家用的紙錢。黃色的紙錢漸漸燒成一片灰燼，就像是在預示著人生的無常，再如何風光無限的一生，最後也只不過會化成一蓬煙、一地灰。

整座宮殿都在忙碌著，在壓抑緊張中忙碌著，內層宮牆並不高，隱隱可以看見內廷採辦的白幡竿頭，在牆上匆忙移動，朝著前宮的方向去。在太極宮內，今天將發生一件決定慶國將來走向的事情，所有人的目光都停留在那裡。

與之相較，含光殿此處反而有些冷清。太后將渾濁的目光從那些白幡竿頭處收了回來，微啞著聲音說道：「朝廷不能亂，所以今日宮中亂一些也無妨。」

然後她回頭看了身旁的老大臣一眼，盡量用和緩的語氣說道：「你是元老大臣，備受陛下信任，在這個當口，你應當為朝廷考慮。」

舒蕪半佝著身子，老而恬靜的眼神看著黃盆裡漸漸熄滅的火焰，壓抑著聲音說道：「老臣明白，然而陛下遺詔在此，臣不敢不遵。」

太后的眼中閃過一絲跳躍的火焰，片刻後馬上熄滅，輕輕伸手，將手中那封沒有開啟的信扔進銅盆中，銅盆中本來快要熄滅的火頓時燒得更厲害了些。

那封慶國皇帝遇刺前夜親筆所書、指定慶國皇位繼承人的遺詔，就這樣變成了祭奠自己的無用紙錢。

舒蕪盯著銅盆裡的那封信，許久沒有言語。

「人既然已經去了，那麼他曾經說過什麼便不再重要。」太后忽然咳了起來，咳得很是辛苦，久久才平伏下急促的呼吸，望著舒蕪，用一種極為誠懇的眼神，帶著一絲絕不應有的溫和語氣：「為了慶國的將來，真相是什麼，從來都不重要，難道不是嗎？」

舒蕪沉默許久後，搖了搖頭。「太后娘娘，臣只是個讀書人，臣只知道，真相便是真相，聖意便是聖意，臣是陛下的臣子。」

「你已經盡了心了。」太后平靜地望著他。「你已經盡了臣子的本分。如果你再有機會看到范閒，記得告訴他，哀家會給他一個洗刷清白的機會，只要他站出來。」

舒蕪的心中湧起一股寒意，知道范閒如果昨夜真的入宮面見太后，只怕此時已經成為了階下囚，正式成為皇帝遇刺的真凶，成為太子登基前的那聲禮炮。

他一揖及地，恭謹說道：「臣去太極宮。」

太后微笑著搖搖頭。「去吧，要知道，什麼事情都是命中註定的，既然無法改變，任何改變的企圖只會讓事情變得更糟糕，那何必改變呢？」

舒蕪乃慶國元老大臣，在百姓心中的地位尊崇，門生故舊遍布朝中，而此人卻生就一副倔耿性子，今日逢太子登基之典，竟是不顧生死，強行求見太后，意圖改變此事。

也只有這位老大臣才有資格做這件事情，如果換成別的官員，只怕此時早已經變成了宮牆之下的一縷冤魂。慶帝新喪，太子登基，在此關頭，太后一切以穩定為主，不會對這位老臣太過逼迫。

然而舒蕪什麼都改變不了，如果他聰明的話，會安靜地等著太子登基，然後馬上乞骸骨，歸故里。

舒蕪一個人落寞地走到太極宮的殿門，根本聽不見身旁身著素服的官員招呼，也沒有聽到侯公公傳太子旨意，請大學士入殿的聲音。他只是有些茫然地站在殿門，看著殿前廣場上有些雜亂的祭祀隊伍、那些直直樹立著的白幡、皇城之上警惕望著四周的禁軍，聽著遠處坊間的陣陣鞭炮、宮門外淒厲的響鞭，他忽然感覺到一陣熱血湧進頭顱，讓自己的頭昏了起來。

從這一刻開始，舒蕪的頭一直昏沉無比，以至於他像是個木頭人一樣，渾渾噩噩地走入空曠的太極宮中，站在文官隊伍的第二個位置，整個人都有些糊塗。

他沒有聽到龍椅邊上珠簾後的太后略帶悲聲地說了些什麼，也沒有聽到太子、大皇子、二皇子、三皇子這些龍子龍孫們情真意切的哭泣，更沒有聽到慶國大臣們迴蕩在宮殿內的哭號。

只是偶爾有幾個字鑽進了他的耳朵，比如范閒、比如謀逆、比如通緝、比如抄家……

舒蕪渾渾噩噩地隨著大臣們跪倒在地，又渾渾噩噩地站起，靜立一旁。他身前的胡大學士關切地看了他一眼，用眼神傳遞了提醒與警惕，卻將自己內心的寒意掩飾得極好。

所有的臣子們都掩飾得極好，只有悲容，沒有動容。

舒蕪皺著眉頭，耳中聽不到任何聲音，看著隊列裡平日裡熟悉無比的同僚，此刻竟是覺得如此陌生，尤其是排在自己身前的胡大學士，二人相交莫逆，雖然由昨夜至今，根本沒有時間說些什麼，但今天在宮外，他曾經對胡大學士暗示過。

為什麼胡大學士這般平靜？

舒蕪的眉頭皺得越來越深，忽然間他的身體顫抖了一下，失聰許久的耳朵在這一刻忽然回復聽力，聽到了太極宮外響起的鑼鼓與絲竹之聲。

他張了張嘴，這才知道該說的事情已經說完了，太子……要登基了！

舒蕪今天的異狀，落在很多人的眼裡。但朝中大臣們都清楚，先帝與舒蕪向來君臣相得，驟聞先帝死訊，舒蕪不堪情感衝擊，有些失魂落魄也屬自然，所以沒有多少人疑心。然而坐在龍椅旁珠簾後的太后，卻一直冷冷盯著舒蕪的一舉一動，她的眼光轉了一轉，一位太監便走到舒蕪的身後，準備扶他先去休息一下。

太子的目光落在舒蕪身上，強掩悲色說道：「老學士去側殿休息片刻。」然後他不再看眾人一眼，也沒有看階下那些兄弟，平靜下自己的心情，向著龍椅的方向行去。

站在龍椅的前面，太子俯看著跪倒在地上的兄弟與臣子們，知道當自己坐下之後，自己便會成為慶國開國以來的第五位君主，手中掌控億萬人生死的統治者。

這是他奮鬥已久的目標，為了這一個目標，他曾經惶恐過、嫉恨過、放蕩過，然而最終學習到自己父皇的隱忍、平靜、等待……狠毒。

當這樣一個目標忽然近在咫尺之時，太子李承乾的心情竟是如此的平靜，平靜地讓他自己都感到了一絲怪異。

太子眼光微垂，看著下方的二皇子，看著二皇子臉上那抹平靜溫柔的神情，不知怎的，便想起了已經暗中潛入京都的范閒。

范閒活著的消息，是昨夜從東山路方向傳回來的，太子的心裡像是生了一根糖刺，甜蜜而痛楚。不知為何，知道范閒活著的消息，他反而鬆了一口氣，而對於下面的……

二哥？太子的心裡閃過一絲冷笑。葉家的軍隊離京都已經不遠了，二哥的心還是那麼不容易平靜。

「請陛下登基。」

「請陛下登基。」

如此三次，太子李承乾躬身三次，以示對天地人之敬畏，然後他直起身子，看著殿上跪伏一地的群臣，似乎看見了整個天底下的億萬子民正在對自己跪拜，一股手控天下的滿足感油然而生，然而片刻後便消失無蹤，他只覺得這件事情很無趣，無趣得令人有些生厭。

「或許自己是唯一一個皺著眉頭坐上龍椅的皇帝。」

李承乾這般想著，在心裡某個角落裡嘆了一口氣，回身對太后恭恭敬敬地行了一禮，便要往龍椅上坐去。

舒蕪覺得自己真是昏頭了，在這樣一個莊嚴悲肅、滿朝俱靜、萬臣跪拜的時刻，他竟然以膝跪地，往外行了兩步，來到龍椅之下，叩首於地，高聲呼喊：「不可！」

「不可」二字一出，朝堂裡所有人都心驚膽戰。珠簾後太后的臉色沉了下去，幾位太監開始向舒蕪的方向走去。相反的，正準備坐上龍椅的太子卻鬆了一口氣，因為他終於明白了先前自己的疑惑是什麼。

是的，登基不可能這麼順利，總會有些波折才是。

而舒蕪在喊出這兩個字後，卻從那種暈眩的狀態中擺脫出來，他深吸一口氣，覺得前所未有的清明，他知道自己應該做些什麼。

小范大人要借自己的骨頭一用，自己便將這把老骨頭扔出去，也算是報答了陛下多年來的知遇之恩，慶國子民對官員的寄懷。

舒蕪看也不看來扶自己的太監一眼，直著身子，看著珠簾後的太后、龍椅前的太子，拚盡全身氣力，拚了一生榮辱，拚卻闔族生死，悲鬱喚道——

「陛下賓天之際，留有遺詔，太子……不得繼位！」

一宮俱靜，無人說話。

第十八章　他其實一直都在

珠簾一散，寒光四射，有如太后那一雙深不見底的眼。太后冷冷地盯著舒蕪，一字一句說道：「舒大學士，妄言旨意，乃是欺君大罪！」

舒蕪面色微變，沉默少許後，恭謹行禮應道：「我大慶今日無君，何來欺君？」

面對著太后，這位大學士竟是寸步不讓！

太后伸出那隻蒼老的手，緩緩撥開珠簾，從簾後走出來，站在龍椅旁，太子趕緊扶住她。

「陛下於大東山賓天，乃監察院提司范閒與東夷城勾結暗害，事出突然，哪有什麼遺詔之說？」太后盯著舒蕪的眼睛，平靜異常說道：「若有遺詔，現在何處？」

舒蕪心頭微涼，知道太后這句話是要把自己往與范閒牽連的那面推了，嘆息一聲應道：「遺詔如今便在澹泊公的手中。」

此言一出，朝堂之上頓時一片譁然。今日太子登基典禮之初，已經點明了范閒的罪行，直接將范閒打到無盡深淵之中，眾臣哪裡想到，舒蕪竟會忽然搬出所謂遺詔，而那封遺詔……竟是在范閒的手裡。

太后咳了兩聲，看著舒蕪，說道：「是嗎？范閒乃罪大惡極的欽犯，朝廷暗中緝他數日，都不知他回了京都，舒大學士倒是清楚得很。大學士為何知道遺詔之事？」

舒蕪一拜及地，沉痛說道：「陛下於大東山遇刺，舉天同悲，然則事不過半月，軍方、州郡便言之鑿鑿，乃澹泊公所為。老臣深知澹泊公為人，斷不敢行此髮指惡行。至於遺詔一事，確實屬實，老臣親眼見過。」

太子的手有些冰涼，內心深處更是一片寒冷，他從來沒有想到，在大東山的事情爆發之前，父皇竟然還會留下遺詔！遺詔上面寫的什麼內容，不用腦子想也清楚，太子忽然感覺到一絲悲涼，看來父皇對自己真是恨之入骨了。

他在太后的身旁沉默著，心頭泛起一絲苦笑，知道皇祖母今日的精神已經疲乏到極點，不然絕不至於做出如此失策的應對。身為地位尊崇的太后，何至於需要和一位老臣在這些細節上糾纏？只是話頭已開，他若想順利地坐上龍椅，則必須把這忽然出現的遺詔一事打下去！

「范閒與四顧劍勾結，行此大惡。」

太子望著底下諸臣，緩緩說道：「那范閒平素裡便慣能塗脂抹粉，欺世盜名，舒大學士莫要受了此等奸人蒙騙，若父皇真有遺詔，本宮這個做兒子的，當然千想萬念，盼能再睹父皇筆跡……」

言語至此，太子已微有悲聲，底下諸臣進言勸慰，他趁機穩定了一下情緒。

這句話的意思很清楚，遺詔這種東西是可以偽造的，舒蕪身為門下中書宰執之流，怎麼可以暗中與范閒這個欽犯私相往來？

太子看著舒蕪，皺眉說道：「本宮向來深敬大學士為人，但今日所聞所見，實在令本宮失望，竟然暗中包庇朝廷欽犯，想父皇當年對大學士何等器重，今日大學士竟是糊塗惡毒如斯，不知日後有何顏面去見我那父皇！」

太子的眼神漸漸寒冷起來，一股極少出現在他身上的強橫氣息，開始隨著他口中的詞語，感染了殿中所有的臣子。

「大學士舒蕪，勾結朝廷欽犯，假託先帝旨意，來人啊……將他逐出殿去，念其年高，押入獄中，以待後審！」

此言一出，滿殿俱譁。諸位慶國大臣心知肚明，在涉及皇權的爭奪上，從來沒有什麼溫柔可言，尤其是舒蕪今日異常強橫地搬出所謂遺詔來，太子必然會選擇最鐵血的手段壓制下去。

只是眾人一時間沒有習慣，溫和的太子，會在一瞬間內展現出與那位新逝皇帝……如此相近的霸氣！

在這一刻，所有人的心裡都像是有一方木魚被一根木槌輕輕擊打了下，發出了咯登一聲。

因為舒蕪的悲鬱發喊，太子登基的過程被強行打斷，所有的大臣們已經站起來，身上或黑色或白色的素服廣袖無力飄蕩。眾人目瞪口呆，張嘴無語，袖上波紋輕揚。

空曠的太極宮內，所有大臣鴉雀無聲，看著那幾名太監扶住了舒蕪的雙臂，同時眼角餘光瞥見太極宮外，影影綽綽地有很多人在行走——應該是宮中的侍衛，那些帶著短直刀的侍衛——所有大臣們知道，今日弄個不好，只怕便是血濺大殿的殘酷收場！

舒蕪苦笑一聲，沒有做絲毫掙扎，任由身旁的太監縛住自己的胳膊，自己該做的事情已經做了，如果此時殿中諸位大臣，懾於太后之威、太子之位、永陶長公主之勢，依舊沉默不語，那麼即便自己拿出遺詔來又能如何？

太后說遺詔是假的，誰又敢說遺詔是真的？

他搖了搖頭，用有些老花的眼睛看了太后一眼，靜靜地看了太后一眼，心裡嘆息著。小范大人為什麼堅持不肯以遺詔聯絡諸臣？如果昨夜便在諸臣府中縱橫聯絡，有陛下遺詔護身，這些文臣們的膽子總會大些，何至於像今日這般，令自己陷入孤獨之中。

那封皇帝親筆書寫的遺詔，當然沒有被太后扔入黃銅盆中燒掉，燒掉的只是信封裡的一張白紙，燒掉的只是舒蕪對太后最後殘存的那點兒期望。

太監們半攙半押地扶著舒蕪往殿外去，殿外一身殺氣的侍衛們正等著。

太子微微鬆了一口氣，這些性情倔耿的文臣，終究還是懾服於皇室之威，不敢太過放肆。太后的心裡也稍覺平靜，希望趕緊把舒蕪這個不識時務的老頭拖下去，讓太子登基的儀式結束。

舒蕪被狼狽地拖走，一面被拖，一面在心裡想著，自己的聲名在此，不見得會立死，但當太子真正地坐穩龍椅之後，迎接自己的會是一杯毒酒還是一方白綾？

便在此時，有很多人聽到隱隱的一聲嘆息。

嘆息聲出自文官隊列首位的那位，門下中書首席大學士，慶國新文運動的發端者，在朝中擁有極高清譽的……胡大學士。

胡大學士看著舒蕪，苦笑著搖了搖頭，然後出列，跪下，叩首，抬首，張嘴。

「臣請太子殿下收回旨意。」

群臣大譁。

太后面色微變，藏於袖中的手微微發抖，她沒有料到，胡大學士居然會在此時站了出來，就算他與舒蕪私交再好，可當此國祚傳遞神聖時刻，這胡大學士……

胡大學士低著頭，頷下三寸清鬚無比寧靜，說道：「陛下既有遺詔，臣敢請太后旨意，當殿宣布陛下旨意。」

不待太后與太子發話，胡大學士低頭再道：「大東山之事，疑點重重。若澹泊公已然歸京，則應傳其入宮，當面呈上所謂遺詔。謀逆一事，當三司會審，豈可以軍方情報草率定奪？陛下生死乃天下大事，直至今日，未見龍體，未聞虎衛回報，監察院一片混亂……」

這位慶國文官首領的話越來越快，竟是連太后冷聲駁斥也沒有阻止他說話。

「臣以為當務之急是知曉大東山真相。而能知曉大東山真相的……便只有澹泊公一人。

「遺詔是真是假，總須看。

「澹泊公是否該千刀萬剮，則須擒住再論。

「故臣以為，捉拿澹泊公歸案，方是首要之事，懇請太后明裁。」

殿上沉默許久，太后才鐵青著臉，看著胡大學士連道三聲。「好！好！好！……好你個殺胡！」

殺胡乃是慶國皇帝當年替這位胡大學士取的匪號，賞其剛正清明之心，今日殿上情勢凶險，這位胡大學士於長久沉默之後，忽發錚錚之音，竟是當著太后與太子的面，寸步不讓，字字句句直刺隱情！

太后的眼睛緩緩瞇了起來，寒光漸盈。然而太子的面色卻依然如往常一般平靜，眼睛往下方掃了掃。

太子在朝中自然有自己的親信，雖然因為永陶長公主的手段，那些大臣們常年在太子與二皇子之間搖擺，可在今天這種時刻，依然是奮勇地站出來。

吏部尚書望著胡大學士冷然說道：「先前太后娘娘已下旨剝了范閒爵位，下令抄了范家，大學士依然稱其為澹泊公未免有些不合適。范閒乃謀逆大罪，二位大學士，今日念念不忘為其辯駁，不知這背後可有甚不可告人的祕密。」

舒蕪此時在門口，吃驚而欣慰地看著跪在龍椅下的胡大學士。

胡大學士看也沒有看吏部尚書一眼，輕蔑說道：「臣乃慶國之臣，陛下之臣，臣乃門下中書首領學士，奉旨處理國事，陛下若有遺詔，臣便要看，有何不可告人？」

此時龍椅下方那一排三位皇子的心情各自複雜。二皇子在心頭嘲諷著太后與太子，心想事關椅子，他們非得要走光明正大的道路，難怪會惹出這麼多麻煩。

大皇子卻沉默著，暗中盤算二位大學士所說的遺詔，究竟是真是假。

只有年紀最小的三皇子，微微低頭，感受著小腿處傳來的硬硬感覺，心頭有些發寒，心想待會兒若真的有一大幫子侍衛衝進來……自己該怎麼做？當然不能任由太子哥哥把這些老大臣都殺光！

高立於龍椅之旁的太子，冷冷地看著下方跪著的胡大學士，心情十分複雜，心想姑母的判斷果然沒錯，慶國兩只臂膀裡，除了軍方那一只，文臣這一只從來都有自己的大腦。這大腦是父皇允許他們有的，而此時，這大腦卻對自己的登基道路帶來無限麻煩。

「兩位大學士都站出來了……」太子在心中淡淡自嘲想著，然後冷漠開口說道：「身為臣子，卻偽稱遺詔，胡大學士，你也自去反省一下。」

話語一落，另有太監、侍衛上前，扶住胡大學士的兩邊。一瞬間，太極宮內頓時充斥著一種惶恐的氣氛，門下中書兩位大學士反對太子登基！兩位大學士都要被索拿入獄！

慶國歷史上出現這種局面是什麼時候？沒有大臣能夠想得起來，他們只知道，這二位大學士乃是文官的首領，如果太子無法從明面上收服他們，只能用這種暴力的手段壓制下去，那麼終究會出現許多問題。

朝堂之心的問題。

而這個問題，就在胡大學士被押往太極宮外的路上，馬上就展現出來。當胡大學士與舒蕪在殿門處對視無言一笑之時，太極宮內肅立許久的文官們，竟是嘩啦啦跪倒了一大片！

黑壓壓的一大片！

「請太后三思，請太子殿下三思。」

足足有一半文官在這一瞬間跪了下來，齊聲高喊！這已經不僅僅是在替二位大學士求情，這是在對龍椅上那對祖孫示威，是在告訴李家的人們，在慶國的朝廷裡，不怕死的，不僅僅是二位大學士，還有許多人。

屬於永陶長公主方面的文官，還有那一列一直沉默無比的軍方將領們，看著這一幕，不禁動容異常。他們不明白這些跪在地上的文官們究竟是怎樣想的，他們究竟想要什麼？難道真的要準備為范閒脫罪，難道真要阻止太子的登基？他們除了那張嘴，那個名之外，還有什麼實力？

看著腳下黑壓壓的那一群大臣，太后覺得一陣昏眩，有些站不穩。太子的臉色也終於再難保持平靜，變得陰鬱起來。他沒有想到，一封根本沒有出現在眾人面前的遺詔，竟然會替今天的登基典禮帶來如此大的禍害！

這世上真有不怕死的人嗎？應該沒有，如果文官都是如此光明磊落、不懼生死的錚錚之臣，那慶國還需要監察院做什麼？

在這一瞬間，太子的神思有些恍惚，他不明白為什麼會有這麼多人反對自己，平時根本察覺不到，眼下跪著的這些官員基本上都是中立派系……難道是范閒對他們施了什麼巫術？

全殺了？

不殺怎麼辦？

鬱積在太子眉宇間的疼痛開始傳遍腦中，他在心裡壓抑想著：范閒范閒，看來還是低估了你在京都的力量。

然而此時，已經坐回椅上的太后，壓低聲音從脣縫裡狠狠咒罵出來的一個人名，才提醒了太子，這一幕群臣下跪進諫的場景，根本不是范閒所能發動。

太子這才想到，包括姑母在內，似乎所有人都已經隱隱遺忘了一個人。那個與姑母糾纏十餘年，被父皇逼出京都，隱居梧州數年，當年卻權傾朝野、門生無數的慶國末代宰相——林若甫！

第十九章　羊蔥巷中的密會

一封遺詔，惹得朝堂大亂，群臣咬牙硬抗，似乎每個人都親眼見過這封遺詔似的。然而經由舒蕪的話語，所有人都清楚，那封至少可以從名分上將太子掀下馬來的遺詔，此時還留在澹泊公范閒的手裡。

那范閒究竟在哪裡呢？暫時先不去描繪太極宮裡劍拔弩張、時刻準備血濺三尺的壯烈景象，一心要扶助太子登基的勢力，包括那位幽居幕後，看似什麼也沒做，實際上卻是宮亂根源的永陶長公主，都在嗅聞著京都裡的氣味，試圖找到范閒藏身的地點。

抓住范閒，殺死范閒，釘死范閒，毀了遺詔，那麼朝堂再亂也亂不到哪裡去。舒、胡二位大學士喪失了最後的倚靠，再如何硬頸，也不可能再次發動文臣們對抗皇權。

太極宮中今日才正式宣布范閒是弒君元凶、謀逆大惡，而宮外那些勢力對范閒的追緝暗殺早已經不知道進行了多少天。然而京都太大，永陶長公主手中的資源雖然可以隱隱控制京都，卻無法於萬千人中，尋出范閒的蹤跡。

甚至永陶長公主根本沒有辦法阻止范閒於太子登基前夜，暗中與舒蕪會面，暗中做了這麼多事情。

誰都不知道范閒，究竟躲在哪裡。

一條偏僻小巷，距離京都皇權中心有些遠，距離京都最豪奢的富貴宅聚集地也不近，卻顯得格外安靜。街上那些悲傷惶恐的京都百姓氛圍，無法進入這條小巷，只有幾株青樹在初秋天氣裡自在搖擺。

巷子叫做羊蔥巷，很不起眼的名字。

巷子的盡頭是一方小院，院子是前兩年不知何人買下。大半年前，有位女子帶著幾個下人搬了進來。不知那女子是何身分，竟能購得如此清幽小院，然而這大半年間，從來沒有訪客來過此地。

今日皇宮之中，正在進行著你死我活的爭鬥，然而引發這一件事情的罪魁禍首，此時卻很清閒地坐在這間院子的樹下乘涼，一面喝著熱茶，一面低頭想著什麼。

范閒穿了一件青布衣裳，臉上略動了些手腳，雖然稍減英秀之氣，卻讓整個人看著更篤實了一些。手指頭輕輕轉著微燙的小盅，他忽然皺了皺眉頭，對身旁那位眉眼秀麗、眼窩深陷的美人說道：「除了和親王，還有誰知道妳這個院子？」

那名美人抿著脣搖了搖頭，大大的眼睛裡滿是好奇與興奮。她看著范閒，這位傳說中的弒君惡賊，竟是一點兒也不害怕。

是的，這處小院便是當年范閒暗中購下，於年前贈於大皇子金屋養嬌的絕密所在。而那位模樣、神情與慶國端莊女子大有分別的美人，自然是那位跟隨征西軍歸京的西胡某部落公主，在江南困擾了范閒一年之久的瑪索索。

除了經手的鄧子越，沒有人知道買下這方小院的人是范閒。而這間院子轉贈大皇子之後，以大皇子懼內易躁的性情，更是不可能四處宣揚。所以范閒昨夜串聯群臣後，沒有再回客棧，而是選擇來到這間小院，根本不擔心會被永陶長公主的人猜到。

范府和監察院四周都有人盯著，言府、王啟年家只怕都有內廷的高手盯著，范閒不想冒險，只有羊蔥巷裡的這間小院，才能保證他的安全，同時也方便他與那個關鍵人物聯絡。

聽到瑪索索的回答，范閒的眉頭皺了一下，從椅上站起來，平靜地望著後門。因為他聽到了有人正往這間院子裡行來，而來人明顯不是自己要等的大皇子。

噹啷數聲，咯吱一聲，無名小院的木門被人從外面打開鎖，推開來。瑪索索吃驚地看著這一幕，忍不住捂住嘴。這院子裡的下人都是由范閒買來的，從來沒有外人來過這間院子，這來的人究竟是誰？

她轉頭望著范閒，低聲呼喊：「大人，快跑！」

范閒沒有跑，只是望著後門處拾步而入的那位女子笑了笑，笑容裡的情緒十分複雜，然後他一揖及地，說道：「給王妃請安。」

來人不是和親王，而是和親王妃，北齊大公主。

大王妃面色平靜，眉眼含笑，就這樣默默看著范閒，半晌後款款行禮，說道：「見過小公爺。」

范閒拱手相讓，搖頭苦笑，心想自己在院中等著老大，卻等來了這位。由此可見大皇子懼內懼到何種程度，竟是連自己的小金屋都報備給了大王妃。

「索索妳先進去。」范閒揮揮手，知道大王妃不願意看見這位西胡之媚，示意瑪索索在裡間暫避。

大王妃是隻身來此，身上雖未刻意喬裝打扮，但明顯也是經過一番安排。范閒靜靜看了她兩眼，伸手請她坐下，沉默片刻後說道：「王妃好大的膽量，明知道宮裡一定盯著和親王府，居然還敢隻身來此，與我相見。」

昨夜聯絡文臣之後，范閒最想聯絡的便是手握禁軍的大皇子，然而據傳寧才人已經被控制在含光殿中，和親王府外也有諸多內廷和京都守備師的眼線。所以范閒尋了個妙法，在王府中留下訊息，希望大皇子能夠想辦法聯絡自己。

但沒有想到，今日來的卻是大王妃。

「小范大人才是天鑄的雄膽……」大王妃微笑應了他那句話。「明知道京都諸方勢力索君甚急，明知今日太子登基，閣下卻能安坐一方銷金小院之中，靜看事勢發展，真不知道大人您是胸有成竹，還是一籌莫展。」

「胸有成竹非真，一籌莫展亦假。」范閒望著大王妃的溫柔面龐輕聲說道：「若非有想法，又何至於會驚動王妃？」

大王妃和聲應道：「如今京中局勢危急，我家王爺負責禁軍守衛，絕對無法回府，所以小范大人若想與他相見，只怕有些難度。只是不知小范大人有何難處，我冒昧來見，還盼小范大人不要見怪。」

范閒陷入了沉默之中，半晌後忽然開口說道：「大公主，如今我乃是弒君謀逆之徒，妳既然敢來見我，問我有何難處，那便自然是明白我的意思。」

大王妃眼波微亂，一時不知如何接這話。

范閒低頭想了會兒，往大王妃的身旁靠近半尺，輕聲說道：「不知王妃可還記得，當年自北齊南下，馬車內外，妳我可曾說過什麼？」

大王妃微微一怔，旋即微笑了起來。「約定自然不會忘卻，只是此一時彼一時，如今京都局勢太險，王爺他全靠手中禁軍苦苦支撐，若大人真要辦大事，只怕王爺力有不逮，我一個婦道人家，更是無法應承。」

「苦苦支撐？」范閒輕聲笑道：「王妃說的可是昨日京都守備師換人之事？」

大王妃沉默了下來。

范閒嘆了一口氣，因為京都守備師換人，這算是刺中了自己的要害，也刺中了大皇子的軟肋。

最先前，京都守備師一直處於葉家的控制之中，後來由秦家第二代的領軍人物秦恆掌握了兩年。直到年前因為山谷狙殺一事，皇帝借題發揮，清洗朝中勢力分布，將秦恆調入樞密院任副使，任命了大皇子當年西征軍中的副將謝蘇為京都守備師師長。

然而這一切在昨天已經發生了變化，太后穩住宮中後，下的第一道旨意，便是將謝蘇直接撤了，秦恆復任京都守備師師長！

謝蘇無辜被撤，只是大皇子又因為皇帝遇刺的事情，禁軍所受壓力十分之大，根本無法說話。而且這位當年西征軍中的猛將，執掌京都守備師不過半年，根本無法形成自己的勢力，秦家一轉手再接了回來，大皇子和謝蘇根本沒有任何辦法。

范閒也很頭痛這件事情，京都守備師控制權易手，且不提膠州水師許茂才向自己建議的大事，等若是整座京都的周邊軍力，都已經控制在秦家的手中。

他看了大王妃一眼，皺眉說道：「京都守備師常駐元臺，只要十三城門司不出問題，能夠解決京都大勢的……依然還是禁軍。」

「我從未忘記與大人你的承諾。」大王妃看著他靜靜說道：「然而你從大東山歸來，卻不知道如今京中、宮中是何等森嚴的模樣，王爺如今還能勉強控制住禁軍，那是因為太后沒有下旨……」

范閒沉默著。

大王妃繼續說道：「太后為何放心讓我家王爺執掌禁軍？因為她知道，王爺是一個直性情人，他不會動亂，不會造反……」

沒有等大王妃說完，范閒已經笑了起來。「現在的情況是，宮裡有人正在造反。」

大王妃苦笑道：「問題是，誰坐在太極宮中，誰才有資格論定誰在造反。若澹泊公您此時在宮中，在太后的身旁，讀著那份今日已經宣揚開來的遺詔，我敢保證，我家王爺，一定是您最堅強的支持者。」

「把遺詔拿出來吧。」大王妃忽然開口勸說道：「無論從哪個角度看，此時將遺詔公開，還有一爭之力，不然只能被動下去。」

「不行，有很多人還沒有動，比如我的岳母大人……」范閒平靜說道：「遺詔在我身上，至少還可以保持一段時間的平靜，遺詔一旦真的出來，那麼雙方只有撕破臉開戰。」

大王妃微嘲說道：「都這個時候了，公爺莫非還要保持澹泊清明之意？」

范閒自嘲笑道：「我不是愚蠢的人。之所以不公布遺詔，與王妃先前所說王爺因何沉默的原因……其實都是一個。」

他盯著大王妃的眼睛，緩緩說道：「寧才人在宮裡，王爺當然做不得什麼，不要忘記，我那夫人、小妾也都在宮裡，真要明著開戰了，我和王爺都承不起這等損失。」

第二十章　誰能長有澹泊意？

大王妃聽著這話，頓時不再多說什麼。她與范閒二人彼此心知肚明，三騎入京後，太后看似繁亂匆忙的那幾道旨意，在此時已經漸漸顯現它的作用。

當然，那幾道旨意之所以會給大皇子帶來如此大的限制，也是因為太后看清楚自己長孫的真實品行——不顧生母而力求利益，在太后看來，范閒或許是這樣的陰煞角色，大皇子，絕對不是。

「澹泊公僅僅一夜，便在京都鬧出這般大的動靜來，由此可見，即便內廷控制了范府，盯住了監察院，可你依然有你的能力。」大王妃微微皺眉，說道：「所以我不明白……」

「不明白什麼？」不等大王妃繼續說完，范閒搖頭說道：「要解決這件事情，必須從宮裡解決，在宮外鬧騰再久，也觸不到根本，要入宮解決這件事情，就必須需要王爺的幫助。」

他靜靜看著大王妃的臉，說道：「當然，王爺也需要我的幫助，有些他不屑做或做不出的陰穢事，終究是需要有人來做的。」

大王妃笑了起來，緩緩說道：「你誤會了我的意思。所謂不明白，指的是，你為什麼到此時還沒有知道最應該知道的那兩個好消息？」

「什麼好消息？」范閒微感吃驚。

「宮裡的情勢比你想像的要好很多。」大王妃微微低頭說道：「因為你所關心的家人，反應的速度比你想像的要快很多。」

范閒眼瞳微縮，自己的父親、妻子、親人，被內廷控制，所以他自大東山千里歸京後，才會讓自己陷在黑暗之中。因為不敢冒險與院中聯絡，他這幾天只能暗中聯絡岳父遺留下來的勢力，對於家中的情勢只是有個大概的了解，此時聽大王妃一說，才知道太后的想法，並沒有完全得到實現……一念及此，他心頭微動，無由地生出些期盼來。

大王妃認真說道：「確實有軍士進駐范府，準備抄家，但是范尚書並不在府中……那日三騎入京，范尚書自宮中出來後，便沒有回府，而是直接被靖王接到了王府裡。」

「靖王？」范閒大感驚愕。「妳是說，家父這幾日一直留在王府中？為什麼外面沒有風聲？」

大王妃說道：「范府已經被封，內裡自然是傳不出消息來。靖王畢竟是太后的親生兒子，陛下既然已經去了，老人家對於這唯一的兒子總要給些面子。所以如今只是由京都府與內廷聯合在外監視，卻不敢衝入府中……」

范閒一怔後冷笑說道：「什麼不敢，什麼面子……只不過是太后自以為能控制京都一切，沒有抓住我，怎麼會急著對付我的家人。」

「遺詔毀掉，將公爺你除掉，太后便敢動手了。」

范閒笑了笑。「還有好消息嗎？」

「那位臨產的思思姑娘……」大王妃說道：「十餘日前，隨晨郡主和林家大少爺去了范家莊園。」

范閒眉頭微皺。

「那日太后下旨召你家眷入宮，結果前去宣旨的太監撲了個空。」大王妃平靜說道：「因為思思姑娘根本不在府內，而在范家莊園也沒有找到這位姑娘的蹤影。等於說，思思姑娘在十幾天前就失蹤了。」

大王妃望著范閒，眼中透一絲佩服。「所以我不明白，大人你事先就安排得如此妥當，究竟現在是在擔心什麼。」

范閒面色平靜未變，內心卻陷入了震驚之中。思思去了一趟范家莊園便失蹤，這是誰安排的？難道是父親？難道父親在十幾天前就知道陛下遇刺的消息……從而推斷出後面的事情，做出了極妥當的安排？

「不是我。」范閒臉色有些難看。「我也不知道思思那丫頭被誰接走，又是到了哪裡。」

大王妃吃了一驚，望著他半天說不出話來，也是品出了這件事情背後的大蹊蹺，究竟是誰……會提前那麼多天，便替范閒安排此事？

看范府在這十幾天裡瞞著思思失蹤的消息，明顯是知道內情。范閒也明白這點，所以不再擔心思思的安全，而是陷入了某種困惑當中。他看了大王妃一眼，看出了這位女子眼中的震驚。

「老跛子。」

「陳院長。」

二人的心裡浮出相同的答案，但是由此推論開去，也許觸及到某個很荒誕誇張的事實，所以二人很知機地沒有繼續深入討論。

范閒眉頭微皺，說道：「府上與院長關係交好，最近京都亂成這樣，我無法回院，發現院裡也亂得不像話，不知道王妃可知道，究竟為何會出現這樣的局面？」

大王妃看了看他，沉默片刻後說道：「京中諸人皆知，陛下一旦不在，陳院長接下來的動作才是關鍵。我不相信長公主殿下會想不到這點。第一日，太后就召陳院長入宮……」

「我一直以為他入了宮，但是後來一直沒有消息，才知道事情有蹊蹺。」范閒揮揮手說道：「就算十三城門司嚴管城內、城外消息往來，但也不至於把京郊的陳園封成了一座孤島。」

他的眉頭皺起來，歸京數日，只能暗中與院中某些部屬聯絡，對於院中詳情所知不多，卻也能感受到，監察院如今因為自己謀逆的消息，變得有些人心惶惶；而本應坐鎮監察院的陳萍萍，不知為何，竟是未奉太后旨意入京。

「難道中毒的消息是真的？」范閒在心裡這樣想著。

大王妃不知道他心裡在想些什麼，卻很湊巧地感嘆一句。「只怕中毒的消息是真的。」

范閒心頭微緊，以監察院的防禦力量，怎麼可能讓人在陳萍萍的茶水中下毒？都說是東夷城那位用毒大師所為……

「我一開始本以為是院長大人借中毒之事，將自己從朝堂之爭中摘了出去。」他微閉雙眼說道：「如果中毒的事情是真的，這事情就麻煩了。」

「已經出了大麻煩。」大王妃望著他靜靜說道：「太后對於陳院長還是頗為信任，但中毒一事太過湊巧，只怕老人家心裡會有些想法。如果不是太后認為陳院長會站在你這邊，只怕她也不會如此決絕地選擇太子，而不在中間，留下任何轉圜的餘地。」

范閒點點頭，自己和其他人都會懷疑陳萍萍的中毒，太后自然也會懷疑，懷疑就像是一根刺，會讓人們越來越痛。太后此時疑到陳萍萍頭上，當然會用最大的力量，壓制住監察院。

「看來秦恆領京都守備師後第一個任務就是看住陳園，難怪園內一直沒有消息出來。」范閒眉頭皺得愈發的緊。秦家的軍隊一日不入京都，皇宮內便不會出大動亂，可是陳萍萍那老跛子，也是范閒最擔心的人，如果中毒之事為真，陳園那處防備力量再強，能夠抵擋住慶國精銳部隊的攻擊？

「必須抓緊些了。」范閒低頭說道：「煩請轉告王爺，有些時候是需要他下決心的。」

「我家婆婆那裡怎麼辦？」大王妃看著他，要求他必須給出一個切實的承諾。

「寧才人的安全我來保證。」范閒一字一句說道：「我要的只是王爺的決心，他必須明白，禁軍雖然在他的控制之中，但總有當年燕大都督的親信，時日久了，太后把他從禁軍統領的位置上換下來，我和他……就等著吃屎吧。」

吃屎是很粗魯的辭彙，但大王妃沒有什麼反感，因為她明白，如今的局勢確實很狗屎。她望著范閒那張喬裝後的臉，有些疑惑不解。重重深宮，盡在內廷控制之下，他范閒何德何能，敢說可以保證寧才人的安全？

但她明白，林婉兒如今也在宮中，范閒斷不至於會用一句大話假話去犧牲自己妻子的性命。

「十三城門司是關鍵。」大王妃將范閒的茶杯拉到自己面前，輕聲說道：「要阻止忠於太后的軍隊入京，這個位置上的人，必須是我們這邊的。」

范閒心頭微寬，知道對面這位婦人終於決定勸說自己的丈夫進行宮變，才會開始討論這些具體的事項。他斟酌片刻後說道：「妳知道，我和軍方向來沒有什麼交情，城門司這邊，我不知道怎麼著手。」

大王妃嘆了一口氣。「王爺當年的西征軍早被打散，在京都也沒有太多自己的勢力，和秦、葉兩家比起來差遠了。」她頓了頓說道：「當然，如果陳院長在京中，想來一定有辦法影響十三城門司。」

「這個不要提了。」聽到陳萍萍的名字，范閒壓下心頭的那絲寒意，搖頭說道：「既然如此，便必須趕時間，在城門大開之前，將宮裡的事情解決。」

「難度太大。」大王妃盯著他的眼睛。

范閒將她面前的茶杯拉回來，低頭說道：「茶壺只有一個，茶杯卻有太多個，不要把眼睛盯著秦家的軍隊，要想想葉家，葉重獻俘離京不遠，太后雖然下旨讓他歸定州，但誰知道那幾千名打胡將究竟走了沒有。」

大王妃一咬下唇，心頭一驚。

范閒抬起頭來平靜說道：「老二的心思很簡單，他會暫時推太子上位，但在京都的這壺茶裡，他要分一部分，如果他身後的葉家不進京，他有什麼資格說話？」

「當然，這一切都是我那位岳母點頭下發生的事情。」范閒揉了揉太陽穴，說道：「長公主和太后不一樣，她是崇拜軍力的女人，如果要殺幾千個人來穩定朝局，她不會介意。」

大王妃沉默片刻後緩緩站起身來，看著范閒說道：「最終還是要大殺一場。」

「不流血的政變，永遠都只是一個完美的設想或是極端的偶然。」范閒說道：「我雖是個運氣極好的人，但也不敢將這件事情寄託在運氣上。尤其是長公主既然準備了如此瘋狂的一個計畫，我不認為她會悲天憫人到看著我們在宮內搞三搞四，而不動兵。」

大王妃點點頭，說道：「你的意思，我會傳告王爺。」

范閒笑了笑，不留情面說道：「既然妳此時來了，自然代表王爺會接受我的意思。」這句話是說，大皇子心知肚明范閒想要什麼，只是請大王妃來看看范閒究竟手裡有多少牌，可以做多少事。被戳破偽裝，大王妃也只是笑了笑，然後說道：「澹泊公如今越來越有信心了，當此京都危局，還能如此談笑風生。」

范閒沉默片刻後說道：「我確實有信心，只要葉、秦二家的軍隊來不及進京……於我而言，這座京都只不過是座空城罷了。」

是的，全天下最厲害的人物都被光彩奪目的慶國皇帝吸引到了大東山。而如今的范閒，雖傷勢未癒，但心性與信心卻已經成長到重生後最巔峰的狀態。

大王妃忽然一頓說道：「我有些好奇，昨天夜裡，澹泊公聯絡群臣於今日殿上起事……此時的皇宮中只怕是血雨腥風、陰森至極的景象。」

她盯著范閒的眼睛。「那幾位年高德劭的大臣，是因為您而站到了太后的對立面，也許他們將為之付出生命的代價，而您卻這樣安靜地旁觀，不知道這究竟是冷靜還是冷血？」

大王妃笑得很柔和。「有時候不得不佩服您，生生挑得無數人替您出頭，去灑熱血，去拋頭顱，為您謀求利益……如果那些大臣想通透了這點，在臨死的那刻，會不會大呼上當？」

話語至此，大王妃的脣角帶著一絲譏嘲。在她看來，范閒此舉是將太子逼到了一個極為難堪和恐怖的地步，范閒選擇在登基前夜串聯大臣，便是沒有給所有人反應的機會，太子如果殺大臣，自然陷自己於無義中。而那些大臣們，等若是在用自己的頭顱，為范閒呼喊。

范閒的臉色漸漸平靜起來。今天太極宮太子登基被阻，確實是他在梧州岳丈的幫助下，挑動著二位大學士所為，至於此事的風險，他不是沒有想過。從某種角度上說，他是在用太極宮內那些真正勇敢的文臣性命……冒險。

這確實是很冒險、很自私的一種選擇，所以面對著大王妃的嘲諷，他沒有反駁什麼，只是緩緩說道：「盜有道，臣亦有道。我以往是個很怕死的人，但最近才想清楚一個道理，死有重於東山，有輕於鴻毛，胡、舒二位大學士願為他們心中的正道而去，這是他們的選擇。」

「重於東山，輕於鴻毛？」大王妃重複了一遍這句話，看著范閒的臉有些出神。她隱隱感覺到，這次再見范閒，這位年輕人表面上還是那般溫和之中混著厲殺心性，但是在根骨中，似乎有些改變正在發生。

可她仍然忍不住問道：「既然如此，為何公爺要隱於幕後，卻不能勇而突進？」

「突兀現於大殿，出示遺詔，面對內廷高手的圍攻……」范閒有些苦澀地笑了起來。「這樣確實很帥，但似乎得不到很好的效果。」

他斂了笑容，用一種前所未有的嚴肅認真說道：「在二十天前，在一處高山之巔的草甸上，我學會了一些東西。從今開始，我不懼死，我仍惜生，但如果註定要死亡，我希望能死得有價值一些。」

大王妃沉默不語。

范閒閉目半晌後說道：「我不是在拿那些可敬文臣的腦袋冒險，如果現在主事的是長公主，我會選擇另外的方式。但現在太極宮上登基的是太子，並不是老二。」

他睜開眼睛，冷漠說道：「老二多情之下盡冷酷，相反的，我對太子殿下還是有些信心的。」

「什麼信心？」

「我始終認為，太子是我們幾兄弟裡，最溫柔的那個人。」范閒溫柔地笑道：「太后年紀大了，殺心不足，太子……是個好人，所以我不認為今天太極宮上會出現妳所預料的流血場面。」

范閒給太極宮上那位太子發了一張好人卡。大王妃覺得有些莫名其妙，搖了搖頭，準備離開。

離開之前，范閒喚住她，又將瑪索索從屋內喚出來，對大王妃認真叮嚀道：「我在京都不會停留在一處地方，羊蔥巷我不會再來，但我擔心她的安全，所以我希望王妃您能將她接回王府。」

大王妃微微一怔，沒有想到范閒此時想的是瑪索索的安全，也沒有想到對方竟然會提出這樣一個要求。

瑪索索也吃驚地看著范閒。

范閒說道：「王府是如今京都最安全的地方，倒不僅僅因為王爺手裡有禁軍這批力量，王妃您應該明白我指的是什麼。」

大王妃緩緩低頭，此次慶國內亂，有外界大勢力的影子，就算是永陶長公主，也必須給異國盟友留兩分面子，給北齊皇帝親姊姊幾分面子。

三人走至小院門外，行禮分開。最後時刻，范閒盯著大王妃的眼睛說道：「先前王妃以大義責我，此時我必須提醒王妃事情，您如今是王妃，則必須把自己當成慶國人，而不是……齊人。」

大王妃心頭微凜，竟有些不敢直視范閒那雙深寒的眼睛。

秋意初至，微涼而不能入骨，然而大王妃坐在馬車上，卻感覺到從車簾處滲進來的風竟是那樣的寒，寒得她忍不住打了幾個冷顫。

瑪索索被她安排在第二輛馬車上，其實就算范閒沒有拜託她照看那個苦命胡女，大王妃也不可能將這個女子扔在羊蔥巷不管，如果那個女子死了，怎麼向王爺交代？

大王妃又打了個冷顫，馬車裡就她一個人，她有足夠的時間來回味一下范閒最後的那番話。她清楚范閒對於這整件事情都已經有了一個全盤的打算，所以才會提醒自己。

關於范閒這個人，大王妃自北齊遠嫁而來，一路同行，細心觀察，深知其厲害，尤其是今日太極宮上那劍拔弩張的一幕，竟是此人一夜揮袖而成。大王妃不得不感覺到一絲敬畏，如今范閒身後的那些勢力被宮中看著，無法擅動，可他依然能夠造出如此大的聲勢來，她真不清楚，范閒這個人到底還藏著什麼樣的底牌。

因此，她決定堅定地站在王爺的身邊，站在范閒的身後，歷史這種東西，總是跟隨著勝利者一起進行的。

馬車回到王府，大王妃帶著瑪索索進了後園，喚下人來安置好這位胡女的住所，她一人走到湖邊，走入了湖邊的那個花廳裡。在半年之前，這花廳裡曾經容納過除太子之外所有的皇族子女，而那短暫的天子家和平，早已因為皇帝的死亡而化成了泡影。

皇帝的子女們，此時都在尋找著置自己兄弟姊妹於死地的方法。

大王妃嘆了一口氣，坐在窗子邊，對著一直守候在廳中的那人說道：「王爺那邊有沒有消息過來？」

那人恭敬應道：「禁軍方面有些小異動，不過聽副將傳話，王爺值守宮牆，應該能壓制住那些人。」

那人穿著一身很普通的衣裳，應該是管家之類的人物，他對大王妃說話也極為恭敬，但是眉眼間總是流露出一種下人不應具有的氣質。他輕聲說道：「公主，先前見著那人了嗎？」

公主？會這樣自然地稱呼大王妃的人，只能是北齊人！

大王妃沉默著點了點頭，半晌後忽然說道：「暫時和長公主方面保持平靜，什麼都不要說。」

那人眉頭微皺，說道：「屬下奉陛下嚴令，助長公主控制慶國局勢，而如今范閒既然已經現了蹤影，我們當然要通知長公主。」

大王妃看著他，緩緩說道：「我不知道上京城究竟是怎樣想的，但我只知道，范閒現在暫時死不得。」

從這番對話中可以發現，原來這位管家模樣的人，竟是北齊派駐京都的間諜，在這次南慶內亂之中，負責與永陶長公主方面聯絡的重要人物。這人面色微冷，看著大王妃說道：「公主殿下，請記住，您是大齊的子民，不要意氣用事。」

大王妃冷笑看著他，說道：「我是為你著想，如果范閒真的死了，你以為陛下會饒了你？」

那人倒吸一口冷氣，不解此話何意，但細細品來，自家陛下對於范閒，確實是頗為看重，可是……如果要達成陛下的意願，范閒不死怎麼辦？他沉聲說道：「陛下有嚴令，慶國一定要大亂，而陛下認為，陳萍萍那人一定會陰到最後，如果范閒不死，陳萍萍、范建和遠在梧州的那位前相爺，都不會發瘋。慶帝死後，慶國真正厲害的人物，就只剩下長公主李雲睿和這三位老傢伙。」

那人死死地低著頭，語速越來越快。「如今慶國內廷太后盯著陳萍萍與范建，讓他們無法輕動，可一旦范閒真的出事，只怕慶國皇族也壓不下這二人……」

「只要南慶真的亂了，最後不論誰勝誰負，對我大齊，都有好處。」那人說道：「慶帝之死，是亂源之一，范閒之死，則會點燃最後那把火。」

「這是錦衣衛的意思，還是陛下的意思？」大王妃的眼光有些飄忽。

「此事未經衛指揮使之手，全是陛下聖心獨裁，陛下雖未明言，但意思清楚，想必也設想過范閒死去。」

「那我大齊究竟看好哪一方獲勝？」

那人抬起頭來，沉默片刻後說道：「看好范閒一方獲勝，所以范閒必須死。」

「為什麼？」大王妃吃驚問道：「即便王爺助他，可是也敵不過葉、秦兩家的強軍。」

「屬下不敢妄揣聖心。」那人平靜說道：「但想來應該是陛下對於陳萍萍有信心。」

「好，即便如陛下所言，范閒死了，京都亂了，最後陳院長借來天兵天將……」大王妃眉頭好看地皺了皺，微嘲說道：「長公主一方勢敗，范閒身後的這些人重新執掌了慶國朝政，那又如何？只怕還不如范閒活著……如果他們勝了，以范閒與我朝的良好關係，這天下只怕會太平好幾十年。」

那人怔怔地望著大王妃，半晌後說道：「公主，難道您真不明白陛下的意思？」

「什麼意思？」大王妃微蹙眉頭。

那人輕聲說道：「所有人的眼光都盯著太子、二皇子、三皇子和范閒……可是如果真的亂成一鍋粥後……王爺手執禁軍兵馬，加之他向來與范閒交好，陳院長視他如子姪，范尚書傷子之痛……這樣看來，王爺的機會最大。」

大王妃身子一震，倒吸一口冷氣，看著那人的頭頂，此時方才明白，遠在上京城的皇帝弟弟，竟在心中算著如此陰險可怕的買賣。上京城裡的皇帝弟弟，絕不僅僅是想殺死龍椅上的同行，因為一位慶帝死去，另一位慶帝重生，只要慶國國力無損，天下三國間的大勢依然沒有實質上的變化。

而如果真的是慶國大皇子繼位……他娶的是北齊大公主，身上流著東夷城的血液，日後的慶國，還會是如今這個咄咄逼人的慶國嗎？

大王妃扶住了額頭，內心深處一片震驚，她不知道自己那位年紀青澀的兄弟，竟然擁有如此深的城府，會在這張羅網之外，繡了如此多合自己心意的花邊。

「王爺……不會做的。」她撫額嘆道。

那人陰沉著臉說道：「范閒如果死在長公主手上，王爺大概會對自己的弟弟們絕望，悲傷，有時候是一種能刺激人野心的力量。」

「不行。」大王妃忽然抬起頭來，堅毅說道：「你不明白，陛下也不明白，王爺究竟是怎樣的一個人。范閒不能死，我不管上京城的計畫是什麼，但至少范閒的行蹤不能從我這裡透露出去。」

那人略帶憐惜歉意地看了她一眼，知道此事若真的發生，王爺將來知道王妃出賣范閒，夫妻間只怕會出大問題，難怪王妃堅不允許此議，只是……

他低頭行禮道：「抱歉，公主，此事由臣一力負責，先前馬車離開羊蔥巷時，我已經通知了慶國長公主方面。」

大王妃身子一震，不可思議地盯著那人，眼光迅疾透過窗戶，望向王府外清寥的天空，不知道范閒還能不能保住性命。

范閒是個很小心的人，不然他不會讓大王妃將瑪索索帶走。但他畢竟想像不到，大王妃已經將自己看成了大半個慶國人，可是她的身邊還有純正的北齊人。尤其是以他與北齊皇帝的關係，就算北齊方面參與了謀刺皇帝一事，可他依然認為，北齊方面不會針對自己。

所以他在羊蔥巷的院子裡多待了一會兒，直到天色漸漸轉暗，他才戴著一頂很尋常的笠帽，走出院子，行出巷口，在那些民宅間的白幡恭送間，向著監察院一處的方向走去。

他決定冒險去找沐鐵，因為京都外陳園的沉默，讓他感覺到一絲不吉利。也許天底下所有人，都會認為陳萍萍還在隱忍，還在等待，可范閒不這樣認為。距離產生美感，產生神祕感，而和陳萍萍親近無比的范閒，清楚地知道，陳萍萍已經老了，生命已經沒有多久了，在這樣的時刻，他真的很擔心陳園的安危。

陳園在京都郊外，沒有高高的城牆、宮牆，就算黑騎離園不遠，可又如何抵擋慶國軍方的攻勢？

他的心情有些焦慮，所以對於周邊的環境沒有太過注意，以至於耳朵一顫，聽到了遠處某個街口傳來的馬蹄聲，他才知道——自己的行蹤，終於第一次被永陶長公主抓到了。

范閒回頭，用專業的眼光馬上看到了身前右手方不遠處跟蹤自己的三個盯梢者。

他皺了皺眉頭，往身後的一條小巷轉進去，試圖在合圍之前，消失於京都重重疊疊的民宅之間。

而那三名盯梢者不畏死地跟了上來。

范閒一轉身，左手化掌橫切，砍在最近那人的咽喉上，只聽得一陣骨頭碎裂響聲，那人癱軟在地。緊接著，他一腳踹在第二人的下陰部，左手一摳，袖中暗弩疾飛，刺入第三個人的眼窩。

很輕描淡寫地出手，乾淨俐落，清晰無比，卻又是快速無比，沒有給那三個人發出任何警訊的時間。

但范閒清楚，身旁一定還有永陶長公主的人，所以他沒有停留，左手黏住身旁的青石壁，準備翻身上簷。

便在此時，一個人從天上飛了過來，如蒲扇般大小的一隻鐵掌，朝著范閒的臉上蓋去！

掌風如刀，撲得范閒眼睛微瞇，臉皮發痛。此時的他才明白，自己先前在院中與大王妃的話有些托大，是的，人世間最頂尖的高手只怕都在大東山了，然而京都乃藏龍臥虎之地，軍方的高手仍然是層出不窮。

比如這時來的這一掌，至少已經有了八品的水準。

范閒眼睛瞇著，一翻掌迎了上去，雙掌相對無聲，就似黏在一處。便在下一瞬間，他深吸一口氣，後膝微鬆，布鞋底下震出絲絲灰塵。

啪的一聲悶響！

那名軍方高手腕骨盡碎、臂骨盡碎、胸骨盡碎，整個人被一股沛然莫禦的霸道力量擊得向天飛去！

噴著鮮血，臉上帶著不可思議的表情，那名軍方高手慘然震飛，他似乎怎麼也想不明白，看上去如此溫柔的一位年輕人，怎麼會擁有與他氣質截然不同的霸道！

范閒平靜地收回手掌，咳了兩聲，感覺到左胸處一陣撕裂劇痛，知道燕小乙給自己留下的重創，在此時又發作了。

他知道自己不能久戰，必須馬上脫離永陶長公主方面的追殺，然而一掌擊飛那名高手，他的人也被阻了一瞬間。

便是一瞬間，整條小巷便被人包圍起來。

范閒眯眼看去，分辨出來捉拿自己的人有京都守備師分駐京內的軍隊，有刑部的人，而更多的則是京都府的公差好手，而後方站著幾位內廷的太監。

看來除了自己的監察院之外，京都所有的強力衙門，都派人來了。

看著這一幕，范閒在心中嘆息一聲，知道不論太極宮裡是如何悲壯收場，但至少在眼下，宮裡已經坐實了自己謀殺陛下的謀逆大罪，自己已經成為了人人得而誅之的惡賊。

可他沒有一絲畏懼，也沒有受傷後虎落平陽的悲哀感覺。他只是平靜地看著這一切。

連燕小乙都殺不死范閒，這個世界上還有誰能留下他？

第二十一章　有子逾牆

「殺！」

小巷的四面八方響起一陣喊殺之聲，無數人向著巷中站著的范閒湧過去。人潮湧了過去，卻像是大河遇上堅不可摧的磐石，水花四散，嗤嗤嗤嗤數聲利刃破肉的響聲刺入人們的耳膜，然後衝在最前頭的那四個人就像是四根木頭一樣倒了下來。

他們捂著咽喉倒下來，鮮血不停從手裡向外冒著。

范閒的手中已經多了一柄細長的黑色匕首，匕首無光的鋒刃上有幾滴發暗的鮮血。

寥寥數人的死亡，根本不可能震退所有人的攻擊。官兵們的衝擊甚至連一絲停頓都沒有，便再次淹沒了范閒。

黑色的光再次閃起，而這一次范閒很陰毒地選擇了往下方著手，不再試圖一刀斃命，不再試圖劃破那些官兵們的咽喉，而是奇快無快、極其陰狠地在他們的大腿和小腹上劃了幾刀。

幾人身上同時多出幾條鮮血淋漓的口子，翻開來的血肉噴出鮮紅的血水，而血水在片刻之後馬上變成發黑的液體，淡淡腥臭傳了出來。

巷子裡響起數聲格外淒厲的慘叫，受傷的這幾人一時不得死，被范閒黑色匕首上附著的毒藥整治得無比痛苦。此起彼伏的慘叫，終於讓圍緝范閑的官兵清醒了一些，讓這些手持長槍、利刃的人們想起了傳說中范閒的厲害與狠毒。

人潮在此時頓了一頓。

趁著這個機會，范閒像是一縷遊魂一般反向巷後的人群殺過去，如影子、如風，貼著人們的身體行過，偶爾伸出惡魔般的手掌，在那些人的耳垂、手指、腋下，諸多薄弱處輕輕拂過。

每拂過，必留下慘叫與倒地不起的傷者。

在這一瞬間，范閒選擇了小手段，這最能節約體力、不耗真氣的作戰方式。人潮洶湧，如此而行，正是最合適的手法。他的每一次出手，不再意圖讓身旁的官兵倒下，而是令他們痛呼出聲、跳起來，成為一根根跳躍的林木，掩飾著他這隻狡猾的野獸，在暮色之中，向著包圍圈的後方遁去。

不遠處主持圍緝的一名將軍，看著那處的騷動，眼中閃過一抹寒意與懼色。

他從來沒有想過，這個世界上有人能夠將自己變成一縷遊魂，可以在眾目睽睽之下，穿行於追殺自己的人群裡，留下微腥的血水，帶走鮮活的生命，自己卻顯得如此輕鬆隨意——如穿萬片花叢，而片葉不沾身。

范閒身上連個傷口都沒有，而他已經挑死挑傷了二十餘人，在大亂的包圍圈裡，強行突進了十丈的距離！

「攔住他！」那名將軍看著離自己越來越近的騷動，眼瞳微縮，用沙啞的聲音，嘶吼叫：「誅逆賊！」

咯咯一陣弩箭上弦的機簧聲音響起，在這樣嘈雜的環境中，其實顯得非常微弱，但又格外令人恐怖。

人群中，用三根手指拈住匕首、輕輕與官兵們的肌理做著親密接觸的范閒，在包圍圈外弩機作響的那一瞬間，右手停頓了一下。

他的耳朵準確地捕捉到一個熟悉的聲音，所以他的心緊了一下，從而讓他的右手停頓一下，插進一個畏縮著撲過來的衙役胸中，而忘了拔出來。

京都內嚴禁用弩——除了當年被特旨允許的監察院。所以聽到這個聲音，范閒便知道，永陶長公主那邊已經透過秦家或是葉家，調動了軍隊的力量潛入到京都之中。他來不及考慮十三城門司的問題，而是下意識感覺到寒冷，山谷狙殺時的萬分凶險，給他留下了太深刻的印象。

這段思考，只是剎那間，在下一瞬間，他一腳踩下去，重重地踩在堅硬的石板地上，轟的一聲！

只是一腳，那塊方正的堅硬石板從中裂開，翹起四方的板角，向著那些撲過來的官兵身上戳去！

當他在包圍圈裡遊走突進之時，看似輕鬆隨意，但實際上是用著異常快的速度和強大的精確控制力，所以他才需要這樣強橫霸道的一腳，來停住自己處於高速行動狀態下的身體。

石板裂開，他的人也於剎那間，由極快速度而變得異常靜止。

兩種極端狀態的轉換，甚至讓他身邊的空氣都無由地發出了撕裂般的聲音。

一直跟隨他、如水波般起伏的圍攻官兵，在一這瞬間沒有跟上，很狼狽地往前倒去，在范閒的身前留下三尺空地。

篤篤的破風聲響，沒入土中。范閒的腳下像是生出莊稼一般，生出了數十支陰森可怕的弩箭，險之又險地沒有射入他的身體。

而他的右手依然平刺著，匕首上掛著的那個衙役屍體，被這忽然的降速猛地震向前去，肉身劃破了鋒利的黑色匕首，嘶的一聲被劃開半個胸膛，重重地摔在地上，震出無數血水！

而范閒身後的官兵們收不住腳，直接往忽然靜止的他身上撞了過來！

他回肘。

兩聲悶響，兩個人影飛了起來，在暮色籠罩的天空中破碎……劃出了無數道震撼人心的曲線。

在下一輪弩箭來臨之前，范閒遠遠地看了一眼巷頭的那位將軍，腳尖在地上一點，出乎所有人的意料，隨著那兩個被自己震飛的「碎影」，向著反方向的小巷上空飛掠出去。

那名將軍遠遠接收到范閒冷冰冰的目光，忍不住打了個冷顫，咬著牙狠狠說道：「狼營上，不要讓他跑了。」

半空，碎裂的骨肉摔落在地上，啪啪作響。

緊接著，嗖嗖破空聲起，十幾名軍中高手翻上簷角，向著不遠處正在民簷上飛奔的范閒追去。不一時，京都府與刑部的好手，也帶領著屬下，沿著地面的通道，不懈追擊。

「我要他死。」

皇宮之中的廣信宮內，回到了層層紗帳之後的永陶長公主，面無表情地說了一句話。話語之中的「他」，自然指的是如今在京都和她打游擊的范閒。范閒一日不死，永陶長公主臉上的表情便極難展現笑意。

「陳園那邊似乎出了問題。」在永陶長公主身旁的那位太監低聲說道：「最關鍵的是，這段時間東山路那邊的情報傳遞似乎也有問題，已經三天了，最後的消息已經是三天前。」

永陶長公主李雲睿冷漠的美麗臉龐上忽然閃現出一絲怪異的紅暈，這絲紅暈就像是天邊的彩霞，被夜風一襲，馬上消失不見，變成了入夜前的最後一抹蒼白。

她的脣角微翹，輕聲說道：「我只要范閒死，監察院那邊你不用理會。」

「是，殿下。」那名太監恭謹行了一禮，然後抬起頭來，赫然是慶國皇帝當年的親信太監之一，與姚公公並列的侯公公！

永陶長公主微笑看著侯公公的臉，說道：「東宮裡的那一把火，你放得很好，這京都裡的最後一把火，本宮要看你放得怎麼樣。」

大東山一役，洪四庠不知死活，姚公公肯定已經隨皇帝歸天，如今的皇宮，輩分最高、權力最大、最得太后信任的宦官便是這位侯公公。當年范府與柳氏為了籠絡這位侯公公，不知道下了多少本錢，但誰能想到，這些本錢盡落在虛處，原來此人從一開始，便是永陶長公主的人。

皇帝與范閒一直在猜想東宮裡的那把火是誰放的，但怎麼也沒有想到侯公公身上來。

侯公公躬身恭謹說道：「奴才會請太后發旨，只是奴才自身說話沒太大力量，太后頂多能對禁軍發道旨意，加入搜捕……」他抬頭小心翼翼地看了永陶長公主一眼。「只是殿下也清楚，咱們能動的力量都動了，禁軍先前也出現在羊蔥巷，可是他們動都沒有動一下，大皇子那邊，明顯另有心思。」

永陶長公主平靜道：「禁軍咱們是使不動的。」

侯公公試探著說道：「雖然今天太極宮裡出了大事，如今有四十幾名大臣被逮入獄中，可是太后的意思並沒有改變。既然已經確定了太子爺接位大寶……您看，是不是可以把大皇子的位置動一動？」

「您讓我與母后去說？」永陶長公主微嘲說道：「不要做這個打算。如今京都守備師盡在我手，十三城門司還在左右搖擺，秦家與葉家的軍隊離京不過數日行程……如果連禁軍統領也換了，我那位母后怎麼能放心？」

「只要寧才人在含光殿裡老實著，禁軍就是和親王爺的。」永陶長公主冷漠說道：「母后總要尋求一些平衡，不然她難道不擔心本宮將來將這座皇城毀了？」

侯公公心裡打了個冷顫，不敢再言。

「范閒有病。」永陶長公主繼續微笑著說道：「本宮抓著他的病，他便不可能遠離京都，只能在京都裡熬著。本宮倒要看看，等那幾十名大臣熬不住了，太常寺與禮部的官員頂不住了，太子名正言順地登基，他這個刺駕惡賊，還想怎麼熬下去。」

侯公公敬畏地看了永陶長公主一眼，小意說道：「可惜太后下旨的時候，那個懷著小范大人血脈的小妾不知何故逃了出去。」

「不是逃。」永陶長公主的眼睛微瞇，長長的睫毛微微眨動。「是有人在護著她……不過本宮很好奇，那個沒了主子的人，如今還能不能護住他自己。」

「殿下神機妙算。」

「沒什麼好算的，你要準備一下，也許……過兩天，本宮便要出宮了。」永陶長公主含笑說著，卻不知道她為什麼要選擇出宮。

侯公公討好地笑了笑，說道：「那奴才這時候便回含光殿。」

「去吧。」永陶長公主說道：「讓母后的心更堅定一些。」

「是。」

侯公公依命而去，穿過死寂一片的宮殿，聽著隱約落在耳中的悲聲，回到了含光殿，在太后的身前略說幾句。

看著太后花白的頭髮、頹喪的表情、不堪的精神，侯公公在心裡嘆了一口氣，暗想太后當年也是極厲害的人物，可是如今只能一心維持朝廷的平靜，卻拿不出太多的魄力來，自己從很多年前便跟定了長公主，這真是一件很明智的選擇。

廣信宮中。

待侯公公離開後，永陶長公主微低眼簾，輕聲對自己的親信交代了幾句，似乎是要往宮外某處傳訊，其中幾個字眼隱約能聽到，應該是和京都外面的局勢有關。

然後她沉默而孤獨地坐了一會兒，拍響了雙掌，有宮女恭敬地環拱，或者說是看守著一男一女，從廣信宮的後方走進來，坐到她的身邊。

永陶長公主微微展露笑顏，對身旁那個眉眼與自己並不相似的女兒輕聲說道：「晨兒，母親已經找到范閒了。」

林婉兒微低著頭，輕輕咬著下唇，並沒有因為這句話而震驚萬分，甚至連頭都沒有抬一下。

永陶長公主的眉頭微微皺了皺，似乎對女兒的反應感到一絲無來由的憤怒，低沉聲音說道：「范閒是隻老鼠，可如果他真的在意妳，那他自然會來宮中。」

林婉兒霍地抬起頭來，那雙平日異常溫柔、水波輕蕩的眼眸裡盡是一片冰冷與淡漠，她看著自己的母親，眼中就像是有兩把刀子在剜著母親的心，一字一句說道：「您把我從含光殿裡要出來……本以為您還有兩分母女之情，原來……是把自己的女兒當誘餌。」

林婉兒面色平靜說道：「不過也對，舅舅說過很多次，您是個瘋子，做事不能以常人看待……放心吧，我不會怨您。」

她輕輕地笑了起來，顯得十分鎮定。「對於您這樣的瘋子而言，怨恨都是一種多餘的情緒。」

「是嗎？」永陶長公主緩緩閉眼。「妳是我生的，妳當然沒資格怨我……思思那賤女人，現在不是在外面活得好好的？你們范府為什麼只護著她，而沒有護著妳？妳要怨，就去怨妳的相公與妳的公公、婆婆。」

林婉兒雙腿微顫，說道：「您弄錯了一點，或許只是大家都沒有想到，您會對自己的女兒下手。」

她的腿下發出金屬碰撞的聲音，竟是被人用腳鐐銬住了！

永陶長公主平靜說道：「如果范閒死了，什麼都好辦。」

「是嗎？可惜您永遠殺不死他，既然他能從大東山上活著回來，就一定會好好地活下去。」林婉兒的臉上浮現出一絲自信的光采。

永陶長公主的眉頭皺了起來。「有些人的死活，是由不得他們自己控制的。我從來沒有擔心過我的好女婿，哪怕這兩年他在天下活得是如此光鮮亮麗，可我依然不擔心。」

她看了一眼自己的女兒，又看了一眼坐在女兒身旁，正害怕地縮著肩膀、嘴巴下意識抖動的大寶，眼神裡閃過一絲厭惡。

「我太了解我那個女婿了。」永陶長公主冷漠說道：「只要妳和大寶在這裡，他除了死，還能有什麼出路？」

「喔，沒有想到母親竟然會認為安之……會如此有情。」林婉兒平靜地注視著母親的雙眼。「我是他的妻子，都不指望他會愚蠢到因為您的手段，而放棄自己的生命，卻不知道您是從哪裡來的信心。」

「妳不懂，所有人都不懂。」永陶長公主平靜說道：「范閒或許是個虛偽到了骨頭裡的人，可對於他身邊的某些人，反而熾熱到了極點。」

她頓了頓，含笑說道：「我不會低估他，我會做好他真的翻身的準備。幾天之後，他或許有機會把這座皇宮翻過來……所以我會帶著妳和大寶出宮，讓他自己鑽進這個桶裡來。」

林婉兒靜靜地看著她。「看來母親已經掌握了十三城門司，秦、葉兩家的軍隊隨時可以進京。」

永陶長公主微微一怔，旋即笑了起來。「我的女兒，果然有些像我，看事情很準確。」

林婉兒緩緩低頭，她心知肚明，范閒一定會想辦法深入皇宮腹部，借用大皇子的禁軍與他在宮中的內線，一舉翻天；但沒有想到，母親根本不在意皇宮的一得一失，反而存著讓所有敵對勢力陷入深宮，再由重兵反襲的念頭。

「您究竟想要什麼呢？」林婉兒忽然抬起頭來，帶著一絲嘲弄說道：「太子哥哥還是二哥做皇帝，對於您來說，沒有什麼分別，可是，您想要的究竟是什麼呢？」

「我想要什麼？」永陶長公主忽然瞇著眼睛，盯著廣信宮裡的某一處牆面，沉默半晌後說道：「我想要天下人都知道，這個世上，有些女人，在沒有男人的情況下，也可以做到一些非凡的事情。」
她回頭望著女兒，靜靜說道：「沒有男人算不得什麼，范閒死後，妳一樣是高高在上的郡主，所以不需要提前開始悲傷。」
「我不知道我的男人死後，我會怎麼樣，是不是會難以抑止地悲傷。」
林婉兒忽然笑了起來，牽著身旁大哥軟綿綿的左手，低著頭，看也沒有看母親一眼。
「但我知道，母親您……沒了男人之後，就真的瘋了，所以這些教導還是留著您自己用吧。」
「放肆！」永陶長公主美麗的容顏冰冷了下來。「什麼混帳話！」
「不是嗎？」林婉兒平靜地、嘲弄地說道：「舅舅就是在那面牆上想掐死您？舅舅現在被您害死了，您是不是心裡又痛快又憋屈，恨不得把自己的臉劃花了？
「我不是一個什麼都不知道的人。」林婉兒嘲笑說道：「只不過我很厭惡這些事情。所以，母親……您本質上就是一個沒有男人便活不下去的可憐人，何必裝腔作勢？」
一陣沉默之後，永陶長公主忽然冷漠開口說道：「妳畢竟是我的女兒，沒有帶來任何的好處，單靠激怒我，難道我便會殺了妳？不過我必須承認，妳的言語很有殺傷力。」
她忽然嘆了一口氣，輕輕地撫摸著女兒微微清瘦的臉，說道：「和妳在一起的時間不夠長，所以竟沒有發現，我的乖女兒，原來也是這樣一個厲害角色。」
林婉兒寧靜地注視她的雙眼，半晌後說道：「我是個沒有力量的人，所以只有言語可以用。或許您會成功，但您不可能讓我佩服您一絲一毫。」
她很平靜、很驕傲地自信著，雙唇閉得極緊。
忽然，大寶在她的身邊輕聲咕噥道：「妹妹，妳把我的手捏痛了。」

永陶長公主笑了起來，然後輕聲說道：「好女兒，不要這麼憤怒，我會讓范閒死在妳的面前，到時候，妳會更憤怒的。」

她輕輕拍了拍林婉兒冰冷的臉頰。

范閒發現自己陷入了人民戰爭的海洋，就算有八成的京都百姓認為自己是受了冤枉，可是還有兩成的百姓，真正將自己看作了十惡不赦的刺君逆賊，與外邦勾結，喪心病狂的賣國賊。

京都人太多，即便只有兩成，卻也足以匯成一股令人恐懼的力量。

看著那些敲鑼打鼓、呼喊著官府衙役和軍士前來捉拿自己的百姓，奔跑在大街小巷中的范閒在苦笑之後，忍不住想要罵娘，恨不得拿個喇叭去問那些往年將自己奉若詩仙的慶國子民。

老子如果真是王八蛋，那回京都做什麼？

而且他根本沒有想到，監察院雖然被內廷看得緊，但那些一處的密探，總是會刻意弄些亂子來幫助自己，可即便這樣，逃至此時，他依然沒有擺脫永陶長公主方面的追緝。

那十幾名軍方的高手，實在是讓人很頭痛。更麻煩的是，那些京都府的衙役和刑部差官，這些人常年在京都廝混，與百姓關係密切，不遺餘力地追捕之下，竟是讓范閒這樣的強者，都不可能保持一刻鐘以上的潛伏。

范閒靠在一處院牆之下，瞇眼看著越來越黑的夜色，看到了天邊的那輪明月，不由得皺起眉頭，開始咒罵老天爺和這慶國異常優良的環境保護工作。

明月清暉之下，面臨著京都有史以來發動人數最多、搜索最嚴的一次追捕欽犯行動，范閑也有把握能夠消失在宅海之中。

院牆的涼氣，沁入他的心肺，讓他的情緒稍稍平靜了些，也讓他咳了兩聲，傷勢未癒，又強行調動霸道真氣，縱使是鐵打的身子，也感到一絲疲憊。

不遠處的街上傳來喧譁的兵馬聲、呼喊聲，應該又是有哪位熱心的愛國民眾，在向官府指點范閑逃遁的方向。

如果僅僅是逃亡，范閑有足夠的自信，他甚至可以在京都裡與永陶長公主的人打半個月的游擊，有把握不會被捉住，甚至他還可以慢慢地將那些重要的敵人一一暗殺，如春夢了無痕。

然而……他的妻子、親人被軟禁在宮中、宮外，他有所顧忌，必須趕著時間，尋找一個平靜的地方，聯絡自己的勢力，獲取珍貴的情報，依遁詭之正道而行。

而眼下，永陶長公主方面鍥而不捨地追捕，明顯不可能讓他找到一個安定的暫寓之所。

對於行蹤的暴露，范閑的心裡不是沒有懷疑過什麼，只是一路凶險忙急，根本來不及考慮這些。

外面的人聲更近了，還有馬聲，范閑回頭望了巷子裡的死角一眼，左手摳住牆皮，真氣一運，摳下幾塊碎石，向著死角處的牆壁彈過去。

啪啪輕響，死角處的牆壁上多了幾個不顯眼的印跡，似乎有人從那裡爬過去。

范閑手指一屈，整個人像隻大鳥一樣飄起來，向著院牆側後方翻過去。

他已經查探清楚，這方院牆後面乃是一處不錯的府邸，看擺設模樣應該是官宦之家。

他決定賭一把，看能不能找著可以信任的熟人，即便找不著，也要試著躲上一躲。

他翻過院牆，行過假山流水，上了二樓，進入一間充滿書卷氣息的房間。院外兵馬之聲愈來愈響，范閒不及思考，轉過書架，一把黑色匕首，架在一個人的脖子上。

他的運氣自然沒有那麼好，不可能於京都茫茫人海之中，找到可以信任的官場熟人。不過他的運氣也沒有那麼差。他本以為這是間書房，裡面的人自然是這家主人，但沒有想到，黑色匕首下竟是一位楚楚可憐的姑娘！

這裡不是書房，是閨房。

第二十二章　誰家府上

不知是誰家小姐，在泛著淡淡血腥味的黑色匕首下瑟瑟發抖，楚楚可憐，兩彎蹙眉微皺，捧心欲呼。

這位姑娘長得很陌生、很柔弱，范閒並不認識，也沒有生出些許惜美之心。看著這位面色慘白的姑娘張口想要呼救，他左手奇快無比地捂住她的嘴巴，緊接著指尖一彈，準備封了她的經脈，令她暫時不得動彈……

然而指尖未觸，范閒便詫異地發現，自己制住的陌生姑娘，竟在掌中嚶嚀一聲，暈了過去。

范閒一怔，手指在這位姑娘的頸上輕輕一按，確認對方是真的昏了過去，而不是假裝，不由得吶吶地收回手，將她在椅上擱好。

他看著自己的手指頭，皺了皺眉頭，心想自己還沒有來得及抹迷藥，這位小姐怎麼就昏了？

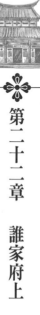

眉頭間的皺紋還沒有消除，因為范閒一直在用心傾聽府外的呼喊之聲，他靜靜地聽著，隨時準備待那些追捕自己的人馬進府後，進行下一步。

然而出乎他的意料，府外的嘈雜之聲並沒有維持多久，只是略微交談幾句，那些追緝自己的官兵便離開了。

范閒微愕，走到窗子旁邊，往府邸的前門望去，皺了皺眉頭，心想這座府邸裡究竟住著誰，竟能讓永陶長公主那方的勢力如此信任？在如今這種非常時刻，能夠避開京都府的搜查？

這座府院雖然占地不小，但看制式，並非是何方王爺國公家族，大概是朝中某位大臣的寓所。他皺眉想了許久，始終記不起來，永陶長公主方有哪位大臣住在這片街坊中。

雖然沒有猜到這座府邸的主人，但既然追兵已去，范閒稍微放鬆了些，這才有了些閒餘時光，觀察一下自己所處的房間。

不看不打緊，這細細一看，范閒忍不住又是吃了一驚，就如同最先前將閨房認成書房，驟遇那位陌生的姑娘時一樣。

因為……這間閨房裡充斥著滿滿幾書架的書，全不似一個青春小姐的閨房模樣，連一點兒女紅之類的物事也沒有，而且書桌兩側的柱子上赫然貼著范閒異常眼熟的一副對聯。

「嫩寒鎖夢因春冷，芳香籠人是酒香。」

范閒兩眼微瞇，忍不住看了在椅中昏迷的那位姑娘一眼，心中暗道不妥當。這副對聯乃是那個世界裡的大宋學士秦觀所作，而之所以會出現在這個世界上，這位小姐的閨房之中，自然是拜范閒手抄《紅樓夢》之賜。

這副對聯曾經出現在書中秦可卿的房裡，范閒之所以會暗呼不妥，乃是因為秦可卿是何等嫵媚風流、春夢雲散的人物，房中掛著這副對聯才算是應了人物。這副對聯和椅上姑娘的青澀模樣，和這閨房裡的書香氣息，實在是不大合襯。

而書架上那些密密麻麻的書，則是范閒震驚的第二個緣由。那些書架上沒有擺著《列女傳》，沒有擺著女學裡的功課，沒有擺著世上流傳最廣的那些詩詞傳記，陳列的是……《半閒齋詩集》，各種版本的《半閒齋詩集》，尤其是莊墨韓親注的那個版本，更是排了三套。

還有整整三排由范閒在一年前親自校訂、由太學闔力而出的莊墨韓版經史子集，這些都是那輛馬車中部分書籍整理後的成果。

而書架上最多的……便是《紅樓夢》，或者說《石頭記》，各式版本的《石頭記》，或長或短，包裝或精美或粗陋，其中大部分是澹泊書局三年來所出的，也有些不知名小書坊的作品。

范閒怔怔地站在書架前，看著這些散發著淡淡墨香的書籍，陷入了沉默之中。他不知這位昏迷中的姑娘是何家人，也不知道這位姑娘為何對自己留在世上的筆墨如此看重。

隱隱約約間，范閒輕抽鼻翼，似乎將自己身在京都險地，正在籌劃著血腥陰謀的處境也忘了個精光，只是平靜地看著這些書。有這麼一瞬間，他忽然覺得自己很滿足。

人總是要死的，自己活了兩次，擁有了兩次截然不同的人生，已經精采得超出了造物主的恩賜；而自己在慶國這個世界上，留下了這些文字，這些精神方面的東西，即便今日便死，又能有多少遺憾？

文字不是他的，精神上的財富也不是他范閒的，然而這一切，是他從那個世界帶來，贈予這個世界。

范閒忽然有些自豪，身為一座橋梁的自豪，為留下了某些痕跡而自豪。這或許和葉輕眉當初改變這個世界時的感慨，極為相近吧。

窗外早已入夜，只有天上的銀光透進來。這個時代的人們用晚膳向來極早，而這位姑娘大概是習慣了獨處，所以這段時間內，竟是沒有一個丫鬟進屋來問安，反而讓范閒有了極難得的獨處回思時刻。

他此時已經從先前那種突兀出現的情緒中擺脫出來，走到書桌前，看著桌上那些墨跡猶新的雪白宣紙，看著紙上抄錄的一些零碎字句，脣角忍不住浮現出一絲頗堪捉摸的微笑。

他體內真氣充沛，六識過人，自然不需要點燃燭火，也不虞有外人發現。

「都云作者痴，誰解其中味？」范閒看著紙上的字跡，自言自語道，暗想這位姑娘倒真是位痴人，看紙上筆跡如此娟秀有神，或許這位姑娘應是有些內慧。

他眼角餘光忽然瞥見書桌側下方的隔欄裡有一抹紅色，好奇地取了出來。這是一本不怎麼厚的書，書皮是無字紅皮，約莫八寸見方，范閒的手指輕輕掀開書皮，只見內裡的扉頁上寫著「風月寶鑑」四個大字，不禁又生出諸多感慨。

正是這本。

憶當年初入京都，於一石居酒樓之前，在那抱孩子的大媽手中，曾經購得這本書，乃是《紅樓夢》於這世間的第一批盜版。

范閒看著手中的這本書發怔，未曾想到舊友會在此地重逢，一瞬間，數年來在京都、江南諸地的生活，有如浮光掠影般飄過他的腦海，令他不知如何言語，漸漸明瞭，原來自己即便再生一次，終究還是敵不過京都的名利殺人場，早已忘了當初的明朗心緒，早已沒了那種跳脫卻又輕鬆愉快的生活。

「不知這位小姐究竟是何府人士。」他在心裡這般品咂著，手裡拿著書，下意識往椅上那位姑娘臉上望去。

此時他才發現，這位姑娘生得極為清秀，尤其是臉上皮膚格外乾淨，眉間卻無由有些冷漠之感，看上去就像是蒼山上的雪，幾可反光。范閒微微瞇眼，不禁想起了在外人面前，永遠是冷若冰霜的妹妹，和此時被困在宮中的妻子。

這位姑娘昏迷中依然清冷的神態，渾似占了范若若與林婉兒幾分精神。

范閒含笑望著那姑娘的臉蛋，忽然發現她眼簾微微動了兩下，知道對方終於是要醒了。

孫顰兒悠悠醒了過來，卻覺得眼簾有如鉛石一般沉重。她只記得自己用飯之後，便回自己房中小憩，準備再用心抄一遍詩篇，明日在園中燒了祭拜一下皇帝，不料府外吵嚷聲起，似乎是京都府的人在捉拿要犯，然後便是那個男子衝了進來……

那把黑色的匕首是那樣的寒冷，那雙手居然有那麼重的血腥味，還有濃厚的男子體息味道。

孫顰兒哪裡受過這樣無禮的對待，被那雙捂在嘴鼻上的手上汗味一沖，不禁羞怒交加，一口氣喘不上來，竟昏了過去！

不知道昏了多久，她終於醒了過來，緩緩睜開雙眼，有些迷糊地看見了一張臉，一張英俊的、可親的、帶著可惡笑容看著自己的年輕男子的臉。屋內沒有燈，只有窗外淡淡的月光，卻襯得這張臉更加純淨溫柔。

孫顰兒心中一陣抽緊，兩眼裡滿是驚恐，下意識往椅子後縮去，正準備張嘴欲呼，眼裡的驚恐卻又轉成了一抹茫然與無措。

她的心裡咯登一聲，暗自琢磨，這個年輕男子究竟是誰，看上去似是不認識，可為什麼卻這般眼熟？

就像是很久以前在哪裡見過？

看著椅上的姑娘緩緩睜開雙眼，眼中閃過複雜的情緒，卻沒有呼喊出聲，范閒有些意外，微笑地看著她，將時刻準備點出的手指收回去。他沒有準備迷藥，因為他需要一個清醒的人質。

「妳是誰？」

「你是誰？」

兩個人同時開口，范閒微微側頭，挑了挑眉頭後說道：「難道我不應該是個歹徒嗎？」

孫顰兒看著這個好看的年輕人，微微發怔，總覺得對方的眉宇間盡是溫柔，怎麼也不像是個歹徒。可是她也清楚，自己的反應實在是有些怪異，不由得湧起一陣慚愧和慌亂，雙手護在身前，顫抖著聲音說道：「我不管你是誰，可是請你不要亂來，這對你沒有任何好處。」

「小姐妳很冷靜，我很欣賞。」范閒用一種極其溫和的眼神望著她，和緩說道：「一般家戶的小姐，只怕一旦醒來，都會大呼出聲，然後便會帶來我們都不願意看見的悲慘後果，小姐自控能力如此之強，實在令在下佩服。」

孫顰兒面色微熱，想到自己先前正準備呼喊，卻看見這張……隱約是前世見過的臉，不知怎的並沒有喊出來。

「小姐不必驚慌，我只是暫時需要一個地方躲避下，我保證，一定不會傷害妳。」

范閒輕聲說著，將手中那本紅色封皮的《石頭記》輕輕擱在桌上。他本來可以將這位姑娘迷暈，可是內心深處有種預感，似乎和這位姑娘多談談，或許會為自己帶來極大的好處。

「躲避？」孫顰兒害怕地垂著頭，用眼角餘光瞥了一眼這個闖入者的衣著，在心裡想著這人究竟是誰呢？在躲誰呢？忽然間，她想到這兩天裡京都出現的那件大事，想到傳說中那人的容顏，再看一眼被那人輕輕擱在桌上的《石頭記》。

孫顰兒的臉色刷的一下子就白了，不是她聰明，也不是她運氣好，而是這幾年的時間內，她的心一直被那個名字占據著，她無時無刻不在關心著那個人的一舉一動，尤其是最近那個人被打入了萬丈深淵，成為了人人得而誅之的逆賊，更是讓她無比痛苦——所以她才能在第一時間內聯想到那個人，做了最接近真相的猜測。

「是他嗎？」

孫顰兒嘴唇微微顫抖著，勇敢地抬起頭，認真地看著范閒的臉，卻始終說不出什麼。范閒有些好奇地看了她一眼，溫和問道：「小姐，請問妳是何家府上？」

孫顰兒此時心中已經認定此人便是彼人，心神激盪之下哪裡說得出話來，只是痴痴地望著范閒，顫著聲音問道：「您是小范大人？」

於是輪到范閒傻了，他所做的易容雖然不是太誇張，但他堅信，不是太熟悉自己的人，一定無法認出來，可這位小姐為什麼一眼就認出了自己，喚出了自己的名字？范閒心頭一緊，眼光便冷了下來。

孫顰兒見他沒有否認，心情更是慌亂，這才想到先前對方問的問題，咬著下唇羞怯說道：「家父孫敬修。」

「孫敬修！」范閒倒吸一口冷氣，忍不住揉了揉自己的鼻子，張大了嘴，半天說不出話來，在心中感嘆著，自己的運氣不知道是好到了極點，還是壞到了極點。

孫敬修！如今的京都府尹！掌握著京都的衙役與日常治安，奉太后旨意捉拿自己的主官……沒想到自己竟然躲進了孫府，還抓住了孫敬修的女兒！

范閒嘆了一口氣，望著孫顰兒說道：「原來是孫小姐，希望沒有驚著妳。」

他的眉頭皺了起來。孫敬修如今是正二品的京都府尹，雖然一向沒有黨派之分，但和自己也沒有什麼瓜葛，尤其是太后如此信任此人，自己再留在這府裡，和在虎穴也沒有什麼區別，安全起見，自己還是要早些離開才是。

看了一眼孫顰兒，范閒暗中伸出手指，挑了一抹曾經迷過司理理、肖恩、言冰雲的哥羅芳，準備將這位孫家小姐迷倒，再悄然離開。

「您是小范大人？」孫顰兒咬著下唇，執著地問著。

范閒站在她身前，面帶不明所以的笑容，好奇問道：「小姐為何一眼便能認出在下？」

孫顰兒聽他變相承認，不敢置信地捂住自己的嘴巴，不知為何，兩滴眼淚便從她的眼角滑落下來。

范閒有些莫名其妙地搖了搖頭。

孫顰兒卻看出他準備離開，竟是一下子從椅上站起來，撲了過去，將他緊緊地抱住！

感受著軟香滿懷，范閒這下子真的傻了，這位孫家小姐難道是位愛國女子，準備拚了小命也要捉拿自己這個刺君的欽犯？

不對，懷中這位姑娘在哭，不像是要捉自己，那她究竟是想做什麼？

范閒的真氣運至雙手，並沒有去扳對方肩膀，只是感受著對方肩膀的抽搐，不由得好生納悶，這似乎已經陷入某種男女的問題。可是范閒記憶力驚人，自問平生從未虧欠過一位姓孫的姑娘，事實上，自己根本沒有見過此人！

「寶玉……」孫顰兒在范閒懷中抽泣著，忽然如夢囈般說出兩個字來。

范閒心中一驚，將她推離懷中，輕聲說道：「小姐，且醒醒。」

且醒醒，孫顰兒便醒了過來，驚呼一聲，一下子退回去，想到先前自己竟然如此沒有德行地撲入一個陌生男子懷裡，不由得又喜又驚又羞又怒，嗚嗚坐在椅上哭了起來。

范閒看著這一幕，不由得皺起眉頭，心中似乎隱約捕捉到了些什麼。京都府尹？孫家小姐？這滿房的《石頭記》、《半閒齋詩集》，先前孫家小姐無意中喊出的那聲寶玉……

電光石火間，范閒終於想起了有些久遠的一件事情，一個曾經在京都傳得沸沸揚揚的故事。

「妳是那個……奈何燒我寶玉！」

范閒望著孫顰兒，吃驚地說道。

孫顰兒被范閒認了出來，不由得吃了一驚，低下頭，羞答答地望了他一眼。

這還是三年半前范思轍講給范閒聽的一個故事，當時兄弟二人準備初組澹泊書局，販賣范閒手抄的《紅樓夢》。范閒擔心《石頭記》的銷量，范思轍讓他放心，因為《石頭記》早已風行京都，尤其是禍害了不少大戶小姐。

而在這些小姐當中，最出名的便是當年的京都府丞家小姐，那位小姐因為看了《石頭記》，變得茶飯不思，痴痴呆呆。結果被府丞家夫人一把火將書稿燒了。那位小姐痛呼一聲：奈何燒我寶玉！就此大病一場，纏綿榻上許久。

這件事情在京都不知傳頌了多久，當年也是范閒無上聲名裡的一抹亮色。

范閒看著椅上羞低頭的孫顰兒，忍不住嘆著氣搖了搖頭，心想難怪這位姑娘知道自己身分後會如此激動，這閨房裡會布置成這個模樣，原來對方是自己的天字第一號粉絲……

不對，應該說是中了紅樓綜合症的女兒家，被寶玉兄弄魔障了的可憐人。

他望著孫顰兒溫柔說道：「書稿不是燒了嗎？」

孫顰兒羞羞地抬起頭來，望了一眼書桌上的紅皮《石頭記》，用蚊子般的聲音說道：「後來買了一本，病便好了。」

「京都府丞……孫大人現在是京都府尹，我很難聯繫起來。」

范閒微笑說著，心中暗想府丞雖然離府尹只差兩級，但權力可是天差地別，尤其是京都府這種要害地方，一般府丞是極難爬到府尹的位置，更何況這才過去了三年多時間。

孫顰兒看了他一眼，輕聲說道：「這還要謝謝小范大人。」

「謝我？」

「是啊。」

一番交談下來，范閒才明白，原來自從自己入京之後，便鬧出了無數的事情，當年的京都府尹梅執禮因為范閒與禮部尚書郭攸之之子的官司，被迫離京，如今聽說在燕京逍遙任著閒職，而接任的京都府尹，又因為范閒與二皇子的權爭，牽涉到殺人滅口事中，被革職查辦。

三年不到，京都府尹連換數人，也正因為如此，孫敬修才能從府丞爬到京都府尹的位置，所以孫顰兒說這一切全賴范閒，倒也算不得錯。

范閒靜靜地看著孫顰兒，腦筋轉得極快，京都府的位置極為特殊，自己忽然機緣巧合地遇到了這位小姐，是不是上天在幫助自己？

「孫小姐，妳信我嗎？」范閒用一種誠懇到木訥的眼色，純潔無比地望著孫顰兒。

「大人稱我顰兒好了。」孫顰兒低頭說道。

「顰兒？」范閒心裡一動，知道此事又多了兩分把握，溫和說道：「如今我是朝廷通……」

「我不信！」孫顰兒惶亂抬頭，搶先說道。

「我是壞……」

「您不是。」

孫顰兒咬著嘴唇，看著離自己近在咫尺的范閒面容，她並不知道這已經是范閒易容後的效果，只覺得作了三年的夢，似乎就在這一瞬間變成了現實。夢中那個男子，就這樣來到面前，自己可以看見他，可以聽到他的聲音，甚至……先前還嗅過他掌心的汗味！

一陣心慌意亂，一片心花怒放，在孫顰兒的心中，范閒怎麼可能是謀刺皇帝的壞人？她想都沒有這樣想過。

話語至此，還有什麼好擔心的。范閒溫和地望著她，一字一句輕柔而無恥地說道：「顰兒……姑娘，有件事情需要妳幫個忙。」

孫顰兒咬著下唇，用力地點了點頭，然後小聲說道：「趕緊點燈。」

不知道她是嫌窗外的月光太暗，看不清夢中偶像的面容，還是提醒范閒，不要引起孫府下人們的疑心。

「全天下的人都在找你，但沒有誰能想到，你竟然會躲在京都府尹孫大人的府上……大人，你我相識兩年，也只有此時，才算真正讓我佩服。」燭光下，一位年輕的男子坐在范閒對面，搖了搖頭。

范閒微笑望著他說道：「小言公子，終於學會佩服人了？」

來人正是范閒入京後，第一個聯繫的人，言冰雲。只是范閒歸京之後，一直沒有個妥當的住所，所以二人還是頭一遭見面。至於言冰雲如何擺脫內廷的監視，悄然來到絕不會引人注目的孫府，不是范閒需要擔心的問題。身為監察院下任提司的唯一候選人，不至於連這點兒本事也沒有。

言冰雲看著他說道：「不只我佩服，只怕長公主也很佩服，京都府尹孫大人奉旨捉拿你，你卻躲在他女兒的閨房裡……」

范閒平攤雙手，聳聳肩。「我的運氣向來比別人好一些。」略微停頓之後，他加重語氣說道：「或許這不是運氣，畢竟這是我的過往所帶給我的好處。」

言冰雲往椅前挪了挪，雙手交叉在腿前，搓了搓，看了一眼閨房後方那張大床，皺眉說道：「大事當前，不拘小節，只是大人你……準備如何利用……這位姑娘？」

他說話的聲音極低，不擔心會被孫顰兒聽見。

范閒平靜說道：「我需要一個能夠從中聯絡的中樞，如果沒有孫府，我不可能這般平靜地與你說話，我想傳達下去的命令，也很難順利地傳達……孫府，便是此次京都之事的發動地。」

言冰雲看著他，半晌後搖了搖頭，嘆息道：「也只有你做得出來這種事情。也對，誰也不會懷疑你會躲在京都府尹家中。」

「孫小姐願意幫助我。」范閒平靜說道：「城門等於開了一半給我。」

「我不認為一位小姐可以對她的父親產生這麼大的影響力。」

「這是我需要考慮的問題，你需要做的是從中調度。」范閒盯著言冰雲的眼睛。「入京的人手，你要負責安排，均衡地分布在各處府外，一旦動手，要的是雷霆一擊，不給他們任何還手的機會。」

言冰雲頓了頓後說道：「但眼下有個問題，一個月前，我在院裡的所有權限，已經被陳院長奪了。」

范閒雙瞳微縮，用低沉的聲音說道：「這是怎麼回事？陳萍萍他發什麼瘋？」

言冰雲沉默了下來，說道：「這個稍後再說，我只關心一件事情。」

他盯著范閒的眼睛，一字一句說道：「陛下……究竟死了沒有？」

一陣死寂般的沉默過後，范閒緩緩開口說道：「整座大東山，只逃出我一個人，雖然沒有親見，但估計是凶多吉少，不然長公主那邊也不會如此有底氣。」

「大東山上究竟是怎麼回事？」

范閒沒有太多的時間去敘說細節，只是說道：「苦荷、四顧劍、葉流雲，應該都到了。」

言冰雲一聞此訊，臉色變得鐵青，知道皇帝再也無法回到京都，漸漸握緊了拳頭，接著問道：「你的四百黑騎在哪裡？」

「在京外潛伏，我有聯繫的方法，但很難悄無聲息地運進京來。」

「如今你有京都府的掩護，應該有辦法將這些人運進來。」言冰雲一句話便點明了范閒的安排。

「不錯，四百黑騎在京外實在不是逾萬京都守備師的對手，但如果放手在京中大殺一場，再有大皇子的禁軍幫手，我認為應該會起到很恐怖的作用。」

「院中在京都還有一千四百人。」范閒說道：「這便是你我所能掌握的力量，一定要趕在長公主控制十三城門司之前，在京都發動。」

「有件事情我必須提醒你。」言冰雲沉默半晌後，忽然澀著聲音說道：「如果我預計得沒有錯……關於刺駕的事情，陳院長應該事先就知情，甚至在暗中配合了長公主的行動。」

范閒的眼瞳微縮，許久說不出話來。監察院的古怪情形全部落在他的眼中，可他依然無法相信，陳萍萍會在這件事情裡扮演那種角色。

「應該不會。」他低著頭說道：「秦家的軍隊，這時候已經包圍了陳園。」

「這是事實。」言冰雲的眼中閃著冷光，盯著他。「我不在乎你與院長有什麼關係，但既然你要替陛下執行遺詔，就必須注意這件事情，我不希望你還沒有動手，就被陰死了。」

范閒說道：「放心吧，我對人性始終是有信心的，院長不會害我。」

他取出懷中的提司腰牌，鄭重地交給言冰雲。「我不知道這塊腰牌還能使動院中多少人，但你的許可權被收，想要組織此事，還是用這腰牌去試一試。」

言冰雲一言不發地收過腰牌，下意識又看了閨房後方那位小姐身影一眼，搖了搖頭說道：「一定有用，我現在也開始信仰運氣這種事情了。」

范閒笑了起來，說道：「我以前曾經聽說過一句話，男人征服世界，女人透過征服男人征服世界。」

言冰雲站起身來，準備離開，回頭看了他一眼，不贊同地搖頭說道：「我早發現了，你這一生，似乎是在透過征服女人而征服世界。」

第二十三章　殺人從來不亮劍

言冰雲出門之前，被范閒喚住了。范閒沉默片刻之後，低聲問道：「有沒有洪常青和啟年小組的消息？」

從大東山上逃下來後，范閒直衝澹州，那艘白帆船上的親信，都在那次追殺中被衝散。雖然最後燕小乙死在范閒的狙擊槍之下，但范閒一直很擔心，洪常青和那些親信下屬的死活。叛軍既然有能力封了大東山，州郡方面也如永陶長公主所願給出回報，自然有辦法封住東山路回京的道路。

言冰雲薄薄的雙唇緊緊抿著，半晌後說道：「沒有消息。」他看了范閒一眼，表示自己已經脫離院務一個月，對於這方面的情報了解不是很充分。

范閒搖了搖頭。「不用安慰我，沒消息就是壞消息。」

「好吧，我承認自己還有管道知道院裡的情報。」言冰雲看著他，說道：「有件很古怪的事，東山路那方面的情報系統，我指的不只是院裡的，是所有的情報回饋系統，似乎都失效了，最近的消息是三天前到的。」

聽到這個消息，范閒心頭一緊，手掌心裡漸漸滲出汗來，嘴裡有些發乾，但面色卻是強自偽裝著鎮定，強顏說道：「別的地方，暫時理會不到，我們先把京都的事情搞定。」

言冰雲撣了撣輕衫上的灰塵，低著頭說道：「你把腰牌給了我，等若是把一千多人的指揮權交給我，要不要給我一個方略？」

范閒低頭沉默了一會兒，然後說道：「按既定方針辦。」

言冰雲看了他一眼，皺了皺眉頭，開口說道：「會死很多人的。」

「我自己不想死。」范閒冷著臉回望了他一眼，說道：「我要求你必須控制住十三城門司，這是問題的關鍵。」

言冰雲沒有表決心、表忠心，只是很直接地搖頭說道：「就憑監察院，根本無法控制十三城門司。」

「太后掌著城門司，便不會允許秦家和葉家的軍隊入京。」范閒看著言冰雲說道：「老人家不想京都陷入戰火之中，我們需要做的，是幫助宮裡控制。」

十三城門司，其實只是一座衙門，管著京都內外的九處城門。如果永陶長公主方面對十三城門司的滲透一直在進行，只怕此時已經將城門司的掌控權從太后的手中奪了過來。

言冰雲搖著頭。「賭一命於一門，這是很愚蠢的計畫。」

范閒微澀一笑，說道：「沒有辦法，手上只有不敢全盤指望的禁軍，可不敢和秦家、葉家在京都硬拚……都說葉重回了定州，可是誰會信呢？」

「十三城門司守不住怎麼辦？」言冰雲微嘲說道：「關於培植親信於朝中這種手段，你我可不是那些老一輩人物的對手，長公主在城門司中肯定有人。」

范閒自嘲地笑了起來，站起身來，拍了拍言冰雲的肩膀。「就算阻止不了秦家大軍入京，可是至少秦家什麼時候到，多少人到，怎麼到，你總能事先就查清楚。」

言冰雲的肩膀一片寒冷，用微驚的眼光看著范閒。

范閒平靜望著他。「你說過，老一輩最喜歡玩這種背叛與死間的戲碼……我知道老跛子底下有人……是準備玩死老秦家的死間。」

言冰雲苦笑。

「如果我沒有猜錯，你父親便是院長在秦老將軍那邊埋了數十年的棋子。」范閒微笑說道：「如此一來，秦家的軍隊要做些什麼，都在你我掌握之中，爭取打個完美的時間差，應該是可行的。」

言冰雲嘆了口氣，行了一禮，沉默地離開孫府。

言冰雲走後，范閒開始坐在孫颦兒的閨房裡扳手指頭，不是在算自己重生以後掙了多少銀子，而是在算時間，算計自己手中可以控制的力量，能在京都裡造成怎樣的波動。算來算去，他終究還是必須承認，如果秦、葉二家的大軍入京，自己還是只有去打游擊。

所以在大軍入京之前，他必須對皇宮中的勢力發動雷霆一擊，婉兒、寧才人、宜貴嬪，還有如今不知心境如何的老三，是他必須救出來的幾個人。

只要將這些人救出來，他什麼都不怕——拿著狙擊槍打游擊，范閒無法想像，有誰能夠奈何得了自己。

只是感覺還是有些憋屈，至少無法與永陶長公主方面進行正面的沙場對決，讓他不得已地要選擇一擊而退。一念及此，他不禁大搖其頭，心想陛下如果知道今天的慶國會淪落到如此局面，會不會後悔當年嚴禁自己與軍方有任何接觸？

天下七路精兵，竟無一路可為自己所用，范閒苦笑無語。

然而范閒依然信心十足，他走到窗邊看了一眼窗外漸漸熄去的燈火，臉色一片平靜，心中開始對這件事情有了一些樂觀的判斷，對某些長輩的信心也越來越足了。

「小范大人。」見言冰雲走了，一直安靜坐在房中的孫顰兒吶吶地走過來，此時的她已經不像先前那般激動與惶恐，回復到一位大家閨秀應有的自矜與內斂，只是偶爾瞄向范閒的眼色，才會暴露她內心的複雜情緒。

「稱我安之好了。」范閒極為溫和地回了一禮。

孫顰兒心中感慨萬千，也隱隱猜到范閒先前與那位出名的小言公子在商談什麼事情，不禁有些害怕，又因為想到可以幫助他，而有些激動。她低下頭，輕聲說道：「小范大人，我只是個女兒家，並不知道朝廷裡究竟發生了什麼事情，但我……」

她抬起臉來，勇敢地望著范閒。「但我相信您，所以您需要我做什麼，盡請直言。」

范閒沉默片刻，展顏笑道：「朝廷如今奸賊當道，君無君，臣不臣，子不子，國將不國，本官拋了這身血肉，也要試著將宮中龍椅上那些逆賊惡子拉下馬來。姑娘若願助我，不須多行何事，只須收容在下在此停留數日。」

孫顰兒微感訝異，沒有想到他要求如此之少，竟隱隱有些失望，抿了抿嘴唇，鼓起勇氣說道：「大人，家父應該對您有所幫助。」

范閒笑了笑，沒有解釋什麼，其實現在有孫府作為居中地，已經幫了他極大的忙，至少從此以後，他可以十分方便地透過言冰雲聯絡自己在京都的屬下，整個計畫的開始，便是從這位小姐的閨房中開始。

「若有機緣，確需小姐引見一下令尊，有許多事情還需要令尊襄助。」范閒可不敢完全相信一位姑娘家，可以說動堂堂京都府尹改變立場。不過有了孫顰兒從中做橋，只待時機變化，范閒一方占優之時，孫敬修未嘗不能做些添花之舉，而范閒也不會拒絕。

孫顰兒臉上羞愧之色漸濃，半晌後咬著下唇說道：「其實……顰兒實在不孝，所以敢請小范大人……還請對家父多多寬容。」

孫敬修奉太后旨意捉拿范閒，孫顰兒卻將他藏在自己的閨房裡，一旦日後范閒真的翻身，誰能知道他會怎麼收拾曾經害過自己的人？孫顰兒心裡清楚，皇權之爭，何等血腥，自己的衝動之舉，只怕將來會害得父親不淺，所以才會有不孝之說。

范閒嘆了一口氣，憐惜地看著這位柔弱的姑娘，心中不禁湧起些許歉疚來，安慰道：「小姐放心，若朝廷正道得匡，安之保證……令尊至少生命無憂，若他肯幡然悔悟，那便是功臣了。」

孫顰兒得了他的應諾，喜悅地抹去新滴出來的眼淚，全然沒有想過政治人物的承諾是否會算數，對著范閒深深一福。「謝過小范大人。」

「我才應該謝謝小姐。」范閒對著孫顰兒鄭重地深深一禮，溫柔說道：「安之雖稱不上什麼好人，但也不是個好殺之人，京都之事，安之亦願太后娘娘能看清真相，一應和平解決，不需要流血。」

二人相對一禮，看似在拜天拜地，大覺不妥，吶吶起身。范閒轉身再看窗外寂寞天，銀離月，在心中自嘲想著，如此清疏夜，怎是殺人天？

和親王府外面有些神祕的影子在穿梭，而負責王府守護的侍衛們卻是正眼都不會去看，因為他們知道，那些是內廷的探子，或許還有些樞密院的眼線，只不過大家心知肚明彼此的存在，誰也不會率先去挑動什麼。

大皇子如今手中執掌著禁軍，只要軍權一日不削，京都各方勢力對於這座王府就必須保持著無上的尊敬與巴結。

自從皇帝遇刺的消息傳出，太后大閉宮門，嚴旨鎮壓各方蠢蠢欲動之後，和親王府便成為了京都各大勢力矚目的所在。而大皇子自己對於府中王妃、家人、下人的守護，更是嚴到一種令人瞠目結舌的程度。

畢竟是當年西征軍的大統帥，在這個節骨眼上，厲狠勁完全擺了出來，竟是調了一隊五百人的禁軍，將自己的王府圍住。如此一來，即便宮中出了什麼事情，大皇子的親信，也能將王府的安全維繫到最後一刻。

至於這合不合體例，違不違慶律，沒有人敢多加諱言，因為京中人數最多的軍隊就掌握在大皇子的手中，他要這樣做，誰也沒轍——在太后默許的情況下。

而那些有足夠勇氣說話的文臣們……已經於今日太極宮上，被盡數逮入大獄之中。

慶國如今無君，那便是誰的兵多，誰的聲音就大。

和親王府的二管家從大門旁的門房處走出來，壓低聲音與護衛們說了幾句，似是在表示慰問，緊接著從護衛中行出一人，去府後安排了一輛馬車。

達達馬蹄聲中，一輛塗著王府標記的馬車從黑暗中駛了出來，停在王府的石階之前。那些在王府四周進行護衛的禁軍，將目光移了過來，卻沒有什麼反應。

如今的京都自然執行著十分嚴謹的宵禁，除了那些在各處坊中追緝范閒的勢力，大街上基本是空無一人，依理論，肯定不允許有人深夜出行。但是此時要上馬車的是大皇子府的二管家，禁軍自然裝作沒有看見。

二管家溫和地與禁軍校官打了個招呼，站在石階上，瞇眼往街頭巷角的黑暗裡望去，知道在那些黑暗中，不知道有多少人在偷窺著自己的行蹤，不過他並不擔心什麼，他這是要去見永陶長公主府上的那位謀士，安排雙方接下來的行動。

是的，這位二管家，便是北齊皇帝派駐京都的密諜頭目，暗中瞞著大王妃，將范閒在羊蔥巷的行蹤賣給永陶長公主的那人。

二管家的眉頭漸漸舒展，他身負皇命，所以並不將大王妃的憤怒放在眼裡，有很多事情是需要先斬後奏的，尤其是大皇子雖然派了禁軍來此，但他人卻被迫留滯宮中，不可能知道王府裡究竟發生什麼，范閒是被自己府中的人出賣。

他微笑著抬步下階，準備登上馬車。

穩定的右手緩緩地掀開馬車車簾，二管家的眼瞳緊張地縮了起來，因為本來應該空無一人的馬車中，竟有幾個黑衣人正冷漠地看著自己！

然後二管家感覺到一股徹骨的寒意，沿著身體內的數個空洞，往自己的腦中侵入，寒意之後，便是無窮無盡的痛感。

他張大了嘴，卻喊不出一個字，只能呵呵地艱難喘著氣，低下了頭，終於看清自己身上突然多出來的那三根鐵釬！

冰冷的鐵釬無情地刺入他的身體，將他像是無辜待宰的小雞般串起來，溫熱的血，順著鐵釬上的出血槽汩汩地向外流著。

「六處！」

二管家在臨死前的這一瞬間，終於認出刺客的身分，知道對方便是那些南方威名極盛的同行，絕望地認了命。

他出賣了范閒，便應該知道，自己會面臨監察院無窮無盡的狙殺，只是他沒有想到，這才幾個時辰，一盤散沙似的監察院，怎麼便重新擁有了強大的行動力。

來不及思考了，二管家雙手無力地抓著胸口上的鐵釺，往馬車下軟了下去，啪的一聲摔到地上，鮮血橫流，生機全無。

最先發現王府門口刺殺事件的，當然是近在咫尺的王府侍衛，然而他們被這血淋淋的一幕震駭住心神，一時間沒有反應過來，只能眼睜睜看著備受大王妃信任的二管家，就這樣被三把鐵釺狠狠刺死，倒在血泊之中，不停抽搐。

而那輛馬車已經在極快的時間內，駛動了起來，輾過二管家的身體，向著黑夜裡衝過去。

在黑暗的角落裡看著這幕的那些探子們，不由得目瞪口呆，他們怎麼也沒有想到，竟然有人可以在防衛森嚴的和親王府門口，刺死那位管家模樣的人物。不知道那些人是怎麼躲在王府的馬車中，而且竟沒有露出一絲痕跡。

這些探子自然不會搶上去圍捕馬車中的刺客，而是興奮地睜著眼，看著這幕好戲，紛紛猜測，是誰先動的手，待會兒回去後，應該和自己的主子回報什麼。

「殺！」

布置在王府外控防的禁軍在略微一怔之後，用最快的速度反應過來，齊聲怒喝，手持長槍向那輛馬車扎過去。

喀喀數聲，拉車的駿馬悲鳴初起，便被戳翻在地。禁軍合圍的殺傷力實在可怕，長槍齊出，馬兒摔地，震起一片灰塵，而那輛馬車也被生生扎停在街中。

而此時合圍畢竟未成，在街口的方向留有一道豁口，馬車砰的一聲散成無數碎片，緊接著大量的濃煙被人從馬車裡放出來，煙中應是含著毒氣，生生將四周的禁軍逼退少許，連聲咳嗽。

車中三名六處的刺客化成三道黑影，藉著毒煙的掩護，衝出了豁口，在禁軍合圍之前，消失在京都的黑夜中。

只留下一句陰森冰冷的宣告——

「這就是出賣范公爺的下場！」

王府門口，毒煙散盡，二管家喪命，禁軍中毒，場面緊張，而所有人的心中，都還在迴響著刺客最後留下的那句話——是的，除了監察院裡那些可怕的專業刺客，誰有這個能力，誰有這個膽量，敢在和親王府的正門口行刺！

皇帝去後，陳萍萍中了東夷城大師的劇毒，范閒成了明文緝拿的朝廷欽犯，只是一日時間，往日裡陰森之名震懾天下的監察院，頓時變成一盤散沙，完全喪失了那種魔力。

而這一場陰險而勇敢的刺殺，那一聲宣告，終於再次告訴京都裡的所有勢力——范閒還活著！監察院還在！

那些出賣他的人，試圖想殺他的人，都將慢慢迎來監察院無休止的報復，那些沉浸在黑暗中的謀殺、毒液，會將這座城池泡多久？會讓多少人死去？

王府外的混亂慌張與恐懼，並沒有完全傳入王府內，被重兵把守的王府顯得格外平靜。大王妃冷漠著臉，坐在有些微涼的花廳裡，雙眼出神地看著窗外，緩緩說道：「這是在警告我？」

「不是。」言冰雲緩緩站起身來，平靜開口說道：「這是提司大人傳達的誠意與訊息。」

大王妃轉過頭來，嚴肅地看著他的眼睛。

言冰雲不為所動，平緩說道：「王妃是王妃，不再是北齊的大公主，像二管家這種人，即便死的再多，想必您也不會心疼。」

大王妃心頭一動，知道對方說得有道理，自己既已嫁入慶國，按范閒在羊蔥巷的提醒，已然是慶國人，再為北方那位弟弟考慮再多，只怕對自己的將來也不會有任何好處。

「提司大人想傳達的訊息很清楚。」言冰雲平靜道：「今夜死去的人們，將會逐步證實這一點——他已經重新掌握了監察院。」

大王妃沉默少頃，開口說道：「我很願意和小范大人合作。」她忽然微微笑了起來。「當然，除了謝謝小范大人殺人立志，也必須表示一下敬佩，實在是殺得好。」

一切無須言語，彼此明瞭於心，王府門口那聲喊，不知會迷惑多少人。

大王妃忽然凝重說道：「可是暗殺從來不是解決問題的正道，希望言大人慎重。」

她很明白，范閒還處於被追緝之中，監察院的力量能夠被聚攏起來，能夠在這麼短的夜半時間內，散透陰寒的力量，全因為面前這位官員的能力。暗殺立威的方針或許是范閒定的，具體的執行人卻是面前這位。

言冰雲輕聲說道：「院中的人早已經散開了，我們的優勢就是在黑暗中。」

他對大王妃行了一禮，緩緩說道：「用提司大人的話講，我們不亮劍，只殺人。至於具體的後果如何，太后會怎麼反應，這是提司大人需要考慮的問題。」

「今天夜裡會死多少人？」大王妃憂心忡忡地問道。如果范閒在京都真的掀起血雨腥風來，他難道真的不擔心太后用鐵血手段回報？宮裡那些人怎麼辦？

言冰雲微微停頓了下，眉宇間那抹冷漠漸漸化成冷厲，說道：「十三城門司裡有位統領應該已經死了，刑部有位侍郎應該也死了，王妃不須擔心，這麼大一場風波，總是有很多人應該死的。」

第二十四章　第一次拔出靴中的匕首

一夜之間，有許多人死去，消息就像是初秋落下的第一場霜，頓時讓那些本來興致勃發的陰謀家及跟班們蔫了精神。

在太極宮那場文臣死諫之後，接連而來的黑夜死亡，終於讓這些人想明白了，事涉社稷之爭，從來沒有溫柔收場的道理，更何況范閒手中拿著遺詔，腳下踩著監察院的黑水——這樣的人一天不被抓住，誰都別想過自己的榮華富貴日子。

而宮中的太后與太子，則明白，這是隱於黑暗中的范閒向他們表示的態度。對於這種態度，太后與太子自然異常憤怒。因為這種態度等若范閒站在他們面前，赤裸裸地說：我有能力殺死任何想殺死的人，我就是在威脅你們。

這是一種極其流氓的恐怖主義做法，威逼太后和太子暫時不要亂動，不要動范家，不要動天牢裡的那數十名大臣，不然若真的亂動了，到底誰能殺死誰？

從某種角度說，范閒這種激化矛盾的手法，極有可能是個愚蠢的選擇。因為宮裡的人們怎麼會被一位大臣威脅？太后如果真的玩招雞飛蛋打，兩敗俱傷，引兵入京，范閒能怎麼辦？監察院只能在黑暗中發揮魔力，一旦遇著真正強大的軍隊，依然只有退避三舍。

可妙就妙在，不知為何，太后和太子暫時選擇了沉默，沒有進行最強悍的反擊。

之後兩日，永陶長公主一方的勢力集合了起來，依然在京都的大街小巷裡，努力捕捉著范閒的蹤跡。如此強大的行動力，到末了卻只是破壞了監察院的幾個暗樁，殺死了六處七名劍手，卻依然沒有捉到范閒。

京都府與城中的部分守備師常駐人員，在第一時間內便包圍了言府，但殺入府後，卻只抓住言府中的一些下人，沒有抓到言若海，甚至連那位沈小姐的影子也沒有看到，更不用說幫助范閒在京都暗地裡聯絡監察院舊部的言冰雲。

大軍尚未進京，那方的勢力只能遠遠將天河大道旁的方正建築圍著，監視著，卻不敢也沒有能力殺入監察院的本部。他們只能確保范閒和言冰雲沒有辦法進入監察院。

對於靖王府的包圍監視也加緊了，卻無人敢領兵進府，因為誰都怕潛伏在黑夜中的范閒的雙眼。

只是一夜，監察院大部分的密探、官員，接受到來自上峰的密令，不再回衙門辦公，消失在京都的人潮之中，隱藏著力量，維護著自己的安全，回到了他們最習慣的黑暗中。

共計六百餘人，就這樣消失不見，而這些監察院官員的失蹤，便是對宮裡貴人們最直接的威脅。

傳聞中的太子登基大典，忽然沒有了任何後續消息。宮裡雖然把消息看管得緊，但是逮捕了四十餘名大臣入獄，如此驚天的事情，怎麼可能一直隱瞞下去。

漸漸地，京都百姓們開始察覺到事情的真相，知道皇宮裡出了大亂子。百姓們沒有力量去改變歷史，而且至少在眼前，也沒有這個勇氣，他們只好被迫平靜地面對這一切，關閉自己的商戶，囤積足夠的精食，躲回自己的寒舍，鑽進被窩裡，雙手合十，祈求上天神廟能夠快些解決掉這件事情。

不論誰當皇帝都好，但總要有個人來當皇帝才是。
京都的大街呈現出前所未有的蕭瑟與荒涼，即便如今只是宵禁，可是大白天敢出門的市民已經不多了。
本來按照永陶長公主計畫，此時應該已經成為慶國新一任皇帝的太子，感覺到了民間的陣陣不安，如今的亂因還只是在京都內部積累，如果一旦傳出京都，延至州郡，那慶國真要亂了。
所以他必須在最短的時間內穩定這一切，而要穩定，他必須找到范閒，殺死對方。
太子看著身旁堆積如山的奏章，苦笑了一聲，半晌說不出話來。只不過是三天時間，由慶國各郡各州呈上來的奏章，已經累積了一千七百多份。往日裡這些奏章均由門下中書省的幾位大學士酌奪，重要事務交由皇帝定奪，其餘小件則分發至各部處理。
然而……如今的大學士們都在獄中，各部官員也陷入混亂，京都一片人心惶惶，朝政漸要不通，政務已經大亂。
取下小山最上面的幾封奏章，太子略看了兩眼，眼瞳漸漸迷茫起來。這幾封奏章來得最晚，是除了東山路外另六路總督得知皇帝遇刺消息後，發來的文書。
這幾位總督說話雖然恭謹，但隱在字裡行間的刀劍之意，卻十分明顯。
太子嘆了一口氣，有些無奈地想著，慶國的文臣們什麼時候變得如此有骨氣了？他驟然想到天牢裡的那幾十名大臣，以胡、舒二位大學士為首，在牢裡熬了兩天三夜，竟是沒有一個鬆口的！
宮內不能再等，所以從昨天開始便用了刑，可依然沒有打磨掉那些大臣的骨頭，甚至聽說今天中午開始，舒蕪開始帶頭絕食了！

太子揉了揉太陽穴，無比頭痛。難道真要依姑母的意思，將這些大臣全殺了？可是……全殺了怎麼辦？誰來處置朝務，難道要自己當一個真正的孤家寡人？

便在此時，侯公公忽然未經通傳，便滿臉驚慌地走入御書房。太子抬起頭來看了他一眼，微微瞇眼，他知道侯公公是永陶長公主的親信，是信得過的人。

侯公公湊在他耳邊說了幾句，臉色有些發白。

太子猛然一驚，一掌拍在書案上，震得那些奏章摔落在地，咬著牙陰寒說道：「老三遇刺！誰給你這個膽子！」

侯公公一震，趕緊低下身子哀聲道：「和小的無關，和小的無關。」

「無關！」太子寒寒盯著他的眼睛。「如今這宮裡都是你在管著，沒你伸手，怎麼可能有刺客跑到辰廊去了？」

「實在和奴才無關。」侯公公趕緊求饒，低聲說道。

太子半晌後才平伏下憤怒的情緒，一揮袖往後宮裡走去。是的，他想做皇帝，他要殺范閒，他知道老三是范閒的學生，是自己皇位最大的敵人，可他依然沒有想過要殺了老三，因為在他眼中，老三還是個孩子。

如果老三真的出了事，誰知道本已動亂不堪的皇宮與京都，會瘋狂成什麼樣子？

一路向著後宮走去，太子臉色鐵青想著，究竟是誰想殺老三？是姑母用老三的死逼自己更狠？是二哥用老三的死激化自己與天下間的矛盾？

但他知道，無論從哪方面說，老三都不能死。

太子在心中暗暗祈禱。

是的，李承平是三皇子，他的死與活影響太大，所以需要慎重。然而京都的官員們卻沒有這般好的待遇，且不說那些位極人臣的大人物們，此時被內廷關在天牢之中，備受折磨，便說如今仍然堅持在六部做事的那些官員，有的也在過著十分悽楚的日子。

門下中書省沒有領事的大臣辦公，六部的官員卻還在努力地維持這個國度的運轉，宮中太子暫批的奏章上雖然沒有經過行璽之轉，但是大部分官員默認了太子的權威。

戶部尚書范建在靖王府裡躲命，吏部尚書忙著安排新的官員充實到各部中，為太子的登基打基礎，而其餘四部，則是在一片惶然的情緒中辦著公。

至於那些立場不穩，或先天有問題的官員，自然已經被排斥在外，和范閒一系瓜葛最深的那些人，更是被乾淨地奪了官職，押於舍中待審——天牢已經住不下了，已經被范閒岳父留下的那批死忠塞滿。

而范建在朝中的關係比較隱密，一時間沒有被永陶長公主全部挖出來，范閒自己在朝中沒有太多的助力，按理講，應該沒有大問題。

哪怕是天下皆知的范門四子，其中侯季常還肩負險命，在膠州注視著水師的動靜，與許茂才暗中通著款曲，隨時準備動手。成佳林被范閒安排在蘇州，與蘇文茂掌握著內庫。楊萬里已經在南方的大江邊上修了一年大堤。史闡立此時應該在宋國，繼續他天下第一大龜公的旅程。

就算永陶長公主想對范閒的這四個學生動手，但在目前京都局勢未定，太子無法登基，六路總督態度曖昧不明的情況下，她也無法將手伸那麼遠。

可是不巧，此時是初秋，正是夏汛之後，河運總督衙門修完大堤後，按常例又要派人回京要銀子。今年派回京要銀子的人不是旁人，正是楊萬里。他被范閒安插到都水清吏司，於修堤一事盡心盡力，頗得河運衙門上上下下稱賞，加之知曉他與戶部尚書間的門第關係，所以很自然地選派他回京。

本以為楊萬里回京向朝廷伸手要銀子，是很輕鬆的事情，但沒有料到皇帝居然遇刺，楊萬里的門師范閒竟然被打成了謀刺欽犯。

於是乎，楊萬里一入工部，便把自己要了進去。

他已經在一間黑屋子裡關了兩天，兩天裡不知道受了多少刑，身上遍是傷痕，只是刑部來人卻無法撬開他的嘴，沒有辦法獲得有關范閒消息的口供。

楊萬里當然無辜，他根本不相信自己的門師，會做出如此人神共憤的惡事，而且他更無法知道范閒在哪裡。

這天暮時，內廷派人來押他了。雖然他的品秩遠遠不足以配享天牢，但太后看在他與范閒的師生關係上，給了他這個榮耀。

楊萬里瞇著發花的眼睛，像個老農一樣扶著腰，從那間黑屋子裡走出來，渾身上下無一處不疼痛，手指上的血疤結了又破，開始滲出鮮血。

他心中一片絕望，知道一旦被押入天牢，只怕再難看見生天。

兩個內廷侍衛押著他，一路罵著一路往外面走去，沿路上的工部官員見此慘景，卻不敢側目，只有扭頭，裝作沒有看見。

官員們都清楚兩天前的太極宮裡發生了什麼，所以對於宮裡的鐵血處置沒有一絲意外。太子要登基，總要這些官員低頭服軟，不到最後一步，太子總是不願意殺盡朝官；不過再過兩日，太子無法再等了……又該如何？

行出工部衙門，上了囚車，行過某處街角，囚車卻忽然停了下來。一名侍衛皺著眉頭伸頭去看，他的頭只不過恰恰伸出了車簾，便骨碌一聲掉了下來。
整顆頭掉了下來！
看著摔倒在面前的無頭屍身，看著脖子裡湧出的鮮血，楊萬里臉色倏地慘白，空空蕩蕩的腹中十分難受，酸水上湧，直欲作嘔。
他身旁另一位侍衛大驚之下，便欲呼救，卻被一柄自車外刺入的鐵釬封住了他的聲音。
車簾被人掀開，露出范閒那張永遠平靜而英俊的臉，范閒看著驚魂未定的楊萬里笑了笑，問道：「要不要出來？」
楊萬里濁淚橫流，看著他連連點頭，顫著聲音說道：「老師……太過冒險了，萬里不值得您這麼做。」
范閒不耐煩再聽，直接將他揪下來，上了監察院特製的普通馬車，不一時工夫，便消失在京都的安靜街巷中，來到某個隱密的聯絡點。
「養傷，我不是特意救你，只是路過……」范閒望著傷勢極重的楊萬里，嘆息說道：「當然，你若真死了，我大概也會難過一會兒。」
范閒不是在矯情，他確實是路過工部衙門，他的目的地更遠。所以他才會來到這處隱密的聯絡點。看著面前的言冰雲，他問道：「都確認了？」
「長公主、太后、太子、淑貴妃……都在宮裡。」言冰雲看著他說道：「都確認了。只要把皇宮控制住，大事便定。」
「太后就真這麼信任大皇子？」范閒皺著眉頭。「如果我是她，早就把大皇子換成老秦家的人。」

「或許太后以為，在內廷太監與侍衛們的合力看守下，沒有人能夠救出寧才人。」

「我能。」范閒微笑說道：「今天晚上我就把親戚們都救出來，把另一些親戚們關起來。」

言冰雲笑了笑，只是笑容有些澀。

范閒看出他表情的不自然，皺眉問道：「宮裡有什麼事？還是言大人那邊出事了？」

「父親那邊不用擔心，估計他這時候在秦家。」言冰雲低頭說道：「有件事情我想應該在你進宮之前告訴你。」

范閒看著他。

「三皇子遇刺了。」言冰雲抬起頭來看著他。「你在宮中的管道沒有給我，所以我無法查證這次刺殺的結果，不過我勸你往最壞處想……畢竟，他只是個孩子，宜貴嬪也沒有什麼保護他的力量。」

「你是說……承平遇刺？」范閒的眼睛眯了起來，半天沒有說話，只是漸漸緊握的拳頭、變得白青色的指關節，暴露了他內心真實的感受。

片刻之後，他沉聲說道：「不是太子做的。」

言冰雲看了他一眼，有些詫異，不明白他為什麼如此確定，這次宮中謀殺的主謀不是太子。

「已經見血了。」范閒抬頭看著他。「原定的今夜入宮，不需要提前，按原定計畫辦。」

「有京都府的幫助，黑騎分散入了京，攏共四百人。」言冰雲知道范閒此時的心情，所以對於他格外冷漠的表現沒有誤會，而是冷靜說道：「既然你已經決定放棄對城門司方面的努力，那麼今天晚上皇宮中的行動，必須一網成擒，一個都不能漏掉。」

「九座城門，我能控制哪一座？」范閒苦笑說道：「手頭的兵力不足，便不能正面對戰，只能行險。」

「當然，我相信太后和長公主都想不到我敢強攻入宮……」他站起身來，微笑說道：「習慣了帝王心術的人們，往往都忘記了勇氣這種東西。一個醉漢，可能腦子不清楚，可是拿著菜刀，還是很有威力的。都說我那岳母是瘋子，我想知道，我這樣毫無美感的強攻，會不會讓她氣得罵娘。」

「這不是強攻。」言冰雲說道：「至少禁軍不會攔你。但是我們只有四百人，其餘六處的人手，必須在宮外布置疑陣……皇宮如此之大，我們的人手不足，如果要保證全部成擒，則必須十分精確地知道，目標們究竟在什麼地方。」

他看著范閒，略帶憂愁說道：「直突中營，這在兵法上是大忌，賭博的意味太重，我不知道你的信心來自何處。」

「敵營之中，有我的人。」范閒微笑說了一句話，然後摸了摸自己光滑的臉頰。

從知道三皇子遇刺後，他便沒有和言冰雲就此事交流過一句，只是平靜地安排夜晚的突擊事宜。然而到了最後，范閒終究還是忍不住緩緩低下頭，胸中一陣難過，暗自祈禱三皇子這孩子不會出事。

「你不能死。」范閒似乎是在對自己說，又像是在對不知生死的三皇子說：「你將來是要當皇帝的。」

把時間提前一個時辰，去看一段有可能會改變歷史、改變很多人的宮廷謀殺事件——

慶國皇帝大東山遇刺事件之後，第二件驚動宮闈的大事。

這次謀殺事件的目標是三皇子，這位三皇子姓李名承平，母親乃是柳國公家出身的宜貴嬪。他曾經跟隨澹泊公范閒在江南學習一年，而且是范閒這一年中，亮明旗幟支持的皇位繼承者。

而這次謀殺事件的主使者一直到很久以後，都沒有人知道。因為無論從哪方面看，三皇子此時都算不上是一個重要目標，雖然眾人皆知，眼下這個十來歲男孩，對於太子的繼承權造成了極大的影響，可是這種影響主要還是基於范閒的支持。

三皇子自身並沒有什麼出奇的魔力與強大的勢力。

所以即便是太子擔心自己的小弟鬧事，他也只會想著去殺死范閒，而不會對三皇子動手。三皇子此時的死亡，對於太子沒有任何好處，除了讓朝廷諸臣的反對來得更猛烈一些，讓范閒的造反更瘋狂一些。

尤其重要的是，有范閒背黑鍋，大東山的事情可能會永遠掩在真相之後，而三皇子若在皇宮中死了，如今皇宮的主人太子……怎麼說服歷史這個小姑娘？

太子和他的父皇一樣，都是個很在意自己在歷史上名聲的人，所以他才會在殺不殺大臣間搖擺，所以他不可能主使手下去謀殺三皇子，這也正是范閒斷定主謀不是他的原因。

那是誰想殺三皇子呢？

皇宮的辰廊下，小小年紀的三皇子滿臉驚駭，發足狂奔，也在心裡想著這個問題。

可惜這裡不是含光殿，太后沒有辦法保他的命。他在呼救，可是辰廊太過安靜，根本沒有人聽到他的呼救聲。三皇子絕望了，心想如果自己老老實實地留在含光殿裡，這時候一定不會死，自己先前就不應該上當，跑到辰廊來。

可是……對方說老師有話要交代給自己，還給自己看了信物，所以自己才會上了當，偷偷地瞞著母親，瞞著含光殿裡的太監、宮女，自己一個人悄悄來到辰廊。

發足狂奔吧，孩子。

然而孩子怎麼跑得過大人？三皇子氣喘吁吁地摔坐在地上，看著步步進逼的那兩名太監，臉色慘白，牙齒用力地咬著。

這兩名太監不是練家子，但明顯接受過某種訓練，殺人的訓練，對付一個手無縛雞之力的小孩子，太簡單了。

簡單到這兩名太監已經把三皇子當成了一個死人，一腳將他踩在地上，一手伸進懷裡去取刀子。

當太監一刀向著三皇子扎來的時候，三皇子口中發乾，右手摸著靴子裡的那把匕首，尖叫一聲，終於……拔了出來，刺了過去！

第二十五章　那一夜

叮的一聲，太監手中的刀擦著三皇子幼小的身體，狠狠地扎在辰廊下的青石地板上，竟是迸起了幾粒碎石，可見力量之大。

三皇子扭著身子，亂聲尖叫著，雙腳瞎蹬著，卻恰好躲過這一刀，而他手中顫抖握著的匕首胡亂揮了兩下。

嗤嗤兩聲響，兩名太監的衣服下襬被割破，露出兩條破口。太監冷著臉，似乎沒有想到天潢貴胄的三皇子，竟然會隨身攜帶著匕首，而且這柄匕首竟然會如此鋒利。

第一次從靴子裡拔出來的匕首，似乎沒有起到它應有的作用。匕首雖利，奈何卻是握在一個十一、二歲的少年手中。

三皇子在生死存亡的一刻，學到了十二歲時范閒所擁有的殺人勇氣，卻沒有學他殺人的本領。殺人的太監雖然沒有什麼武藝，但身強力壯，哪裡是他所能抵抗。

一名太監將三皇子死死地踩在地上，一名太監踩住了三皇子的肘部，讓他再也無法動彈，看著自己衣裳上的破口，搖了搖頭，一手扼住三皇子的脖頸，一手握著刀，再次刺了下去！

三皇子呼吸越來越困難，眼睜睜看著那把刀扎下來，知道自己必死，不由得生出無窮的後悔來，心想剛才自己那一刀揮出去，竟是連對方的邊也沒有擦到，絕望之餘，忍不住放棄了，閉上眼睛，哭了出來。

然而等了很久。

三皇子甚至已經感受到胸口上有銳物刺入的痛楚，脖頸上那隻鐵手在斷絕自己的呼吸……可是他發現自己還活著，踩在自己身上、手上的兩隻腳似乎沒有再用力。

他驚恐地睜開眼睛，然後看見了一幕讓他心驚無比的畫面，只見兩名太監也如他一樣，睜著驚恐的眼，而眼角裡竟流下了兩道黑血！

三皇子知道生機重來，呵呵亂叫著，從太監的腳下將右手拔出來，一刀子狠狠扎在踩在自己胸上的那隻小腿上。

匕首入肉，綻出一片血花。

三皇子掙扎著站起，看著那兩名先前還凶神惡煞的太監，就像是兩根木頭一樣倒了下去，不由得一陣心悸。他雙腿顫抖著，根本不敢上前查看到底發生了什麼事情，為什麼這兩名太監會眼角流著黑血，就這樣倒了下去。

他低頭看著自己胸口扎著的那把刀，這才感覺到無窮的痛楚，慘聲痛呼起來。

好在那名太監扎刀下來的最後時刻，已經氣絕，無法繼續施力，刀尖入肉只有三分，才讓三皇子險之又險地保住小命。

三皇子拖著發軟的雙腿，走到兩名已經斃命的太監身邊，害怕之餘，心中也有無窮疑惑，心想難道是老天爺在幫自己，給這兩名太監施了魔咒？

不是魔咒——清醒過來的三皇子終於明白了，他盯著兩名太監腹部衣衫上的兩個破口發呆，然後又低頭看了一眼自己手中的黑色匕首。

匕首太鋒利，所以先前雖然只是胡亂揮了兩下，卻割破了太監的衣服，也略微擦過了對方衣服下的肌膚。然而因為匕首太利，或者是范閒在這把匕首上塗抹了什麼藥物，竟是讓這兩名太監沒有任何感覺。

匕首上淬的是監察院最厲害的毒藥，刀鋒一破肌膚，藥物入血，竟只需要剎那工夫，便讓那兩名太監中毒而死，連最後一點殺人的時間都沒有留下。

好厲害的毒藥！

死裡逃生的三皇子，渾身上下無一處不顫抖，手裡緊握著匕首，看著臉色漸漸變成一片烏黑的兩名太監，再也站不住，跌坐於地。他心裡清楚，如果不是匕首上有這麼厲害的毒藥，如果不是這兩名太監根本沒有想到這一點，那麼今天不論自己如何掙扎，最後還是逃不過死亡這個結局。

他渾身顫抖地坐在兩具屍體旁，臉色煞白，不知道接下來自己應該做什麼。初次被殺，初次殺人，即便他是很厲害的早熟皇子，可依然被震駭得心神大亂。

不知道坐了多久，十一歲的三皇子李承平終於醒過神來，有些困難地爬起來，看著身邊的兩具屍體，眼中流露出小孩子本不應有的複雜情緒，這抹情緒由恐懼、無措、難過、一絲絲興奮……漸漸轉成了平靜與憤怒。

平靜的憤怒。

是誰想殺自己？三皇子不知道，但清楚與自己那些哥哥們脫離不了關係。他忽然哇的一聲哭出來，然後握緊手中的匕首，用力地刺下去。

一刀、兩刀、三刀……他麻木而機械地將匕首刺入旁邊太監的屍體，刺出無數鮮血，鮮血最後濺成黑血。

他恨這些人，所以他要讓對方死得透澈，當然，他會很小心地不會讓這些血毒沾到自己身上。

又過了一會兒，他止住了害怕的哭泣，扶著廊柱站起身來，看著辰廊這清幽空曠的長道，嘴脣微微發抖，然後高聲喊了起來。

辰廊的盡頭是冷宮，冷宮裡總是有宮女的。

「母親，我不想讓您去冷宮住。」

初秋的天氣並不涼，含光殿側殿的一處廂房內，三皇子卻緊緊裹著一大床被子，看著在身邊含淚望著自己的宜貴嬪，壓低著聲音，用一種堅強而寒冽的語氣說道：「我不想死，您也不能死。」

宜貴嬪雙眼通紅，緊緊地抱著他。

先前冷宮那邊來報消息，眾人才知道，原來三皇子竟然偷偷溜出含光殿，而且在深宮之中遇到刺客！太后大怒之下，吩咐內廷加強防禦，大抓刺客不說，更是將含光殿裡的太監、宮女一通怒責，便是連宜貴嬪也沒有放過。

太后先前在昏迷不醒的三皇子床邊待了一會兒，直到先前才離開。

而當太后一離開，三皇子便醒了過來，顫抖著聲音對自己母親說了這句話。很明顯，在太后面前的昏迷是裝出來的，這位三皇子只是對於太后有暗中的隱懼，不想直面自己的皇祖母。

「不要擔心……」宜貴嬪抱著兒子，餘驚未去，顫著聲音說道：「在含光殿裡，有太后老祖宗看著，他們不敢再亂來了。」

三皇子的臉色陰沉了一下，知道母親只是在安慰自己，但沒有說什麼。

宜貴嬪低頭看著自己的兒子，欲言又止，終究還是沒忍住，輕聲問道：「那兩個太監……是怎麼死的？他們是誰的人？」

「我不知道。」三皇子沒有交代那把匕首的事情，在呼救的同時，他已經把匕首藏在了辰廊旁的樹叢裡。他眼中透著一絲驚恐，看著母親說道：「忽然間就死了……我也不知道是誰想殺我。」

宜貴嬪沉默了下來，看了一眼四周，發現很多太監、宮女正在廂房之外伺候著，確實不方便說太多東西，吶吶地住了嘴。

自從知道皇帝遇刺的消息後，她和三皇子便等若是被軟禁在含光殿中，並不是很清楚外邊發生了什麼事情，只知道范閒已經被打成欽犯，范家、柳家都在內廷的控制之中，太后看自己的眼神越來越冷淡了。

今日看著這宮殿，宜貴嬪感覺到一股透骨的冷，她在心裡想著：這含光殿也不見得如何安全。

便在此時，一位中年婦人從屋外走進來，正是大皇子的生母寧才人。宜貴嬪趕緊站起來施了一禮。二位做母親的對視一眼，說不盡的唏噓。

太子也來看望過了，好生寬慰了自己的弟弟幾句，並且保證一定會找出真凶是誰。這番話說得極有誠意，奈何宜貴嬪卻總是聽不進耳去。直到最後夜漸至，人漸離，屋中漸靜，宜貴嬪才望著藏在被子裡的兒子，幽幽說道：「如果不是太子，會是誰呢？」

三皇子被刺身死，對於此時京都各方勢力來說，誰最有利？宜貴嬪不由自主地想到一個人的名字，卻不敢說出口來。

三皇子看著自己母親若有所思的神情，心頭一凜，知道母親在懷疑誰，堅定地搖了搖頭，說道：「不是老師。」

是的，宜貴嬪在懷疑范閒，因為如今的朝中有一大批文臣是堅決站在范閒這邊，用的便是所謂遺詔和大義的名分打擊太子。如果三皇子真的死在皇宮之中，太子無論如何也洗不清自己的罪名，在言論上更要落於下風，而且……

如果范閒真有把握鬥倒太子，那還留著三皇子做什麼？宜貴嬪看著自己的兒子，幽幽說道：「他雖然是你老師，但畢竟不是你的親表哥。」

「他是我親哥。」三皇子咬著嘴脣說道。

宜貴嬪嘆了口氣。「在這皇家之中，哪裡有什麼兄弟師徒情誼？你先前沒有對太后和太子說，那兩名太監用了信物，才將你騙到辰廊去……如果不是你老師的人，手中怎麼可能有信物？」

信物其實很簡單，是江南杭州西湖邊彭氏莊園裡……三皇子最喜歡的一本書中的某一頁。

三皇子低著頭。「我不會懷疑老師……而且我相信他的能力，如果他真的要殺我，來讓宮中再亂一陣子，不會用到信物，這都是容易出破綻的地方。而老師……從來不會露出這麼多破綻。」

宜貴嬪強顏一笑，沒有再說什麼。從情感上，從現在的危急狀況上看，她也願意相信兒子對范閒的判斷，因為除了范閒，她們母子倆已經沒有任何憑恃。

「是的……可是不知道范閒什麼時候能把我們救出去。」宜貴嬪在心頭想著，如果范閒真的把太子逼到了退無可退之境，太子也只有冒天下之大不韙，以血腥的手段來壓服群臣之心，而到那時，只怕自己母子倆再沒有活路。

含光殿前殿，所有人都沉默著，整座宮殿籠罩在一股壓抑緊張的氣氛之中。太子和皇后分坐在太后身旁，輕輕替她捶著背，這一對母子的情況要比宜貴嬪母子輕鬆許多，可他們也清楚，拳頭下的這位老婦人一定不能出問題。

「姑母。」皇后看了太后一眼，畏怯說道：「老三那孩子命大福大……」她又看了一眼。「……居然這樣也能活下來，看來范閒那個逆賊還真教了他不少東西。」

太子眉頭一皺，看見太后太陽穴處的皮膚微微一繃，知道母后這句話愚蠢地讓太后動怒，冷哼一聲說道：「弟弟活著便好，其餘的事情暫不要論。」

太后強行呼吸了幾次，壓下心頭的怒意，溫和地拍了拍太子的手背，心想皇家這麼多子孫當中，大概也只有太子才真正了解自己想的是什麼。一念及此，太后愈發覺得自己的選擇沒有錯，慶國，確實需要一個像太子這般懂得孝悌的孩子來掌管。

「你們都出去吧。」太后咳了兩聲，精神格外疲倦，揮了揮手，所有服侍的太監、宮女、老嬤嬤都領命而去，即便是有些不甘的皇后也被趕出宮去，整個殿內只剩下她與太子兩個人。

太后轉過身來，用有些無神的雙眼看著太子，牽著太子的手，幽幽說道：「我就是不願你們兄弟相殘，所以才會撐著這身體，看著這一切，你能明白這一點，我很欣慰。」

太子沒有應話，只是嘆了口氣，不知道是不是想到了范閒這個兄弟。

太后的眼神頓時冷下來，似乎看穿太子的內心。「身為帝王，需要當斷則斷，當寬則寬……至於范閒，此人乃是謀刺你父皇的萬惡之賊，他姓范又不是姓李，想這麼多做什麼？」

太子低頭受教。「孫兒明白，有些人是不能放過的。」

「只可惜還是沒有抓到他。」太后緩緩閉上眼睛，說道：「舒蕪一干大臣現今是押在何處？」

「壓在刑部大牢裡。」太子苦笑了一聲。「如今自然是不好放到監察院的天牢中，只是……這些大臣不知為何，受了范閒蒙蔽，如此糊塗不堪，竟是不肯服軟。」

太后冷笑一聲。「蒙蔽？還不是一些讀死書的酸腐人，也只有你父皇才容他們這麼放肆……說不定他們已經看過范閒手頭那封遺詔，才敢如此硬撐。」

太子的面色微變，旋即恢復平靜，說道：「根本沒有什麼遺詔。」

「不錯。」太后讚許地看著他。「所以，你以為，這些口出妄言、要脅皇家的大臣，咱們應該如何處理？」

太子面色再變，知道太后是讓自己下決心，許久之後，他沉聲說道：「該殺便殺。」

「很好。」太后臉色漸漸冷漠起來。「要想做得穩，便不要怕殺人。」

「只是監察院一眾部屬完全不受皇命，有些棘手。」太子沉忖之後說道：「今日京都裡不少大臣被刺殺身亡，人心惶惶，朝政大亂……范閒隱於暗中主持一切，孫兒一時間想不到好的法子應付。」

「范閒是在用血與頭顱，震懾朝官，意圖讓京都大亂。」太后看著自己的嫡孫輕言細語說道：「你想說什麼，就說吧。」

太子沉默片刻後揚起頭來，用堅定的語氣說道：「孫兒敢請皇祖母調軍入京……彈壓！」

含光殿內再次平靜下來，許久之後，太后緩緩開口說道：「今日太極宮中，吏部尚書已有此議，最後是如何被駁回的？」

太子苦笑一聲，搖頭說道：「誰也未曾想到，門下中書大學士盡數入獄……今日卻又有人跳了出來。」

今天在朝廷上跳出來的那個人官職並不高，但身分很特殊，因為他是都察院的左都御史，賀宗緯！

賀宗緯此人一直是東宮一派，後又曾經幫助永陶長公主將宰相林若甫趕出京都，並且與范府一向有些說不清、道不明的仇怨。太子一直以為此人將是自己日後在朝中的柱臣，沒料到，要調軍入京下詔之時，竟是此人跳出來反對。

賀宗緯的反對很極端，他脫了官服，取了烏紗，領著十幾名御史，就那樣跪在太極宮前！太子盛怒之下，打了他十二大杖，將他趕出宮去，可這位當初京都出名的才子，竟那樣鮮血淋漓地跪在宮牆之前，一步不讓！

「賀御史的反對是很有道理的。」太后微垂眼簾，疲倦說道：「其實哀家一直未讓秦家入京，擔憂的也是這個問題……朝廷祖例，嚴禁軍方入京干政，這個先例一開，只怕日後遺患無窮。」

太子默然，清楚太后的擔心。皇祖母始終還是希望自己能夠和平接班，一旦牽入軍方，秦家、葉家坐大，自己又不像父皇一樣在軍中有無上權威，這將來的慶國，究竟會演變成什麼模樣？

「秦家世代忠誠，不需擔心。」太后冷漠開口說道，她與秦家關係極深，自然不需要擔心這個問題。「可是葉家呢？葉重可是你二哥的岳父！」

太后看著沉默不語的太子，深吸一口氣後，陰森說道：「只是范閒……這個陰子行事太過瘋狂，若無大軍壓制，這京都永遠不可能安穩下來，即便你殺了大獄中的數十名臣，於事又有何補？事態再拖延數日，我大慶另五路精銳大軍一旦軍心不穩，事態堪憂。」

太子沉默後，一禮說道：「故，孫兒需要軍方入京，與將來的麻煩相比，如今的范閒，是擺在面前的匕首。」

他微微皺眉說道：「只是……賀宗緯那邊怎麼辦？他畢竟是左都御史，手底下帶著一批出名不怕死的御史，在宮牆外玩死諫……」

太子的擔心不是沒有理由，殺大臣在歷史上並不少見，可是殺言官，卻是犯大忌的事情。即便以慶帝當年的無上權威，御史們集體攻擊他的私生子范閒，慶帝也依然只有杖了幾下以做表示。

「總是有人需要當惡人的。」太后盯著太子的眼睛，慈愛說道：「這些人由哀家下旨處置吧。」

太后頓了頓又說道：「大軍入京後，你大哥的統領差使便可以交出來了。」

太子一怔，誠摯一禮，感動不言。

離含光殿不遠的廣信宮中，從一開始擬定了這個計畫，然後便開始冷眼看著無數角色在舞臺上演戲的永陶長公主，終於第一次陷入某種憂慮之中，因為今天所發生的事情，讓她感覺到一絲蹊蹺。

「為什麼還沒有抓到范閒？」她看著身旁的侯公公，冷若冰霜問道：「內廷不是沒有高手，京都府不是沒有出力，本宮需要等到什麼時候，才能看見他的人頭？」

這番話，她是當著自己女兒的面說出來的。林婉兒在一旁微笑傾聽著，似乎一點兒也不擔心自己相公的安危，已經過去了好幾天，既然宮裡沒有辦法抓住他，那麼他永遠不會被人抓住。

將侯公公趕出宮去，永陶長公主的臉上馬上換了表情，一片平靜，根本看不出先前動了那麼大的脾氣。

因為她清楚，范閒不是那麼好抓到的。既然這個年輕人能夠從大東山上活著回來，就證明了他的能力。

這是一個事涉天下的大局，永陶長公主的重心一直在大東山上，而不是在京都之中，從一開始的時候，她就沒有想到范閒能夠活著回到京都。這一點，已經從根本上震懾住她的心神。

范閒活著，燕小乙自然就死了。永陶長公主微微垂下眼簾，眸中寒意微斂，想著范閒如今的一身修為，究竟到了何等境界？居然敢在京都之中，如此狂妄放肆地用刺殺手段，來挑戰皇宮的權威！

她忽然間皺了皺眉頭，看著這冷清的廣信宮，開口說道：「這座宮殿……透著一股死灰的味道，本宮想出去了。」

林婉兒靜靜看著自己的母親，說道：「您害怕了。」

「我有什麼好害怕的，怕范閒今天夜裡會攻入宮裡來？」永陶長公主輕輕拍了拍女兒略顯清瘦的臉，說道：「我太了解范閒了，他永遠都只能是個在黑夜裡小打小鬧的刺客和老鼠，他從來沒有勇氣，去和敵人們進行正面的抗爭……因為他比任何人都怕死。」

永陶長公主微偏著頭，看著自己的女兒，說道：「我一直在想一個問題，如果用妳的生死去威脅他，他究竟會怎樣做呢？

「我很好奇這個問題的答案。」永陶長公主笑得很快樂。「所以我等著范閒能夠殺到我的面前。」

范閒始終以為自己將太后的心思看得清楚，太后希望和平交班，不願意讓軍隊狂放而無法收拾的力量，把整個慶國絞成一團亂渣，所以他才會有條不紊地進行著自己的安排。

很明顯，他低估了自己黑暗殺神形象，在皇宮裡貴人們心中的強悍程度。沒有想到自己在京都裡的刺殺，終於把太后和太子刺激到某種程度，逼他們著手準備調軍入京彈壓。

第二天，在元臺大營裡的京都守備師便會入京彈壓，如果在這之前，范閒還沒有能夠控制皇宮，迎接他的必然是慘淡收場。

他更沒有想到，秦家軍隊入京的時間，竟是被他一向瞧不起、深惡痛絕的三姓家奴賀宗緯，以一種血性強悍的態度，硬生生拖後了一晚。

從這個意義上來說，賀宗緯是幫了他一個天大的忙。

而太后和太子的決心，很明顯也是下晚了一天。

是夜，極深極靜的時刻，夜沉沉地睡著，到了禁軍輪班的時辰。禁軍控制著皇城前半片宮殿，以及皇城外數條要害街道。如今局勢緊張，換值的禁軍，都暫駐在這幾條街道的民房中，不敢回營待命。

一列約二百人的禁軍隊伍，全身盔甲，異常沉穩地走到正宮門前，與前邊值班的禁軍，交換了布防手續及口令。

由於當前的局勢，禁軍統領大皇子已經三天沒有回過王府了，他站在城牆之上，冷眼看著下方的交接，略微頓了頓後，緩緩走下去。

他一身盔甲，立於宮門之中，宛若一尊天神，要擋住一切從皇宮外來的攻勢。他冷冷地看著這隊二百人的禁軍隊伍，片刻之後，默默地點了點頭。他身旁的親兵校官吞了一口唾沫，緊張地上前，履行一應手續，然後揮手讓那隊明顯看著有些陌生的禁軍官兵，走入皇宮。

大皇子就那樣站在宮門，讓這些來接班的禁軍分成兩列，由自己的身邊行過。這批來接班的禁軍走得悄然無聲，軍紀森嚴。

當這隊禁軍最後幾人也要走入宮門時，大皇子忽然嘆了口氣。

禁軍隊伍最後方那個人對他輕輕地點點頭。

「大帥，接下來怎麼辦？」那名校官乃是大皇子親兵，自西征軍中爬起來的將官。按理講，換防手續這種小事輪不到他親自去處理，但他知道，這一次的換防，一定要自己處理。

看著那些漸漸消失在寬厚城牆之上的禁軍士兵，這名校官吞了口唾沫，強行壓抑下心頭的恐懼，顫著聲音請示。

大皇子緩緩握緊腰畔的佩劍，迎著夜風的臉部線條顯得格外堅硬。「讓所有的人醒來，軍前臨時會議。」

此話一出，一股濃烈至極的殺意，就此浮現在他的身上。大皇子雖不是武道高手，但常年在戰場上廝殺，劍下不知有多少亡魂，今夜決心既定，那自然要先處理掉禁軍內部的不安因子。

校官知道大皇子今夜要殺人了，禁軍中原本屬於燕小乙一系的親信，只怕就要被屠殺殆盡，但他此時反而不再恐懼，自心底生出無窮的興奮來，馬上開始傳令。

皇宮前城的城牆極為寬闊，上面可以並行四匹駿馬，全由青磚所築，自然流露出一股肅殺氣息。

一列禁軍在此排陣，看著皇城下方的廣場，嚴陣以防，似乎隨時準備迎接來自宮外的襲擊。

然而這列禁軍中的一位卻用深遠的眼光看著宮內。

范閒輕輕整理一下禁軍的衣飾，看著這座熟悉的宮殿，內裡漆黑一片，不知道親人在何處，仇人在何處。他知道自己帶著兩百人殺入宮中，將要面臨的是大內侍衛和內廷的太監高手，如此冒險，究竟成算幾何，無人能知。

因為他也無法判斷，當殺聲起時，大皇子能不能將禁軍完全控制住。他無法依靠禁軍的力量。

「永遠不要做敵人希望你做的事情，原因很簡單，因為敵人希望你那樣做。」

范閒對身旁的黑騎副統領荊戈說道。

「這是一個叫拿破崙的人說的。皇城的門已經開了，後宮的門還關著，他們想不到我們敢用這麼些人，就去強攻皇宮。」

他此時還不知道永陶長公主對自己的評價，如果換成以前的范提司、詩仙，他確實不會選擇如此直接而勇敢的進攻。

只不過范閒已經改變了，當他從草叢裡站起來的那刻起。

第二十六章　閒推月下門及暴烈突進

皇城比京都權貴們的臉皮還要厚，上可騎馬，下可貯物，甚至連禁軍議事的房間，也設置在那些大塊青石之間，幽暗之中，透著一份肅殺。只有些許跳躍著的燈火，照耀著房間裡所有人的臉、所有人的眼，讓他們驚醒過來。

這些禁軍的將領、校尉們確實很疲憊，自從三騎入京，報告了大東山之事後，整個京都風雨欲來，而他們所負責拱衛的皇宮，更是成了各方勢力緊盯的風暴中心。連續數日，沒有一位將領可以離開皇城，即便是輪值時，也沒有人敢回府休息。

火焰在大皇子的眼中變成燃燒的光彩，他幽幽看著室中的十幾位將領，冷著聲音說道：「本王說的話，諸位可聽清楚了？」

室內一片沉默，一位將領沉著臉，單膝跪於地上，咬牙說道：「末將不清楚。」

「要我把遺詔再宣讀一遍？」大皇子盯著他的眼睛，寒聲說道：「太子勾結北齊、東夷刺客，於大東山之上刺殺先帝，意圖謀朝篡位。事後陷害小范大人，本王既接了先帝遺詔，有當誅者，則當誅！」

那位將領看了一眼大皇子身邊那薄薄的一張紙，雙眼微瞇說道：「殿下，所謂遺詔，誰人知其真假？」

大皇子冷漠地看著他，然後緩緩從懷裡取出一個盒子，將盒子放在桌子上。

盒子被打開，內裡是一方小印，正是失蹤了數日、讓宮中旨意始終無法順應過度的……皇帝行璽！

行璽一出，滿室將領面色劇變，各自跪於地上，向此方行璽行禮，再無人敢多言。

「謹遵殿下軍令。」

「小范大人奉旨鋤逆，命本王相助。」

大皇子的目光緩緩從跪在地上這些將領的臉上滑過，看出了很多人的心思。雖說他聽從范閒勸說，安心統領禁軍後，在禁軍內已經安插了許多親信，但是燕小乙執掌禁軍時所留下的殘存勢力依然極多，如果想依靠這方行璽和遺詔，就讓這些人心服口服地為自己所用……

大皇子的眼角抽搐一下，在心底自嘲地冷笑一聲，世上從來沒有這麼簡單的事情。

「有願意跟隨本王救國於危難之間的將軍，請站起來。」大皇子平靜說著，室裡的幾盞油燈散發出來的光芒，籠罩著他的臉龐，讓他的臉色似漸溢鮮血。

室中所有的將領都站起來，勢比人強，此時室中大多是大皇子的親兵校尉，即便是那些將領心中別有心思，卻也不敢當面發難。

頭前出來說話的那名將領嘴中有些發苦，他一直與宮中的永陶長公主保持著聯繫，但沒有想到今夜大皇子會忽然發難，將所有的將領都集中到密室中開會，而且傳訊如此之快，竟沒有給自己一絲反應時間。

所有的禁軍將領都在室中，沒有一個人遺漏，如果大皇子選擇殺人，誰也無法反抗，所以那些燕小乙的原下屬們，也只好暫時虛與委蛇。

「張昊、陳一江……」大皇子忽然開口，點了五位將領的名字。

那五位將領面色一寒，對視一眼，感覺到一絲不吉，從隊列裡走出來。這五人都是當年燕小乙在時所提拔起來的下屬。

大皇子冷漠看著這五人，停頓片刻後幽幽說道：「你們知道，本王喊你們出來的用意是什麼。」

一名將領面色如土，撲通一聲跪倒在大皇子面前，說道：「殿下！末將絕對以殿下馬首是瞻，絕無異心。」

大皇子看著他點了點頭，溫和說道：「委屈你先在這室中待半日，如何？」

那名將領面色變幻，終究還是點了點頭，退回了牆邊。

另外四人則是心中情緒無比複雜，如果被大皇子的親兵看守在這間密室中，自己如何能夠向宮中發出訊息？

四人互視一眼，還是先前那位說話的將領開口了，此人姓陳名一江，乃是燕小乙當年親手提拔起來的親信，知道今日大皇子既然反了，怎樣也容不了自己，而且自己的身分也註定了，不可能就此束手待縛。

陳一江沉默片刻後說道：「王爺，此時皇城之上兩千禁軍，至少有六、七百人，是我們這五個人的下屬，敢請教王爺，如果沒有我們的襄助，您如何壓服所有禁軍？」

他猛然抬起頭來，冷笑說道：「京都守備師隨時可能入京，禁軍調了三分之一去了大東山，如今拿什麼抗衡那些虎狼之師？末將敢請王爺思忖，免得誤了自己性命。」

這番話雖說得厲然，但室內這些沉默的將領們都清楚，這只不過是陳一江色厲內荏的最後掙扎。

「本王想好的事情，從來不需要再想。」

大皇子冷冷地看著陳一江，眼神裡漸漸瀰漫起一股殺意，一股當年在西邊與胡人廝殺中磨礪出的冷漠殺意。

陳一江心尖一顫，熱血上沖，怒吼一聲，手握住腰畔佩刀，錚的一聲拔刀出鞘，便往大皇子處衝過去。

怒吼從中而絕，刀也落在地上，三根長矛異常冷血殘暴地刺中陳一江的身體，將他的身體貫穿，就這樣懸在半空中！

陳一江嘴裡噴著鮮血，不甘而絕望地望著三尺之外的大皇子，身體在長矛上抽搐兩下，就此垂頭死去。

在陳一江拔刀衝過來的同時，另外三名燕小乙留下的將領也拔出佩刀，勇敢而絕望地衝過來，只是室中盡是大皇子的親信，只聞得數聲刷刷破風之聲，刀光在燈光中閃耀幾下……

屍首倒地，血腥味漸起，四位禁軍將領就這樣憋屈地死亡。

大皇子靜靜看著腳下的屍首，忽然轉頭看了燕小乙派最後的那位將領一眼，看著那人顫抖著雙腿，卻根本沒有勇氣上前，不由得搖了搖頭，輕聲啐罵了一句。

「看好。」大皇子對自己的親信吩咐道，然後頭也不回地走出議事的房間。

走到高高的皇城之上，大皇子立於皇城角樓中，手掌輕輕地撫摸著被固定住的守城弩機，眼光順著耀著黑光的大弩箭，看向皇城之外的廣場，以及廣場之外已經被禁軍控制住的四條街巷。

「依大帥令，那六百人此時全數輪值休息。」那名親自布置范閒率隊入宮的校官，站在大皇子的身後，低聲稟報。

用了一天半的時間，在禁軍的換值上做手腳，大皇子終於成功地將那六百多名禁軍士兵調離皇城。

大皇子幽幽說道：「準備好了沒有？」

那名校官抬頭看了大皇子一眼，堅毅稟道：「一千二百人已經包圍完成，隨時可以動手。」

此時禁軍休息駐地中，已經有一千二百名忠於大皇子的部下，於黑夜之中潛入，將那六百名禁軍分割包圍。只要一聲令下，便會舉起屠刀，將禁軍中最後一部分不安定因素清除乾淨。

「那些士兵應該還在睡覺。」大皇子的表情有些複雜。「在睡夢中死去，應該不錯。」

大皇子當年親率數萬軍隊西征，在西胡邊上打下大好的功績，最為人稱道，以及讓軍中士卒效死命的德行，便是他一向愛兵如子。然而……慈不掌軍，尤其是在涉及慶國前途的大事上，大皇子的心如鐵石。

「謹候大帥發令。」那名校官卻不知道大皇子心中在想什麼，心中有些焦慮，暗想小范大人已經入宮，如果王爺此時忽然心軟，誰也不知道天明後會發生什麼，所以他才會有這樣一句提醒與小心翼翼的催促。

大皇子自嘲地笑了笑，將目光從黑夜中的那些民宅上收回來，回頭望向更深的夜籠罩著的皇宮。

他看了許久，始終沒有發布命令，因為那座後宮裡依然是那般平靜。

「什麼時候動手，不是由我決定的。」大皇子輕輕拍了拍掌下那座沉重的守城弩機，說道：「我們如果先動手，只怕會驚著宮裡的人……范閒，會決定什麼時候動手。」

他看著那片安靜的深宮，忍不住搖了搖頭，自己其實和這座宮牆上的城弩何其相似，雖然威力強大，卻被某些具體或虛無的東西捆住手腳，只能將箭鋒對著宮外面，卻無法忍心對著宮裡。

整座皇城被分成了三個區域，最後方的冷宮、秋園、小樓，沒有住著什麼貴人，基本上是被人所遺忘的角落。君臨廣場處的皇城城牆所包圍著的區域，則是包括了太極宮在內的一片莊嚴建築群，慶國皇帝和群臣在這片建築中，商討決定著慶國所有的事情。

而貴人們居住的地方，則在太極宮之後，由無數座宮殿組成，由大內侍衛和內廷的太監們負責打理看守，一般稱之為後宮。

很多人以為進了皇城便可以順利地進入後宮，但他們似乎忘了皇帝這種另類雄性生物是多麼地在乎自己的領土和自己的雌獸。

歷朝歷代的皇帝對這件事情都看得很緊，因為他們有太多女人，再天賦異稟，也不免會冷落太多，自然成為世間最容易戴綠帽子的主。

為了不戴綠帽子，皇帝們發明了太監，在後宮與前宮的之間修起了高牆，撤了大批自己信得過的侍衛。所以歷史上，和後宮嬪妃們有一腿或有一指的色鬼們，基本上逃不出侍衛、太醫、太監這三種人。

然而後宮的高牆雖然擋不住宮裡的紅杏往牆外伸，卻成功地擋住了許多想謀反的人。

歷史早已證明這點，一百多年前的北魏年間，便曾經有一位文臣趁著皇帝遠巡的時候意圖謀反，他如范閒今夜一樣，只帶了一千人殺進皇城，莫名其妙地通過了禁軍的防守，眼看著成功在即……卻被留在後宮的皇后，帶著一大批侍衛、太監、宮女，成功地將那些謀反的士兵擋在宮門之外。

這位膽大包天的文臣，絕望地發現，那些婦幼閹人們，竟然比禁軍還要厲害，居然把自己封在宮外長達三天之久！

最後這位謀反者，當然以死亡收場。而成功阻止這場謀反的，除了那位皇后的冷靜與勇敢，宮中太監、宮女、侍衛們的萬眾一心，其實最關鍵的原因……是皇帝用來圈養女人的高牆，實在是太堅固了！

然而有牆的地方，一定就有門，除非是地下的墓。加之因為人類向來不喜歡從上帝開的另一扇窗爬進爬出，所以再如何綱紀森嚴的建築，都會開出各式各樣的門。

而有門，自然就有開門的人，所以決定一處地方是否好攻，關鍵不在門有多厚，裡面的門閂是不是精鋼所製，而在於你是否掌握了開門的那個人。

毛主席和很多偉人都說過，決定一切的究極奧義——是人。

范閒敢出乎所有人預料強攻後宮，自然是因為他掌握了開門的人。

兩百名「禁軍」依循著平日裡的既定路程，進行著沉默而緊張的巡邏，在高高的皇城牆頭，向著西方走動，將要至那粒明星下方時，天上忽然一陣雲過，星光漸淡，城頭漸黑，禁軍順著來回的石梯走下來。

太極宮裡一點兒燈光也沒有，偶爾可以看見幾個提著燈籠巡視的侍衛，還有負責打更的太監，佝僂著身子走過。

這批禁軍就在皇城下離後宮最近的那處地方集合，然後……像風一樣地散開！

范閒冷漠地看著自己的屬下，像無數隻鷹隼一樣地散開，撲向了那些前朝殘存著的人們與燈光。不過一剎那工夫，那些燈光便來了，寥寥數個侍衛被悄無聲息地刺死。

他點了點頭。這兩百人是支混編部隊，四百黑騎裡調了一百人，另一百人是從六處裡收編的最後一批刺客部隊，在黑暗中行事，果然狠辣有力。

跟在他身旁的黑騎副統領荊戈看了他一眼，又看了一眼約數十丈外後宮的高牆，沉聲問道：「強攻？」

范閒的眼光瞥了一眼宮牆下一處不引人注意的門，搖了搖頭說道：「我們走門。」

「走門？」荊戈驚訝地看了他一眼，心想提司大人這話實在奇妙，難道他去了大東山一趟，竟是學會了傳說中的神廟穿牆本領？

范閒沒有理會荊戈，脫下了身上沉重的禁軍盔甲，露出內裡緊身的黑色夜行衣，藉著前宮樹木的遮掩，靠近那扇門。

荊戈在他後方做了一個手勢，正散落在四周黑暗裡的突擊小隊成員，頓時像是蝙蝠一樣地飛掠而回，以范閒為正中心，排列成兩道直線，緊緊地貼在後宮的宮牆下。

荊戈也跟了上去，站在范閒身後兩丈的地方，抬頭看了一眼這牆，心想並不是太高，至少這二百人裡有一大半人可以翻過去。

便在此時，天上雲頭微散，一輪清亮明月從淡雲間透了出來，銀色的月光照耀在荊戈黑色的面具上，十分美麗。

范閒站在門前，於月下輕輕敲門。

指節輕輕落在厚重的木門上，發出輕微的嗡嗡聲，不過是一聲響，木門的背後沒有人回應，但緊接著卻傳出合頁輕動的微響。

潛伏在范閒兩側的二百名黑衣人，臉上都不由自主流露出震驚。今夜跟隨范閒，奉慶帝遺詔殺入皇宮，這二百人雖是勇敢忠誠無儔，但心中也是悲壯地做好了必死的準備。

沒料到范閒竟就這樣輕鬆地把後宮的門敲開了！

在這一瞬間，所有殺入皇城的突擊小隊，在心中頓時對范閒生出了無窮的敬畏，對於今夜的成敗，也是信心倍增。

後宮的木門極其厚重，明顯內裡開門的內奸有些吃力。范閒閉著雙眼，將肉掌貼在木門之上，忽然眉頭一皺，體內真氣微運，輕柔的天一道真氣順著掌心傳至門上，將木門震開了約兩人寬。

很溫柔地開門，沒有發出一絲聲音。

范閒像陣風一樣閃入門中，然後看了一眼門後用緊張驚懼目光望向自己的太監，微微點頭，說道：「辛苦了。」

戴公公吞了一口口水，有些驚惶地看了一眼黑壓壓的四周，沒有敢接話。

只怕永陶長公主方面也沒有想到，如今的皇宮內，居然還有人敢冒著滿門抄斬的危險，做范閒的內奸；更沒有人會想到，這個內奸，竟然是如今早已不復當初權勢，只是個普通可憐老太監的戴公公！

是的，范閒曾經對戴公公有恩，至少有三次大恩，但是這位太監甘冒如此大險幫助范閒，卻不僅僅是報恩。一方面他是想透過幫助范閒，重新獲得自己失去之後格外想念的權勢；一方面是這些年來他與范閒瓜葛極深，如果太子真的當了皇帝，只怕他連洗衣局的差使也不要想，直接等死。

最關鍵的是，戴公公清楚，自己那個姪兒其實一直在范閒的監視之下。而戴公公還指望自己那個姪兒替自己養老送終。

戴公公惶恐地看著四周，他其實有些納悶，為什麼自己開門會開得如此順利，那些盯著四周的侍衛，為什麼沒有發現自己？

「大人，奴才替您領路……」

開了兩人寬的宮門，不時飄入黑衣人，這些黑衣人的速度極快，不一會兒便全部突進後宮之中，各自選擇地方掩藏好身形。戴公公看著這一幕，心驚膽顫，知道這便是范閒用來亂宮的部屬，只是看著……人似乎太少了點兒吧？

「找個地方裝死去吧。」

范閒對戴公公輕聲說道，眼中的決絕之意漸漸濃烈了起來。他對皇宮地形之熟悉，是所有人都想像不到的，因為從第一次入含光殿偷鑰匙開始，對於宮中的突殺撤退路線，他在府中不知演算了多少次。

機會，向來只留給有準備的人。

戴公公聞言，趕緊佝著身子消失在黑夜之中，聽范閒的話，找個不引人注目的地方裝死去了。

而這邊的二百夜行人也已經各自做好最後的準備。范閒看了荊戈一眼，薄脣微啟，吐出寒冷無比的一個字來——

「突！」

任務在入宮之前早已安排好了。在宮中擁有他人猜想不到的眼線，又有各方面的管道幫助范閒了解，他對於宮中的布置十分清楚，將這二百人分成四個小組，其中最關鍵的便是他和荊戈率領的兩個小組。

范閑將帶著六處的刺客、劍手，直突含光殿，務必要在宮中人反應過來之前，將寧才人、宜貴嬪、三皇子這三個人，從太后的親自看管中救出來！

這是重中之重，大皇子敢領著禁軍反了，正是因為他相信范閑能夠將自己的母親救出來。范閑自然不能讓如此信任自己的兄長失望。

而荊戈統領的主要是黑騎中的單騎高手，要以突殺之勢，直撲廣信宮，務求一擊中的。

因為永陶長公主在廣信宮裡，不將這個女人殺死，范閑便會一直覺得有條毒蛇在盯著自己。

范閑已經查出，林婉兒和大寶在廣信宮中，而他不親自去，一方面是含光殿更重要，另一方面……不知道是不是他下意識裡，也很害怕面對那種局面，所以乾脆讓荊戈領軍？

兩百個黑衣人像是兩百個幽魂，在淡淡的月色下，分成無數線條，沿著箭頭，向後宮裡的各處地方撲去。

范閑朝著含光殿的方向極速前行，一路過花、過樹、過湖、過亭榭，然後遇見了幾名侍衛。

「丙值帶刀侍衛。」

范閑看也沒有看這幾名呆立在旁的侍衛一眼，只是在心裡說了一句，負責輪班巡邏這片區域的侍衛是丙值侍衛，看來那個小傢伙也沒有失手。

之所以對這些侍衛看也不看，是因為沿途的這些侍衛已經不能動了！

不知道是中了毒，還是受了什麼詛咒，這些距離戴公公所開木門最近的侍衛們眼珠子驚駭亂轉，卻發不出聲音來，身體也有些僵硬，難怪戴公公替范閑打開宮門，竟然是如此順利！

這一幕很詭異，幾個負責後宮護衛的侍衛，看著往自己眼前飄過來的黑衣人，竟是沒有辦法做出反應！

嗤嗤數聲響，范閒這一隊人馬最後的兩名六處劍手，拔出鐵釺，乾淨俐落地在這幾名侍衛的咽喉上一劃，讓他們斃命，也讓他們終於擺脫了這種惡夢般的情緒困擾。

再過樹、過花、過湖、過亭，含光殿近在眼前。

范閒一甩手，一支暗箭射了出去，釘死一名發現自己、張嘴欲呼的守夜太監！

范閒需要速度，他需要這種速度所帶來的突擊凌厲，需要這種感覺對宮中所有人的震撼，所以他不在意自己的身形暴露。

藥物只能針對一班侍衛所用，只能保證侍衛發現自己的時間更晚一些。他從來沒有奢望過，自己帶著二百人突進皇宮，直到自己站到太后的床前，而依然沒有一名侍衛能發現自己。

被發現只是遲早的事情。

含光殿離這批如離弦之箭般射出的黑夜殺手，不足三十丈了。

而側後方遙遠的所在忽然傳來一聲驚呼，數聲兵刃相交的金鐵之聲，范閒沒有回頭，卻也聽出不是廣信宮方向，應該是另兩批準備摸黑去駐守處迷昏侍衛的下屬。

他的心頭一緊，額上滲出一滴冷汗，知道行蹤終於被發現了。

「放，散！」

范閒身形未止，右手卻握緊拳頭，然後迅疾散開。一看這個指令，監察院訓練有素的六處劍手們，頓時自他的身後散開，沿著含光殿側方的那道曲湖，化作了無數道曲線，繞著路，藉著樹木的遮蔽，向著那座冷清的宮殿掠去。

而拖在最後方的那個監察院劍手，猛地頓住身形，鐵釬刺入土中，自懷中取出一個小筒，瞇眼對著天上明月一看，然後用力一扯！

煙花直衝天穹，一瞬間，便將這片清幽深黑的皇宮照耀清楚，也給京都裡四面八方隱藏著的人們，發出了最明確的信號。

隱跡已經告一段落，正式進入突殺。

一把刀飛了過來，斬入那名監察院劍手的右肩。這名劍手此時還拿著煙花，沒有躲開，鮮血綻了出來。但他一聲悶哼後，左手反拔地上鐵釬，與旁邊撲過來的兩名侍衛廝殺到一處。

范閒此時距離含光殿只有十丈，他沒有去看煙花，沒有時間理會那名忠心下屬的死活，只是冷冷盯著含光殿，發現裡面已有動靜，不由得心頭漸寒。這後宮防衛力量的反應速度，實在是高出了自己的估算。

快，再快一些！

四處似乎都有侍衛反應了過來，而范閒此時正對著含光殿，雙眼微瞇，殺意全放，體內的霸道真氣在一瞬間提升到經脈所能容納的極點，然後一腳踏上殿宇側方的石欄！

石欄盡碎！

藉著這股巨大的反震之力，范閒整個人飛了起來，就像是一隻黑色的大鳥，在月色下用一種粗暴狂妄的姿態，駕臨到含光殿的上方，展露著自己的決心！

至最高處，真氣漸緩，身體有下墜之勢，他悶哼一聲，右手橫拍下去，以大劈棺之勢，將自己的身體帶動橫移三分，拍在含光殿的琉璃瓦上。

一拍之下，瓦片在月光中亂飛著，給人的感覺似乎是這一剎那，整座含光殿都被拍得顫抖了起來！

沒有人能及得上范閒此時的速度，沒有人敢於抵擋如此一往無前的氣勢。月色下，他藉著一拍之力，再次飛掠而起，如大鳥展翅，臨於殿頂，然後氣運全身，墜下！

轟隆一聲巨響，含光殿被他夾著全身的霸道真氣，硬生生砸出一個大洞來！

就在含光殿宮女驚恐地點亮第一盞宮燈時，一身黑衣的范閒像塊石頭一樣，落在了含光殿側殿的地板上，他的身邊全是碎瓦灰土，他的腳下是被踩得寸寸裂開的青石地板。

他的手中，是那把天子劍。

第二十七章　強悍，因為決心

暗淡的燈光，在這個夜裡，第一次照亮了含光殿的側殿房間。淡淡的昏暗光芒，從桌上那盞宮燈裡滲出來，讓整個房間顯得有些陰森，甚至還比不上殿頂那個大洞透進來的月光明亮。

那名宮女滿臉驚恐地看著滿身灰塵的范閒，張嘴欲呼，卻沒有呼出聲來。

嗤的一聲，范閒雙腳一錯，於倏乎間連掠八步，一劍平直刺出，正中那名宮女的咽喉。

血花一濺，范閒頭顱微低，手腕輕轉，手中天子劍再出，於腋下詭魅刺出，點向一名太監的咽喉。

他再急撤三步，左腳腳尖為樞一轉，整個人就像是一名舞者般極美麗地旋轉起來，手中的天子劍耀著寒光，隨著這轉勢，在身前數尺地內，劃出一道寒芒。

寒芒所至之處，驚醒過來的太監、宮女盡數倒地，倒於血泊之中。

范閒右腳再蹬青石地板，青石板微碎，他的身體如大鳥被縛，以一種怪異的姿勢，猛然向後退去，狠狠撞在一人懷中，撞得那人筋骨盡碎。

他低著頭，右肘忽然像是安了彈簧一樣地彈出去，天子劍脫手而出，直中右側方衝過來的一人胸膛。

無劍在手的右拳猛地向左方擊出，一拳將最後那人擊倒在地，啪答一聲，那人根本不及反應，重重摔倒在地，頭顱像西瓜一樣地被震碎！

瞬息間，連殺八人！

暴力無比闖入含光殿裡的范閒，一言不發，於沉默中全力出手，天子劍、霸道真氣，讓他像一抹擁有無上法力的遊魂，片刻間攫奪了室內所有敵人的性命，根本沒有讓對方發出一點兒聲音！

他的劍法承自四顧劍，卻少了四顧劍那種一往無前的天道殺意，反而多了影子天性中的那抹陰寒。

他的拳掌之技承自葉家，卻完全沒有葉流雲那般漂泊海上的瀟灑澹泊意，反而多了霸道真氣所天然流露出來的壯烈感覺。

如此殺人，誰能阻擋？

側殿裡的人們，除了死在地上的那些人之外，便只剩下宜貴嬪母子和寧才人。今夜寧才人前來看望三皇子傷勢，故而沒有回自己的寢所，反而給范閒帶來了極大的方便。

這三位貴人在今夜沒有人能睡得著，所以當范閒如天神般撞入宮殿後，他們在第一時間內反應過來，隔著那層輕紗，緊張地注視著范閒的一舉一動。

縱使他們對范閒再有信心，也沒有想到，范閒居然會用如此暴力的方式，在如此短的時間內，將他們身邊監視守護的內廷人員盡數殺死！

掀開紗簾，三人走了下來，看著范閒，面上的表情各自不同，卻同樣有著一絲震驚。

他們感覺眼前這個范閒，似乎在某些方面，已經與大東山之前的范閒，不同了。

宜貴嬪的臉上滿是喜悅，既然范閒冒險殺入宮來救他們母子倆，那麼先前暮時對兒子所說的擔憂自然不存在。在這含光殿裡被監視，宜貴嬪不知道他們母子倆何時便會死去，今夜驟見救星，她心神一鬆，再看著滿屋死屍殘肢，不由得雙腿一軟，便想往下倒。

三皇子李承平在一旁扶住了母親的身體，用感激的目光看著自己的老師，用力地點了點頭，眼中已然溼潤。

此時深在含光殿內，外面不知道有多少侍衛圍了過來，前殿內廷的太監高手猶在，范閒知道自己的暴力突擊，雖然成功地接觸到這三人，但沒有將他們救出去，仍然是個死局。

所以他沒有和三皇子及宜貴嬪多說一句廢話，直接冷冷說道：「跟著我，闖出去！」闖出去談何容易，就憑范閒帶入宮中來的這二百人，如果想要控制整個後宮，根本是不可能的事情；而皇城處的禁軍方面，也不知道內部的清洗，能不能在局勢危險之前解決。

范閒從那名太監身上拔出自己的長劍，用眼角餘光瞥了一直沉默的寧才人一眼，看見寧才人的臉上透著一絲欣慰的笑容，他不由得也笑了起來，自靴中摸出那把黑色的匕首。三皇子的匕首已經藏在辰廊旁邊的樹叢中，見范閒摸出匕首以為是要給自己防身，扶著母親想往前走一步。

沒有料到，范閒竟是倒轉匕首，將這把匕首遞給寧才人。

寧才人握著細長的黑色匕首，整個人頓時湧現出一股英氣。她當年畢竟是自北伐戰場上活下來的女奴，這些年也未曾忘了鐵血之事。

范閒沒有再望著婦幼三人，沒有耽擱一絲時間，直接朝著側殿的門口走去。

這個門口不是通往宮外，而是通往前殿！

是的，如果闖出宮不容易，那就不如往宮裡闖。

一掌貼上木門，毫無先兆的，這扇木門就像是紙做的一般，被無數股巨大的力量牽扯，破碎開來，漫天飛舞！

木屑未落，范閒的手掌已經與一名太監的手掌黏在一處。范閒悶哼一聲，真氣全數沖過去，只是一掌之交，他已經感覺到這名太監的厲害。內廷侍衛之中，果然是藏龍臥虎，洪四庠調教出來的徒子徒孫，果然不是吃素的。

太監的口鼻倏地流出鮮血來，體內被霸道的真氣侵伐著，根本敵不住，然而他的任務只是拖住范閒一刻，務必讓前殿的高手和太后做好準備。

范閒沒有給他拖延時間的機會。

雙掌間煙塵一綻，毒霧直逼那名武藝高強的太監面目。

太監面色一變。

范閒右手一震，長劍嗡嗡作響，從自己的肩膀高處橫削了過去。這便是實力上的差距，那名太監在霸道真氣與毒煙的齊攻下，根本沒有餘力再做反應，只好看著那抹亮光從自己的眼簾中閃過。

范閒左腕一翻，將天子劍納入袖中，沒有再看這名太監高手一眼，雙膝微蹲，整個人便如巨鳥投林般撞了過去。

他沒有撞向那條不知有多少高手湧來的道路，而是直接撞向側殿的牆壁！

轟隆一聲巨響，木磚結構的牆壁，竟被他硬生生地撞出一個大洞。范閒沒有理會後方三人的安危，直接從那個大洞裡掠進去。

而此時，那名僵立在門口的太監高手，脖頸處咯登一聲，從中斷絕，血淋淋的頭顱掉了下來！

宜貴嬪母子目瞪口呆地看著這一幕。寧才人沉著臉，提著范閒給她的黑色匕首，牽著這對受驚的母子，沿著那個大洞走進去。她猜到范閒為什麼如此惶急，為什麼要撞破大洞進入前殿，她也清楚，在范閒沒有控制住局勢之前，自己與宜貴嬪母子的安危，就全數寄託在自己手中的匕首上。

突擊需要的是什麼？便是如閃電一般快速，如平地風雷一般令人意想不到。范閒今夜的行動，十分完美地貫徹這個宗旨，從入後宮開始，到被侍衛們發現後，他以及屬下們的速度驟然提速，像陣狂風似的在後宮裡捲著。

他踏上石欄，拍碎琉璃瓦，落入殿中，擊斃眾人，這一切都發生在電光石火間，如果從侍衛們的第一聲喊開始計算，他只花了十餘擊掌的時間，便成功地殺入含光殿的核心宮宇。

真真是閃電般的速度，不只敵人反應不過來，甚至范閒也沒有留給自己任何思考判斷的時間，他依憑的是數年來對皇宮的情報收集，憑藉的是宮中的眼線，憑藉著靈敏超乎常人的超常直覺，就這樣殺了進去！

當然，這次行動最依靠於他往日最為欠缺的勇氣，置之死地而後生的狂妄氣焰！

當范閒以最快的速度殺入含光殿時，跟隨著他的五、六十名六處劍手，也於黑暗之中，散成扇形，向著含光殿圍過來。只是這些人的速度都刻意壓制著，此時恰恰好抵達含光殿的外圍。

范閒算得極準，雖說有些低估了後宮護衛力量的反應速度，可這五、六十名六處劍手，恰好抵擋住以極快速度趕來的大內侍衛。

監察院的劍手，精於黑暗之中殺人；而大內侍衛，則是慶國個人武力中的精銳，雖然遠遠及不上范建暗中替皇家訓練的長刀虎衛，然而武力依然十分強悍。

含光殿外，廝殺四起，一瞬間，刀劍相交，不知道多少人被殺死，多少鮮血噴出。不過數息時間，數十名黑衣劍手構築的圈線，便被壓迫得往含光殿方向退了不少距離。

但如果仔細觀察，應該可以看出這些劍手的退並不是被動，而是一種主動的選擇。雖然看似是被侍衛們殺得節節敗退，可是也將圈線收小，將含光殿正殿緊緊地圍了起來。

防禦圈越小，反彈之力越大，場間已經有很多人倒下，而那些黑衣的刺客們，卻也阻住了含光殿的正門，如果裡面的人想逃出來，難度極大。

而且不要忘記，此時的含光殿內並不平靜。

這正是范閒擬定的四面亂流而圍，中心開花的戰術。監察院的忠心下屬們憑藉著黑暗，與人數越來越多的大內侍衛周旋；而在整座皇宮的中樞，含光殿內，卻要開出一朵鮮豔而毒辣的花來。

這朵花一定要捏在范閒的手指間。

宮亂初起，侍衛與內廷高手們的反應極為神速，然而宮中貴人們卻沒有這種能力。含光殿的老嬤嬤們睜開迷糊的雙眼，無聲地咒罵幾句，卻不知道外面發生了什麼事。

有些腿腳靈活的小宮女聽著床上的咳嗽聲，趕緊爬起來，將床上那位慶國實際上的女主人扶起來。

太后這幾天一直在頭痛，額際上捆著一根黃色的絲帶，她有些疲憊地斜倚在宮女的懷中，眼中閃過一絲疑惑。

老年人的耳力並不好，所以沒有聽見側殿房頂被范閒撞破時發出的巨響，也沒有聽見范閒於須臾間連殺八人的聲音。但這位老婦人長年居於宮中，不知看過了多少狂風巨浪，在政治與陰謀間的浸淫，令她立刻警醒過來。

她的瞳中閃過一道寒芒，猛地從宮女的懷中坐起，厲聲喝道：「關宮門！全部的人退進來！」

太后的反應不可謂不迅速，既然猜到宮中有亂，她第一時間內，便要集中自己所有的武力，包圍在自己身邊。

她知道自己的分量，敵人既然入宮，自己自然是第一目標。

如此反應，就和她第一次聽到自己兒子死訊時一樣，簡單而精確，不得不令人佩服。

只是今夜她註定要失望，因為在她收攏力量之前，已經有一個人殺到了含光殿的腹地！

就在殿外侍衛與六處劍手第一次交鋒的聲音響起時，含光殿的側後方牆壁，忽然發出了一聲巨響！

磚木亂飛，一個大洞驟然出現，而一個黑色的人影，就從這個洞中飛了出來，如一條行走於夜晚中的蒼龍，瞬息間掠過半空，直撲太后的鳳床！

屋與屋之間最近的距離，不是門及門間的距離，而是牆——兩個房間看似極遠，有時候往往只是半尺厚的牆壁之隔，只要穿牆而過，天涯便如咫尺。

只是這個世界上又有幾個人能夠像范閒這樣，可以將霸道的先天真氣運至全身，又用天一道的純正心法護住心脈，以防被霸道真氣反噬，從而將自己變成一個大鐵鎚，直接將厚厚的牆牆撞碎！

一身黑衣的范閒夾風雷之勢，向著太后撲了過來！

一路經過，空氣中發出撕裂般的淒厲聲響，可想而知他的速度已經被提升到何等恐怖的程度。

由牆上的破洞而至太后坐著的床，有四丈距離。

在這條路線上，只是擦到范閒衣袂邊緣的老嬤嬤或宮女，都被他身上每一細微處夾著的霸道真氣震倒在地！衣衫不整、鮮血狂流地震倒！

便在此時，一直守在太后寢宮中的太監高手們終於發動了，四聲暴喝！四隻乾枯的手掌，向著快速前突的范閒身上抓了過去，如老樹開花，要縛那林中巨龍！

四隻乾枯老邁的手掌中，不知夾雜著多少年才能練就的純正真氣。太后安坐宮中，如果沒有自己強大的武力守護，怎麼敢用寧才人的性命，去威脅手握重兵的大皇子？

在聽到牆壁如紙一般撕開的聲音後，太后已經扭過頭來，恰好看著這一幕，她的眼神冰冷，滿是信心，似乎此時像天神一樣的范閒，下一刻就會變成一具死屍。

出乎所有人的意料，范閒沒有減速，但是他身上所夾帶的氣勢，卻在這一瞬間，變得一絲全無，整個人在半空中，就像是忽然消失一樣。

他的身體還在飛掠，但他身上的霸道真氣氣息，全部斂了進去，整個人顯得柔順至極、平伏至極、幽寧至極。

由極霸道至極溫柔，這兩種截然不同的真氣，竟會在一瞬間，同時出現在一個人的身上！

四名厲害的太監高手眼瞳微縮，心中覺得十分駭然，在他們的一生中，不只沒有見過，也沒有聽說過誰，能夠將這樣兩種性質衝突十分嚴重的真氣練到巔峰。

而且這兩種真氣法門，明顯都是世間最頂尖的絕學！

他們的心中雖然震驚，但下手卻沒有放緩，而且信心也沒有喪失，這是洪四庠所統領的內廷高手中的四位強者，一直以來便是負責保護太后的安全。

他們認為，范閒即便再厲害，也不可能無視自己這四人的聯手一擊。

是的，范閒不是大宗師，但他是整個天下身法第二快的那個人。當年在草甸之上，海棠朵朵的劍尖都刺不中他翻滾的身體，更何況如今心性已有改變、將兩種真氣漸漸融會貫通的他？

這個世界上只有一個五竹。

范閒的身體在空中忽然縮了起來，左膝一抬，右肩一扭，身體顫抖著，於半空無可借力處中，異常神妙地偏轉了自己的身體。

便是顫了一剎那，偏了少許方位。

第一隻枯瘦的手抓住范閒的右肩，卻像是抓到一團雲，毫不著力。

第二隻枯瘦的手抓住范閒的左臂，卻抓到他陰險藏於袖中的劍鋒，劍鋒裂袖而出，在那隻蘊含著精純真氣的手掌上劃出長長一道口子，露出內裡的白骨，鮮血被真氣一激，全數噴出，淋得范閒半邊身子都是血色。

第三隻枯瘦的手抓住范閒的右膝，撕下一片衣衫。

第四隻枯瘦的手卻……落空了，只抓住范閒的一只鞋！

看著這一幕，太后的瞳中閃過一絲寒意，寒意未退時，已耀出一抹寒光！

如一陣風至，范閒左手中的劍，已經擱在太后的頸上。

鮮血從范閒破開的袖子上滴落下來，滴在太后的衣裳上，滴在太后的臉上。

范閒臉色慘白，脣角溢出一絲鮮血，半個身體的黑衣都浸在血水中，終究是被那四名太監所傷，但他的眼神依然無比堅定，用冰涼的劍鋒冷卻著含光殿內所有人的心。

第二十八章　皇城內外盡殺聲

含光殿正殿內，死一般的沉寂，所有人都睜著驚恐的雙眼，看著這一幕場景，除了鮮血滴落床上所發出的輕響，沒有一絲聲音。

鮮血從范閒的衣上、劍上滑落，順著太后的耳垂，打溼了她半邊臉，漸漸滲入衣裳之中。

那柄耀著寒光的劍，異常穩定且冷酷地擱在太后的脖子上。

這是慶國開國以來，第一次有刺客能夠殺入到皇宮深處，第一次有人可以把劍刃擱在太后的脖子上。

包括那幾位高手太監在內的所有人都震住了，眼睜睜看著范閒挾持著太后，不知該如何是好。

這一切發生得太快，從殿外傳出警訊，到范閒如殺神天降，直突鳳床，控住太后，不過是數息時間。

先前在側殿處，范閒未撞牆壁，卻先行選擇了木門，與那名太監高手對了一掌，一劍斬其頭顱，成功地讓內廷的高手們將注意力投注到側殿通向正殿的長廊中，然而他卻……直接從牆後撞過來！如此出人意料，甘冒奇險，硬抗四名太監高手，才有了此刻的成功。

在那樣短的時間內，居然能有這樣快的反應和決斷，不得不說，范閒今夜的行動，實在是很強悍。震驚看著這幕的眾人，不知為何，從心底產生一股寒意，似乎范閒隨時敢將長劍一拉，讓太后送命！

范閒的表情太平靜、太冷漠，就像他劍下只是個普通人，而不是可以影響天下大勢的太后！

「傳旨讓外面的侍衛住手。」

殿內一片死一般的安靜，卻襯得殿外的廝殺慘呼之聲愈發明亮，突擊的六處劍手還在和大內侍衛纏殺著。

范閒將太后制於劍下後，沒有絲毫遲緩，便微微屈下右膝，將自己的身體小心翼翼地藏在太后身後，長劍反肘，架在太后的肩上，湊在太后染得血紅的臉旁輕聲說話。

話語很平靜，但透著一股不容許他人出言反駁的力量。所有人都感覺到了，如果太后不下旨讓外面的侍衛和太監高手們住手，范閒或許真的會動劍。

然而……太后畢竟不是普通人。

這位慶國太后，當年還是誠王妃的時候，便經歷了多年朝不保夕的日子，心性之沉穩，不是一般普通的老婦人可比。而後來又做了數十年的皇后、太后，深居宮中，自有一份威嚴與強大的自信在心中。

太后轉過臉來，冷漠地望著范閒，花白的頭髮有些亂，眉毛卻擰在一處，透著股與生俱來的威信，冷聲說道：「大逆不道的東西！居然敢要脅哀家？」

聲音如斬金破玉，震得宮內眾人身子一震！

范閒心頭微凜，沒有想到太后在如此狼狽、如此危險的境地下，居然還會如此硬氣，但他心裡明白，太后必須保持住氣勢，才能在接下來的事情中謀取更多的好處。

更令人意想不到的事情還在後面，只聽著啪的一聲，太后居然反手打了范閒一個耳光！

一個淡淡的紅掌印浮現在范閒臉上，太后似乎根本不害怕橫在自己脖子上的冷鋒，望著范閒的眼瞳裡滿是輕蔑與不恥，冷聲說道：「難道你敢殺了哀家不成！」

含光殿內的所有人都嚇呆了，沒有想到太后在被范閒的劍鋒控制下，竟然還敢如此強橫地進行挑釁，難道她就不怕范閒真的把她殺了？看著這一幕，有些嬤嬤和宮女竟是嚇得暈過去。

而太后依然冷漠而強悍地看著范閒。

范閒的眼睛瞇了起來，看著太后那張滿是皺紋的臉一言不發，他知道這位老婦人為什麼會表現得如此強悍，因為她知道自己如果要控制皇宮，那麼此時是一定不敢殺她。

更何況她畢竟是太后，是范閒血脈上的親奶奶，她料準了范閒不敢當著這麼多人的面動手，即便她真的想錯了，可是她依然要保持住自己的氣勢，才能有反轉的機會。

就在太后異常強橫地打了范閒一耳光時，含光殿內異變突生，一直安靜在殿邊的侯公公忽然飄了起來！

他奇快無比地飄起，卻不是衝向范閒與太后，而是衝向了范閒撞破的那個大洞！

范閒瞳中異光一閃，卻不敢離開太后身邊，只能眼睜睜看著侯公公與另外幾名太監高手，在那洞旁啪啪幾聲，制住了幾個人。

侯公公的手掌死死地扼住三皇子的咽喉。

宜貴嬪被一名太監制住。

寧才人揮舞著黑色的匕首，卻也被幾名太監圍在正中。

「小公爺，不要太衝動。」侯公公扼著三皇子的咽喉，低著頭恭謹說道。

范閒的手異常穩定地握著劍，看著侯公公，瞳中閃過一絲異色，他也是此時才知道，原來這位排名姚公公之下的二號太監首領，居然有如此高的修為。

此時的情況是范閒控制住太后，而侯公公這些太監們，卻控制住范閒很在意的三個人。

情勢會怎樣發展？

所有人都在等待著范閒的決定。

太后的面色冷漠，但是那些滲入她衣裳的血水有些冰涼，讓她的手指微微顫抖。

范閒低著頭，看著太后的手指，並沒有沉默多久，只是深深地吸了一口氣。所有的太監高手都警惕起來，不知道接下來他會做什麼。

范閒抬起臉來，皺了皺眉頭，然後舉起自己的右手，朝著太后蒼老的臉狠狠地打下去！

啪的一聲脆響！這聲音比太后先前打范閒的那記耳光更響！太后不可思議地捂著自己的臉，唇角滲出一絲鮮血，牙齒只怕都被打鬆了。

殿內所有人瞠目結舌地看著這一幕，似乎這記耳光不只打在太后的臉上，也打在了自己的臉上、自己的心上！

被范閒打了一記耳光的是誰？是太后，是皇帝的親生母親，是范閒的親奶奶！而范閒……居然敢打她耳光！

這是一種永遠無法消除的屈辱，而范閒打了太后一個耳光，就證明他已經豁出去了。

敢打她耳光，就敢殺她！

范閒盯著太后腫起來的半張臉，輕聲說道：「放人，住手，我不想再重複第二遍。」

太后氣得渾身發抖，但內心也感受到一絲來自地底最深處的寒冷，她知道自己終究還是低估了這個不姓李的孫子，低估了對方的冷酷與強悍的心神。

她感覺到脖子上的劍又緊了一分。也許只是過了一瞬間，也許過了許久，太后的眼神終於變得有些落寞，開口說道：「依他意思做。」

「太后親自喊，聲音大些。」范閒說道。

太后憤怒地盯著范閒，迫不得已，用蒼老的聲音對殿外喊：「侍衛聽令，統統住手！」

不知為何，太后旨意一出，殿內所有人都鬆了一口氣。也許是范閒的表現讓這些人太過害怕，生怕目睹一場孫殺奶、臣殺太后的可怖場景。

只有扼住三皇子咽喉的侯公公微微皺眉，不知道心裡在想些什麼。

「看來侯公公很想您死。」范閒對太后冷漠說道。

太后看了侯公公一眼，那四名太監高手皺著眉頭，往侯公公處挪了一步。

侯公公嘆了口氣，鬆開自己的手掌。

三皇子驚魂未定，下午被刺客捅出的傷口又開始出血，他趕緊扶著宜貴嬪，和寧才人三人驚慌失措地跑到范閒的身後。

太后旨意一出，圍繞著含光殿的廝殺聲頓時消失無蹤，很明顯跟隨范閒入宮的劍手也早得了指示，只要侍衛不再動手，他們也沒有趁機進行反擊。

含光殿所有的木門，在同一時間內被人推開，吱呀聲中，整座宮殿變得通透無比。殿內的人可以清楚地看見殿外緊張的局勢，看見那些手持直刀、包圍住含光殿的侍衛，還有殿外空地上伏著的無數死屍。

殿外的初秋夜風也吹了進來，涼意深重，卻讓人不得清淨，因為隨著這陣風，那些鮮血的味道，也隨之被吹入殿內，直沖眾人鼻端。

數十名全身黑衣的六處劍手以最快的速度撤入含光殿內，將殿中的太監們包圍起來。幾名內廷厲害的老太監不得不接受這個憋屈的事實，被監察院特製的鐵指扣扣起來。

太后在范閒手中，范閒已經證明了他敢殺太后，在此情況下，這些內廷高手哪裡敢反抗？

就算是侯公公這種想反抗的人，迫於大勢，也無法有太多多餘的動作。

范閒看著自己這些滿身帶傷的下屬，眉頭再次跳動了下，眼光一掃，便知道在含光殿外的狙擊戰時間雖然極短，但依然有十幾名忠心耿耿的下屬，就此歸天。

突進皇宮，要想不死人是不可能的，能夠只付出這樣小的代價，便暫時控制住含光殿，已經等若是件不可能完成的任務。

范閒垂著眼簾，對劍下的太后說道：「您知道，我不會殺您……如果我只是要殺您，有無數種方法讓您死都不知道怎麼死的。」

太后一陣劇咳，捧著胸口，脖頸在范閒的劍下擦出一絲血痕。

看著這一幕，那些忠心於太后的太監、宮女面露驚惶之色，想上前服侍，卻又不敢動彈。

太后轉過頭來，用一種怨毒的眼神盯著范閒。「你和你母親一樣，狼子野心！哀家倒要看看，你能窩在這皇宮裡做什麼。」

是的，就算范閒此時捉住太后，控制住皇宮，可是接下來他應該會怎樣做呢？所有人包括那些黑衣劍手都盯著他，等待著他下一步的命令。

范閒在等待皇宮裡另外三個小組傳來的消息，也在等著皇城處的動靜，他知道成功還沒有完全到來，一旦事有不諧，自己這些人便會功敗垂成。

但在等待的過程中，他並沒有閒著，他冷冷地看了被劍手們包圍著的侯公公一眼。

侯公公心頭一顫，暗中運起真氣。

范閒點了點頭。

侯公公大驚失色，雙袖一翻，便準備搏殺！不料他抬起眼簾，卻看見十來把閃著黝黑光芒的小弩對著自己！

范閒帶入宮來的二百人，因為怕驚動宮外敵人的緣故，在偽裝上下了極大的工夫，無法人人攜弩，只有跟著他的這數十人中，攜帶了暗弩。

而這些暗弩此時正直直對著侯公公。

侯公公暴喝一聲，身形突起，奈何……只是拔高了一尺，他整個人便變成了刺蝟，十支弩箭深深地扎進他的身體裡，從他體內不停吸著鮮血。

啪的一聲，侯公公摔倒在地，抽搐兩下，睜著不甘閉上的雙眼，就此死去。

范閒冷漠地看著這一幕，雖然他並不知道侯公公是永陶長公主的心腹，但直覺以及先前的那一幕讓他有所警惕，所以才會於此時突然發難，令屬下將侯公公射死。

在這樣的關鍵時刻，范閒不憚於殺人，寧肯殺錯，不能殺漏。

侯公公的死，驚得殿內一片驚譁，初初平定了些的局勢又有些亂，而圍在殿外的侍衛們也緊張了起來，朝著含光殿的方向逼進幾步。

范閒卻沒有亂，他緩緩取下太后脖子上的劍，目光掃了場間一遍，但凡他目光所及之處，無人敢直視，盡皆低頭。

他就在太后的身邊坐下來，低頭運氣凝聽著皇宮裡各處的嘈雜之聲，清楚那三個小組也一定遭遇到很強大的抵抗，好在自己突進含光殿，吸引了後宮裡最多的太監高手和大部分的侍衛力量，荊戈他們那三方應該會輕鬆少許。

含光殿裡一片安靜，范閒與太后就這樣並排坐在床上，這對祖孫身上都染著他人的鮮血，冰冷著自己的心情，祖孫平靜鄰坐的場景，令睹者無不心寒。

殿外的侍衛沒有繳械，范閒沒有多餘的人去進行這個要緊的事務，所有的黑衣劍手都已經回到殿內，他不想讓此時的局勢再有任何變化。大內侍衛的問題，稍後大皇子解決掉皇城禁軍的問題後，再交由他處理。

范閒只是等待著，他相信自己的屬下以及黑騎的實力。

沒有等待多久，殿外的大內侍衛們忽然生出一些嘈亂，似乎在陣營後方，出現了什麼令人震驚的事情。

范閒沒有起身，對身邊的太后說道：「讓他們讓開條道路來。」

太后花白的頭髮垂在染血的臉頰邊，而沒有染血的半邊臉頰，已經被范閒那記重重的耳光打得腫了起來，看著異常怵目驚心。聽著范閒的話，她用有些無神的雙眼看了外面一眼，點了點頭。

侍衛班直頭目看著殿內的局勢，一咬牙，將包圍圈撤出一道口子。

十餘名黑衣刺客，挾著一位衣衫不整的妃子，走入了含光殿！

范閒看著人數，心裡咯登一聲，知道這一組死的人更多，待看見那名妃子清麗面容上的那絲悽惶後，不禁心頭微動。

來者是淑貴妃，二皇子的親生母親，自從太后明旨太子繼位，二皇子臣服後，太后便將太子與皇后、永陶長公主、淑貴妃遣回各自宮中居住，只在含光殿內留下了宜貴嬪母子和寧才人。

范閒望著淑貴妃溫和一笑，拍拍自己身邊的軟床，說道：「娘娘，請坐這邊。」

淑貴妃自幼好詩書，心性清淡，往常在宮中與范閒的關係還算良好，並未因二皇子的事情生出太多嫌隙，自身也是個明哲保身的沉默人兒，范閒對她並沒有太多惡感，只是今夜突襲，她是自己必須要控制住的人。

淑貴妃被刺客強擄，本以為必死，但也猜到了是誰行下如此大逆不道之事，此時看著范閒那張臉，忍不住一陣恐懼湧上心頭，連先前想好的怒罵之詞也說不出口。

她看著太后的狼狽模樣，更是心寒，只得畏縮著依言坐在范閒的身邊。

先抓到的是淑貴妃，這是范閒意料中事，東宮和廣信宮的防守，僅次於含光殿，也是要害之地，自己的屬下沒有這麼快能夠得手。

所以……

當他看見戴著黑色面具的荊戈，一臉沉默地領著屬下踏入含光殿時，他的心頭一沉，知道有麻煩了。

事情果然很麻煩，荊戈低下頭在范閒的耳邊說了幾句，范閒的臉色越來越沉重，眉宇間恍若壓上了數千斤重的巨石，難以舒展。

又一名下屬回報，依然是壞消息。

范閒皺著眉頭，用力地揉了揉眉心，似乎是想將心中的那絲苦惱趕出去，片刻後，他嘆了口氣，對床上的人輕聲說了一句話。

「本想全家團聚一下，看來不能了。」

他身邊坐著太后與淑貴妃，他身後倚坐著宜貴嬪、寧才人和三皇子，整個皇家，大部分的人丁都在這張床上。范閒以最絕對的近距離控制著身旁二人的生死，保護著身後的三人。

所謂全家，自然是天子家，如今慶帝已去，天子家除了床上這六人外，還有太子與皇后母子，以及廣信宮裡那位永陶長公主。范閒下意識把靖王排除在外，因為他覺得靖王比這家裡所有人都要乾淨許多。

壓在范閒眉宇間的重石，便是此時沒有來進行天家團聚的三位成員。

荊戈和另一組回報的消息是：東宮與廣信宮空無一人！

不知為何，永陶長公主和太子竟似是提前得知消息，就在范閒一眾下屬殺入宮的前一刻，趁著黑夜，循著北邊冷宮處的方向，遁了出去，荊戈率著百餘名刺客竟是沒有追到！如此暴烈狂肆的突殺，卻沒有抓住最重要的幾個角色！

范閒的心情異常沉重，但面色卻漸漸緩和起來。此次突襲，雖未竟全功，但畢竟抓住了太后和淑貴妃。這世上從來沒有什麼完美的事情，他知道自己的運氣沒有好到用兩百人，便可以改變歷史的進程。

坐在他身旁的太后，忽然用蒼老的聲音說道：「哀家知道你想做什麼，只是哀家的旨意早已頒下去了。」

很明顯，荊戈在范閒耳旁說的話，全數落在這位落魄太后的耳中，她的眼中閃過一絲諷意，望著范閒說道：「承乾帶著哀家的旨意出了宮，明日大軍便要入京，你可害怕了？」

「我這人膽子一天比一天大，不然也不敢把您的臉打腫。」范閒微笑望著太后，話語裡的寒意卻令人不寒而慄，太后的眼瞳縮了下。

「太后可以有很多道旨意。」范閒對太后很溫柔地說道：「比如十三城門司始終還是在您的控制之中，只要您再下道旨意關閉城門，老秦家怎麼進來？我想您也知道，長公主安插在城門司裡的那個親信，昨天夜裡就被我派人殺了。

「我是在幫助您牢固地控制那九道城門。

「當然，我的目的是控制您。」

這些話從范閒薄薄的雙脣中吐出來，格外輕柔、格外可怕，太后氣得渾身顫抖，瞪著他，卻說不出一個字來。

「您雖然已經七老八十了，但還是怕死。」范閒皺著眉頭望著太后，似乎望著一個很令自己心煩的事物。「所以這道懿旨，您總是要發的。」

太后咳嗽了兩聲，看了身後的寧才人一眼，又轉頭盯著范閒的眼睛說道：「即便那個夷種助你，你們頂多只能控制皇宮，宮外你有什麼辦法？」

范閒反盯著她的眼睛，說道：「我只帶二百人進宮，不是我自信，而是我在宮外留了一千六百人！你說我在宮外有什麼辦法？」

便在此時，與含光殿有些距離的前後宮交接處，忽然爆出一陣喝殺之聲，以及宮門爆裂之聲。

范閒靜靜聽著，知道大皇子的禁軍終於殺了過來，心頭一鬆，便站了起來，對荊戈命令道：「我把含光殿交給你，不論是誰，但凡有異動，就給我殺了。」

荊戈毫無異議地領命，臉上的面具耀著令人心寒的光芒。殿內眾人看著此人，不知道此人究竟是何身分，居然對范閒這樣看似大逆不道的命令接下得如此從容淡定。

如果是一般的監察院官員，只怕都會心頭有些懼意才是。他們不知道這位黑騎副統領，當年便在軍營之中生挑了秦家長子，在慶國的死牢裡待了許久，不知受了多少折磨。他本就是一個大逆不道之人，范閒才敢交付他這大逆不道之事。

便在此時，寧才人忽然微低著頭說道：「你這把匕首先借我用用。」

范閒看了她一眼，笑了起來，知道寧才人是怕一旦真出了亂子，荊戈對太后不敢下手，而她……這位當年的東夷女俘，肚中胎兒險些被太后陰死的婦人，卻一直充滿烈性、血性地等待著這個機會。

范閒對著她點了點頭，然後向含光殿外的夜裡走去，他要去廣信宮和東宮查看，他總覺得這件事情裡透露著很古怪的訊息。

錚的一聲，他反手將那柄染著鮮血的劍插入背後的劍鞘，走下含光殿的石階。跟隨他入宮的幾名啟年小組親信，跟在他身後三步遠處，也走下了石階。

殿內、殿外的所有人都看著他，不知道在這樣的關鍵時刻，他要去哪裡。

范閒帶著幾名下屬，就這樣平靜地走出殿外，走過那些如臨大敵、手持兵刃對著他的大內侍衛，連眼睛都沒有眨一下。

侍衛們哪裡敢動手，只有眼睜睜地看著他消失在含光殿外的黑夜中。雖然太后在殿中，但是范閒居然走得如此平靜，如此有膽色，實在是震住不少人的心神。

范閒沒有刻意打壓太后的氣焰，他先前說的那句話並不虛假。在京都府尹之女孫顰兒的閨房中，他與言冰雲擬定計畫時，便已經算過自己能夠聯絡多少力量。

監察院在京中能夠調動的密探，隱藏在各府中的釘子，范閒一手掌控的一處，即便除卻被內廷和軍方監視的那座方正建築，還可以調動一千四百人。

而透過京都府，隱藏在京都外的四百黑騎喬裝入京，至此，范閒可以利用的力量達到了一千八百人之眾，而這一千八百人都精於黑暗中的作業，雖然從武力上遠不是軍隊的對手，可是搞起陰謀叛亂來，才真真是順手利器。

范閒今夜突襲，只帶了兩百人，不是他自大，而是因為像這樣講究速度與突然性的突擊，人數的多少從來不是關鍵。而且他必須在宮外留下大部分的力量，剩下的一千六百人，此時正在言冰雲的調動下，做著各式各樣的工作。

京都太大，范閒要照顧的方面太多，宮外由自己處理，宮內則必須依靠數千禁軍控制局勢。而當後宮發出那陣喊殺聲時，他清楚大皇子已經控制住禁軍。

禁軍的行動，正如大皇子對那名親信校官說的一樣，發動的時間取決於范閒在宮中突襲的進程。

當范閒那名勇敢的屬下，在侍衛的包圍中站住腳步，對著天上的夜穹與明月發射煙花時，禁軍便動了。

煙花是那樣的明亮，在一瞬間照亮了半座皇城，這種用來傳訊的煙花，並不是京都守備軍方和監察院常用的那種，但是已經給出了十分明確的信號。

大皇子站在城弩旁，看著劃破夜空的煙花，面部線條驟然強硬起來，舉起右手，像把刀一樣地砍了下去。

砍在皇城角樓處空蕩蕩的夜風中。

一把刀砍了下去，將大鋪上的兩名士兵脖頸同時斬斷，鮮血噗的一聲噴到牆上，異常血腥地擊打出兩朵大血花來！

持刀夜襲的禁軍將領收回長刀，暴喝一聲：「殺！」

黑夜之中，不知多少人湧入皇城前方廣場邊的幾條街巷中，悄無聲息地遁入那些大廂房，然後開始了血腥的屠殺。

整整六百名被換值休息的禁軍士兵，此時還在睡夢之中，有不少人就這樣斷送了性命；而有些人被驚醒之後，則是根本沒有反應過來，便迎來了無情的刀與槍。

是的，殺人的與被殺的都是同袍，如果換一個時空，換一個場地，他們或許會並肩作戰，喝著燒刀子，抹著雪亮的刀刃，勇敢地殺入胡人敵營，為彼此擋箭，為對方擋刀。

然而今夜不是，只是一方面對一方面的屠殺，異常無情的屠殺。

沒有用多長時間，忠於大皇子的禁軍便已經清掃乾淨了皇城前的一大片區域，無數的死屍與鮮血混雜在一起，腥氣沖天。

禁軍們的臉色並不好看，他們往常是西征軍，這是第一次殺……自己人。但他們又清楚，這些人並不是自己人，今天晚上做的事情，不允許自己有絲毫的軟弱。

他們看過大皇子傳來的行璽，看過皇帝的遺詔，所以他們心頭有熱血，有信念。

他們是正義的一方。

他們現在還活著，誰說不是呢？

第二十九章　數支箭

一支穿雲箭，千軍萬馬來相見。

當那朵耀眼的煙花，綻放在京都寂靜的夜空中，雖只一剎那，卻不知驚了多少人心。

禁軍的內部清洗是最先開始的工作，沒有用多長時間，大皇子便成功地掌握了全部的力量，留在京都約三千多人的禁軍，從此成為拱衛皇城的最強軍力。

與此同時，潛伏在黑夜裡的監察院部屬們，也都看見了這朵煙花，他們從黑夜裡顯出身形，開始往各自擬定好的目標進發。

刑部大衙一向陰森，尤其是在這樣的一個夜裡。於安靜中，刑部大衙周邊忽然響起一陣急促的腳步聲，負責守夜的差官們驚訝地注視著衙外的動靜，愕然發現，一大批穿著黑色官服的人，正往這邊逼了過來。

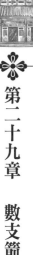

差官們臉色慘白，馬上鳴鑼示警，意圖驚醒刑部裡的老爺們，以及刑部後方的大牢看守。而他們自己，卻馬上往刑部衙堂裡退去，因為他們知道，這些黑色官服是監察院的，自己這些人，絕對不是對手。

示警聲起，刑部的部屬盡數向後方趕去，誰都清楚，刑部的大牢是重中之重，因為太子不敢將那些反對自己登基的文臣押入監察院的天牢，全關在此間。這些人在刑部雖只是囚犯，但放在朝堂上卻是一出聲連太后也要忌憚兩分的大臣。

並沒有太多驚恐的廝殺聲響起，只是幾聲慘呼和一陣嘈亂之後，監察院約三百人的隊伍便進入了刑部衙堂的深處，衝到那一大片廣場上。

刑部的差役與大牢的看守，被監察院官員們圍在正中，而身上衣衫不整的刑部尚書，看著這一幕，不由得涼透了心。

雙方人數差不多，似乎有一拚之力，然而這位如同禁軍統領一般，不敢回家，只敢在刑部死死看守天牢的刑部尚書，卻根本生不起任何反抗的念頭。

因為那些黑衣人的手上拿著弩，因為對方是慶國官員最害怕的監察院官員，因為刑部尚書清楚，監察院既然敢如此猖狂動手，范閒一定開始在京都內部掀起了血雨腥風。

監察院餘威猶在，范閒的黑暗大名更是震懾著所有人的心，在沒有永陶長公主勢力幫助的情況下，沒有多少人敢正面和這支隊伍進行對抗。

更何況他也聽說了，皇宮裡射出一支煙火。然後惶恐醒來的他，也清清楚楚聽見了皇城處直沖天穹的震天喝殺聲。

他不知道那是禁軍的行動，但他知道皇城處有變。

場間零零落落躺著一些死屍，監察院領頭的官員雙眼冷漠地看著被圍困的刑部尚書，一字一句說道：「本官奉太后旨意、和親王軍令，前來接諸位老大臣出獄，煩請尚書大人移交。」

移交？不，這是劫獄，但刑部尚書顫抖著不敢出言喝罵，因為昨天夜裡他倚為左右手的一位侍郎，便是在這個衙堂中神不知、鬼不覺地死了，誰也不知道侍郎是怎麼死的，刑部尚書不想成為第二個冤死鬼。

如果投降，還有活路嗎？火把耀得刑部尚書的臉有些怪異。

似乎是猜到他的心思，那位領頭的監察院官員盯著他的眼睛，說道：「太后說了，但凡從逆者，若真心悔悟，則既往不咎。」

刑部尚書苦笑連連，連太后的旨意都搬了出來，看來范閒已經控制了皇宮，永陶長公主那邊一直沒有消息，只怕也出了問題，當此大勢，自己何苦再苦苦支撐？

但轉瞬間，他忽然想到，如果皇宮裡的爭鬥還沒有解決，范閒並沒有占得上風，自己如果就這樣輕易降了，事後……怎麼向太子和永陶長公主交代？

刑部尚書咬咬牙，眼光變幻不停。

那名監察院官員冷漠地看著他，不再與他進行更多的交流，緩緩舉起右手，他身邊數百名監察院官員有的舉起了弩，有的拔出了鐵釺，開始準備向著刑部大牢的厚重大門發起攻擊。

「三聲。」那名監察院官員面無表情地數道：「三、二……」

「且慢！」刑部尚書終於被這單調的數數聲壓破了心膽，嘶聲喊了起來：「慢著！我要澹泊公的話！」

監察院官員脣角浮起一絲嘲弄的笑容。當此危局，刑部尚書的膽嚇破了，人還沒有變得痴呆，知道如今太后的旨意只是破紙，真正能保住他命的，還是提司大人的意願。

他從懷中掏出一份早已準備好的文書，扔了過去。

刑部尚書從地上拾起來，就著火把的幽光，看了一遍那份文書，確認是范閒親手所寫。

這份文書不知道是何時寫就、何時準備好的，但上面清清楚楚寫著，永陶長公主、太子陰謀勾結東夷城與北齊的刺客，於大東山上刺殺皇帝！條條罪名，十分清楚，後面還寫到征北營大都督燕小乙牽涉謀逆事中，已被范閒親手所誅！

罪名不是關鍵，刑部尚書關心的是最後面的話。看到最後，他的面色終於緩和了一些。在這封名為宣詔討逆誥的文書，總共四百餘字，而在最末的一百字當中，清清楚楚寫著，朝中諸臣有被太子李承乾蒙蔽者，但凡悔悟且立功於新祚，既往不咎。

刑部尚書捧著文書的手在顫抖，這封文書上面並沒有太后的璽印，卻有著皇帝的行璽！

最關鍵的是，有范閒的親筆畫押！

刑部尚書清楚，在這種時刻，什麼璽印只怕都抵不上范閒的畫押有效力，而且他相信范閒不是一個食言而肥的人。

他的臉色愈發地慘白，看了一眼周邊強鼓勇氣但面色如土的刑部差官、衙役、看守，垂了頭去，跪在那名監察院官員的面前，淒聲說道：「臣……認罪。」

繳械、縛指、牽繩，所有刑部的武裝力量，都在極短的時間內，被控制起來。這支隊伍給刑部尚書留了些顏面，只是除了他本來就沒有穿好的官服與烏紗。

刀槍棍棒堆在角落，所有的刑部官員均被監察院特製的鋼指套反縛雙臂，而這些指套間都被結實的麻繩套在一起，就像是饑荒年間被串成一串待炸的螞蚱。

這一切的動作都顯得格外熟悉與快速，因為監察院這個衙門從誕生的第一天開始，就是在用這些手段，對付慶國龐大國家機器裡的各部衙門。

所以不能說刑部尚書怯懦膽小，不能說慶國的部衙太無用，只是很多年來，監察院的恐怖已經深植於所有慶國官員的內心深處。就像是天敵一般，官員們面對這群黑衣人，與不起什麼反抗的勇氣。

監察院這個恐怖的皇家特務機關，在皇帝歸天、陳萍萍中毒後，便成為了范閒手中最鋒利的刀刃。

在處理刑部衙門殘留事務的同時，那兩扇沉重的刑部大牢牢門早已經被打開，監察院的官員入內，分出許多人手，扶出四、五十名看上去狼狽不堪的官員。

這些官員身上的官服都沒有來得及剝去，卻已經被打得渾身傷痕，由此可見太子當日在太極宮上逮捕這些官員，是多麼的匆忙與混亂。

很多官員受刑之後，已經無力行走，在這些監察院官員的攙扶下，才氣息奄奄地挪出了刑部大牢的門口。

領頭的監察院官員眼神一凝，快步上前，單膝跪在這些官員們的面前，行了個重禮，沉聲說道：「下官監察院二處主簿慕容燕，奉太后旨意，前來迎接諸位大人，諸位大人辛苦了。」

被扶出門來的文官們看著這名穿著黑色官服的監察院官員，不由得百感交集，說不出什麼來。

慕容燕並未起身，轉而對著領頭的兩位官員鄭重一禮，低聲說道：「提司大人令下官代為叩謝二位大學士。」

是的，這兩位官員便是在太極宮上勇而發難，強行阻止太子登基的兩位一品大臣，門下中書的首領大學士，胡大學士和舒蕪。

舒蕪臉上猶有傷口，看著慕容燕，嘆了口氣，並沒有太多逃出生天的喜悅，有的只是對京都局勢的深刻擔憂。他知道范閒這人的性情，既然范閒今夜冒險劫獄，那皇宮一定大亂，陛下……陛下，不知道陛下的多少親人會在這場風波中死去。

胡大學士卻笑了笑，說道：「澹泊公錯了，我並未助他，何來謝字？」

慕容燕聞言一愣。

來不及述說宮中的詳細局勢，刑部衙門外早已駛來十輛馬車，將這些傷後的大臣們接到車上，然後往皇宮裡去。如今京都的局勢依然十分危險，這些甫脫大獄的大臣們，暫時還不能回府。

看著那些在監察院保護下的馬車，順著長街往皇宮的方向行去，站在刑部門口的慕容燕終於鬆了一大口氣。雖然他身後的刑部衙門裡依然有許多事情需要處理，可是他的心已經安定了下來。

他是二處的主簿，本來負責的是情報歸納方面的工作，但在這次監察院的事變中，卻被言冰雲賦予了強攻刑部衙門的任務，看中的或許便是他的冷靜。

強攻刑部衙門並不困難，難的是要完好無損地將大牢中那些大臣救出來。慕容燕十分清楚這一點，不然范閒也不會在京都人手如此少的情況下，依然分給自己數百人。

具體的任務是言冰雲頒下，但要求卻是范閒親自擬定。對於刑部大牢，范閒下了死命令，務求要保證胡、舒二位大學士，以及那些文臣的安全。

因為他清楚，如果不是這些不畏死的文臣在太極宮上發難，強行將太子登基的日子拖後，使得朝政一片混亂，京都難以安定，自己很難尋覓到機會，成功突入宮內。

這些除了開口死諫外，似乎沒有什麼力量的文臣，才是范閒此次行動的大功臣。范閒向這些大臣們借骨頭一用，便要保證他們骨頭的完好，這是感恩與淡淡的內疚。

煙火動，千人出。當刑部大牢被打開的時候，看上去顯得更加難以攻打的京都府，此時卻大門洞開，燈火通明，十分詭異。

京都府常理京都治安，擁有人數眾多的衙役、差官。而當皇城處那支煙火令箭響起後，一臉肅容的二品大臣、京都府尹孫敬修，便面色沉重地走到正堂中。

不解何事發生的下屬瞠目結舌地看著孫敬修，心想這麼晚了，為什麼大人還穿著全套官服？

便在數息之後，腳步聲如雷而至。孫敬修面色複雜地看了下屬們一眼，無比悵悔地嘆了一口氣，命令下屬們將京都府的大門打開。

大門一開，監察院官員們魚貫而入，在面面相覷的京都府官員注視下，占據了正堂上的有利位置，將孫敬修圍在正中。

黑色官服的監察院官員一分開，從當中行出一人，正是監察院一處的沐鐵。這位面色如鐵的官員冷漠看著孫敬修，問道：「大人令下官來問大人，究竟想好沒有？」

孫敬修再嘆一口氣，面色掙扎半晌後，雙腿似乎忽然無力，啪的一聲跪到地上，低聲說道：「臣知罪，不敢乞公爺原諒。」

此幕一出，滿場俱譁，所有的人都無比震驚，他們不明白這位一直稟承太后旨意、在京都裡死命捉拿范閒的府尹，為什麼會在監察院官員臨門時，竟是不思抵抗，就這般降了！

沐鐵依舊面色如鐵，似無所動，心裡卻也是震驚無比。他今日領命前來穩住京都府，本以為要面臨著人生中最慘烈的一場廝殺，卻不料言冰雲只是淡淡吩咐一句，便讓他這般來了。

一入京都府，只見滿府光明，沐鐵本以為中伏，不料事態果如言冰雲所說一般，順利得出奇！

孫敬修跪在地上，面色異常慘淡，左手將烏紗抱在臂內，心裡想著自己實在是迫不得已；且不說京都府能否與監察院硬抗，主要是先前後園裡，和那位白衣公子的一番談話，實在是讓他無路可退，只能投降！

直至今夜，他才知道，原來范閒竟在自己府中躲了數日，這次京都之變的發動地，竟在自家後園，就在自己閨女的房中！

此次突入宮中的刺客，竟然有四百人是用京都府文書，偷偷地潛入京都！只要這件事情被捅出去，不論今夜自己如何表現，肯定會不容於太子，不容於永陶長公主，他們一定會認為自己是范閒一方的奸細。

所以他無可奈何，只好做出一個艱難的決定，全面地倒向范閒——反正都會被人認為是范閒的人，那乾脆便變成范閒的人，至少還可以活下去。

今後的前途、安危……女兒應該會替自己說話吧？

孫敬修想到這點，不由得氣血上沖，險些氣得昏厥過去。那些刺客入京的文書關防，都是從自己書房裡發出去，除了顰兒那丫頭，還有誰能冒充自己筆跡，偷用自己的官印，還不被下屬們懷疑！

下輩子再也不生女兒，女兒的胳膊肘總是往外拐的。被逼反水的京都府尹孫敬修無比悲哀地在心裡想著。

皇城的戰鬥結束後不久，大隊禁軍便強行從正門突入後宮，在逾千虎狼般的軍士面前，已經六神無主的內廷侍衛與太監們，很明智地選擇投降，縱使有些強硬之徒，也不過成了禁軍掃蕩之下的死屍。

後宮裡暫時恢復安靜，隱約能夠聽到整齊的腳步聲、甲冑撞擊所發出的啪啪響聲。

范閒臉色沉鬱地推開東宮的大門，將駐留此地的劍手留在宮外，看著一路的死屍，走入了這間新修復不久的宮殿之中。

在含光殿裡，范閒表現得很平靜，但只有他自己才知道，內心深處是多麼的失望。沒有捉住太子和永陶長公主，這等若是在自己的計畫上撕開了一條大口子。

可能永遠無法修補好的一道口子。

他看著畏縮圍在一處的太監、宮女，半晌後沉默地低下頭來，似乎可以聽到遙遠的宮牆外，已經有馬蹄聲正在響起。

他知道這是幻聽，不過他相信大皇子行軍的速度。既然宮中基本控制住，那大皇子肯定已經分出大隊，開始向著京都的縱深挺進，力圖控制更大的範圍，只是會小心翼翼地不要和十三城門司接觸擦出火花來。大皇子和他一樣，既然動了手，便不會留手，禁軍和監察院，此時正在京都裡拚命追索太子和永陶長公主的蹤跡。

最關鍵的是，林婉兒和大寶被永陶長公主帶走了，沒有救回自己的親人，讓范閒憤怒而沉鬱。

他走入殿旁一個安靜的房間，看著那個箕坐於地的太監，看著太監臉上的痘痕，范閒心中大怒，轉瞬間卻心頭一軟，無可奈何地嘆了一口氣。

第三十章　多情太監無情箭

看到范閒沉著臉走進來，失魂落魄的洪竹從地上爬起來，跪在他面前，低著頭，一言不發。

此時東宮這間房間沒有別的人，只有站立著的范閒與跪著的洪竹，外間的幽光透進來，將二人的影子打在牆上，看上去有些詭異。

范閒盯著洪竹一片失神的面龐，垂在袖邊的手握緊成拳，又緩緩鬆開，有些疲憊說道：「這事情，我需要一個解釋。」

洪竹抬起頭來看了他一眼，眼中滿是歉疚與深深的自責，但他只是又低下頭去磕了個頭，並沒有解釋什麼。

是的，洪竹便是范閒在皇宮之中的最大助力。范閒之所以敢靠著兩百人就突入後宮，一舉控制含光殿，依靠的便是洪竹對於後宮情勢的完全掌握，對大內侍衛的分布及各方貴人的生活細節的了解。

而這一切，都是這兩天中，洪竹甘冒奇險向宮外傳遞的情報。這名青雲直上的小太監本來被調入含光殿中，但後來太子歸東宮後，又十分不捨地要了回去。

太后既然屬意太子繼位，自然不會阻止他這個小小的要求。於是洪竹成為了皇宮裡最奇特的那個人，他曾經在御書房裡捧過奏章，曾經在含光殿裡服侍太后，曾經在東宮中與皇后相依為命兩個月。

出奇的是，所有的貴人都欣賞他、喜愛他，范閒也不例外。

只不過從來沒有人知道，洪竹是范閒在宮中的眼線。由宮門直突含光殿一路上的那些丙值侍衛，之所以會蹊蹺中毒，無法搶先預警，全部是這位太監的功勞。

范閒突襲能夠成功，洪竹厥功至偉，然而此時的范閒，看著他的眼神並不怎麼溫柔，需要他給出一個解釋。

太子和皇后在東宮之中，在洪竹的眼皮子下面，他們是怎麼能夠在狂雷般的突襲行動中反應過來，從而在范閒的利劍到來之前，逃了出去？

范閒的拳頭握緊，陰鬱的聲音從他的牙齒縫裡滲出來，冷笑說道：「是你通風報的信？」

洪竹不敢看范閒寒冷的雙眸，重重地點了點頭。

范閒倒吸一口冷氣，不可置信地望著他，說道：「你知不知道你這是在做什麼？我們是在造反，不是在玩家家酒！」

為了怕東宮裡旁的人聽到，他的聲音沒有提高，但內裡的情緒卻漸漸狂躁起來。「你怎麼了？心軟？」范閒的眉頭皺得極緊，用奇快無比的語速陰寒道：「你的心軟會害了整個慶國！」

他往腳邊的地上啐了一口，恨恨罵道：「我千辛萬苦才入了宮，結果你玩了這麼一齣，你不想活下去倒也罷了，可宮裡這些人怎麼辦？你這是逼得我天不亮就要準備跑路！」

范閒難得的憤怒起來，因為他怎麼也想不明白，一個如此周密的計畫，調動了自己花了無數時間心思藏在宮中的釘子，卻因為怎麼也想不明白的原因，出了這麼大的漏子！

為什麼？為什麼！范閒盯著洪竹的臉，眼中閃著陰火。

「太子對奴才極好。」洪竹跪在范閒的面前，忽然哭了起來，眼淚從他的眼角流下，沿著他年輕的面龐進入衣衫。「皇后娘娘很可憐，我想了又想，最後還是沒忍住。」

洪竹大哭出聲，鼻涕、眼淚在臉上縱橫著。「大人殺了我吧，我也不想活了，秀兒被我害死了，我不知道自己還要害死多少人……都是我的罪過……我的罪過。」

范閒倒吸一口冷氣，雖然先前已經罵了，但根本沒有想到，洪竹放太子和皇后走的原因，竟然真的就是……心軟！

「廣信宮那邊是怎麼回事？」

「我不知道。」

范閒的眼角抽搐一下，心臟感到一絲寒冷，看著跪在身前的太監，忽然開口說道：

「你站起來。」

洪竹跪在地上，不敢起身。

「站起來！」范閒壓低聲音咆哮。

洪竹畏畏縮縮地站起身，卻忽然感覺胯下一痛，不由得痛呼出聲。范閒緩緩將手收回來，臉上帶著複雜至極的情緒，看著洪竹一言不發，片刻後只是搖了搖頭，嘆了口氣。

洪竹臉色慘白，驚恐萬分地看著范閒，但旋即想到，自己既然在事發之前暗中通知皇后和太子逃走，只怕這條命已經沒了，事已至此，那何必再怕什麼。

於是他站直身體，看著范閒一言不發，只是眼眸裡的濃濃歉疚揮之不去。

出乎他的意料，范閒沒有說什麼，也沒有在無比憤怒之下取出劍來砍下他的腦袋。范閒只是嘆了口氣，揮了揮手，一個人向著東宮外面走去，背影顯得有些孤單與落寞。

洪竹怔怔地看著范閒的背影，不知為何又哭了起來。

范閒走出東宮的正門，再也聽不到洪竹的哭聲，惱怒無來由地少了許多，只是心裡卻有些空蕩蕩的。

他揮手喚來下屬，令對方將東宮及廣信宮的所有宮女、太監押至辰廊處的冷宮地帶集體看管，便一個人走入皇宮的黑暗中。

洪竹的臨時心軟，替他的計畫帶來無法彌補的損失。在一剎那間，憤怒的范閒，確實有殺人的衝動，只是這抹衝動馬上就消失無蹤，因為他聽到了秀兒這個名字。

在杭州的時候，他就曾經想到，那位宮女的死亡，會對洪竹的心境產生什麼樣的影響，因為從一開始他就清楚，洪竹不是一般的太監，洪竹是個有情有義的太監，不然范閒也不敢將那麼多的大事託付於對方。

只是范閒沒有想到洪竹竟然多情如斯，竟會在宮變這種大事中，還會心軟。

由此可見，太子著實是個寬厚的人、有情的人。而且身懷祕密的洪竹，在太子被逐南詔的數月間，和可憐至極的皇后，在東宮裡相依為命，或許生出了些不一樣的情愫。

洪竹是多情太監，對范閒有情，所以才會冒大險掀起宮亂，助范閒進宮。他對太子有情，對皇后有情，所以才會在最後一刻放手。人本來就是很複雜的動物，尤其是洪竹這樣一個比讀書人更像讀書人的太監。

「或許是我太過無情，才想像不到人們居然會如此有情。」

范閒在心裡想著，不由自主地聯想到膠州水師裡的許茂才，脣角浮起一絲自嘲的笑容。

許茂才和洪竹是他在慶國朝廷裡扎得最深的兩根釘子，但偏生就是在這場震驚天下的朝堂大亂中，這兩根釘子卻都擁有了自己的想法，給范閒的計畫帶來極大的惡處。

但如果沒有許茂才，范閒根本無法從大東山下的深海中脫身；如果沒有洪竹，范閒連後宮都無法進入，所以他知道自己沒有資格去怪罪這些親信。

他捨不得殺洪竹，不忍怪洪竹，只是有些無奈地想到，在以情動人這方面，太子已經修練得比自己更強大——太子偶爾有真性情，而自己此生卻虛偽到底。

禁軍已經在監察院部屬的幫助下肅清了後宮，大內侍衛們全數成擒，應該再也掀不起什麼波浪來。范閒沉著臉回到含光殿，並沒有進去看太后，安慰三皇子那些家人，只是對守在宮外的荊戈低聲吩咐數句。

荊戈面色微異，似乎沒有想到范閒在此大勝之際，居然就在考慮失敗的問題，但他沒有詢問什麼，伸出右掌按緊了臉上的黑色面具，單膝一跪領命，便帶著入宮二百人中的一部分黑騎高手，出宮而去。

含光殿的安全控制，便在這一刻起，轉交給禁軍。

慶國歷史上第一次宮亂的兩位主謀，在那支煙火令箭沖天約半時之後，終於在高高的皇城城牆上會面。

范閒對全身盔甲的大皇子沉默行了一禮，大皇子面色沉重，雖盔甲在身，依舊鄭重回禮。夜風忽至，吹得大皇子身上的大紅披風獵獵作響，吹得范閒身上那件黑色監察院官服如漿洗一般硬挺。

皇城上緊張巡守的禁軍將士們看著這一幕，不由得心折，忽然湧出說不出的信心。慶曆元年來，大皇子領兵西征，聲威漸起，未嘗敗績；而范閒執掌監察院後，更是儼然成為了陳萍萍第二，只是比陳萍萍要更光鮮亮麗的多。

如此二位皇子，如同他們身上的戰袍一般，熾熱的鮮紅、冷漠的純黑，光明與黑暗聯手，這世上又有多少人能夠抵抗。

范閒與大皇子直起身來，沒有說什麼，便來到角樓的外側，注視著高高皇城腳下平靜的廣場，遠處隱隱傳來的廝殺聲，和更遠處極引人注意的幾個火頭。

二人不需要說什麼，準確來說，自大東山之事爆發後，二人根本沒有見過面、說過話，可是卻一手促成了今日的宮廷暴動。

這依靠的便是二人對彼此的信任與信心，這種默契，並不是以利益為源泉，而是以歷史為根源。這二位皇子在天子家中，都是被侮辱、被忽視的那一部分，他們的母親長輩，曾經並肩戰鬥過，今日這二位子輩也終於開始並肩戰鬥。

禁軍三千，此時一千人駐宮中，一千人在城頭，還有一千人大隊已經馳馬而去，往京都的縱深突進，務必要在天亮之前，控制整座京都。一千人控制京都難度確實太大，但如果再加上范閒刻意留在宮外的一千餘監察院官員作為幫手，就會順利許多。

「天亮之前，必須抓到他們。」大皇子冷漠開口說道，此言中的「他們」，指的自然是太子母子以及永陶長公主李雲睿。一千名負責掃蕩的禁軍之中，至少有三個騎兵小隊是沿著浣衣坊那處的線路，在拚命地索緝逃出宮去的那些人。

范閒沉默不語，在得知太子與永陶長公主逃出宮去的第一時間，他就已經下了命令，監察院的密探、劍手們，此時也正在京都裡做著努力。只是他心裡清楚，就如同自己在京都茫茫宅海中躲藏時，永陶長公主極難抓到自己一樣，自己要抓住對方，也是件極難的事情。

這種事情需要靠運氣，而且對范閒和大皇子極為不利的是，他們只有天亮之前這三個時辰的時間。

「含光殿裡一切安好。」范閒沒有接大皇子這個話題，看著皇城下的士兵，轉而說道：「太后沒有事。」

大皇子的眉間皺了皺，沒有說什麼。

大皇子向來是個粗獷但寬仁孝悌之人，所以他不可能做出范閒能做的那些事情，便是連聽到太后這個稱謂時，他的心情都低落了一分，有些不自在。

范閒微笑望著他，似乎看穿了他心裡的那絲陰影，開口說道：「皇權的爭鬥，向來是你死我活，我們只是執行陛下的遺詔，史書上會給你應有的評價。」

「我不在意這個。」大皇子搖了搖頭，迎著高高城頭的夜風，輕聲說道：「不用再說了，父皇既然在遺詔裡令你全權處理此事，我便相信你能處理好，我對你有信心。」

如果沒有信心，一向孝順的大皇子，當然不敢冒著寧才人的生命危險，舉兵造反。

「可你能給我信心嗎？」

范閒看著與闊大的皇城比起來顯得有些稀疏的禁軍，嘆了口氣。此時皇城前後，只有一千名士兵，怎麼也無法給人強烈的心理支撐力度。

大皇子明白他擔心的是什麼，沉默片刻後說道：「父皇去大東山帶走了禁軍一部分，今夜又折損了一部分，但你放心，用來守城，向來是一對三，尤其是像皇城這種地方，一對四也可。」

「但皇城極大，要全面照拂也是件難事。」范閒低頭盤算著。「如果真讓長公主和太子逃出京都，與京都守備師遇見，老秦家可以調多少兵馬入京？」

「京都守備師一萬人。」大皇子既然起兵，當然對於京都內外的軍事力量盤算得十分清楚。「你我合兵一處，共計五千人，應該能頂住。」

「我的人不能用來守宮。」范閒搖了搖頭，舉起右臂指著黑暗的京都宅海，說道：「他們只有在那裡面才有力量。」

他轉頭看著大皇子的側臉，微憂說道：「而且你忘了一點，老二不在宮中，他的動作快，只怕已經偷偷溜出城了。葉重手下的人，你難道不用考慮？更何況老秦家手中的軍隊，可不僅僅是京都守備師。」

大皇子的眼角抽搐了一下，如果真是葉、秦二家聯手來攻，就算這時候皇宮裡突然再變出三千禁軍來，他也沒有什麼信心。

「而且皇宮乃孤宮，不似大郡儲有糧草，如果被大軍圍宮，你我能支撐幾日？」

大皇子霍地轉身，盯著范閒的眼睛，說道：「你究竟想說什麼？我當然知曉皇宮不易守，但為什麼我們要守宮，而不是守城？」

「守城？十三城門司現在可有落在我們手上？我們根本不知道那九道城門有哪一道會被長公主輕輕敲開……就像我敲開後宮的門一樣。」

「不要瞞我。」大皇子說道：「你不可能放棄城門司不管，你的人已經去了城門司，昨天夜裡長公主埋在城門司裡的釘子，已經被你殺了。」

范閒自嘲地笑了笑，說道：「監察院不是神仙，不可能把長公主所有的釘子都挖出來，而且我們必須做最壞的打算，如果太后的旨意無法收服城門司那位張統領，你我便要做好被大軍困在宮中的準備。」

「我只想知道，秦家的軍隊幾天能夠入京。葉重領旨回定州，就算他停在半路，可是至京都總需要些時間。」

「如果只算京都守備師，一天即到。」范閒平靜說道：「秦家的大軍大概要四天之後才會到，葉重返京的時間，大概差不多。」

大皇子沒有問范閒為什麼對秦家的布署了解得如此清楚，因為他相信監察院在秦家的軍隊中一定有釘子，就像是在禁軍中一樣，先前的清洗如果不是范閒事先就點明了對象，也不會如此輕鬆。

「你能控制城門司。」大皇子望著范閒的眼睛，忽然又將話題繞回去。「如果不能，你根本不敢動手，所以我很奇怪，你現在和我說這些話，是出於什麼考慮。」

范閒沉默了起來。

「先前荊戈領著你的院令，來我這裡調了兩百匹馬，然後出宮不知去向。」大皇子冷冷看著他說道：「不要告訴我，你沒有什麼想法。」

范閒忽然笑了起來，說道：「其實，我是想說……我們跑路吧。」

啪的一聲悶響，憤怒至極的大皇子一掌拍在皇城青磚之上，壓低聲音大怒說道：「逃跑？你瘋了！」

范閒苦笑說道：「我好像確實是瘋了……逃又能往哪裡逃呢？只是開個玩笑，你不要這麼激動好不好？」

「這時候還開什麼玩笑？」

「大家的情緒都這麼緊張，我開個玩笑舒緩一下情緒怕什麼？」

范閒這句話並不僅僅是玩笑，如果換作以前，當此情勢逆轉之機，為了自身的安全，或許他早就已經跑了。因為這番對話說得十分清楚，如果太子與永陶長公主溜出京都，眼下看似一片大好的局面，便會毀之一旦。

大皇子忽然嘆了口氣，重重地拍了拍他的肩膀，說道：「你沒有領過軍，沒有見過真正的沙場是什麼模樣，所以有這樣的想法不足為奇。」

似乎是要給范閒增加一些信心，大皇子沉著聲音說道：「有你的人幫忙，把城門司控制住，就算四千人，我也能守住京都十日！」

皇城下方，監察院官員們護衛著一列馬車靠近宮門，大皇子瞇著眼睛去看，看著那些被太子嚴刑逼供得極慘的大臣們走下馬車，說道：「有這幫大臣在此，你我怎麼逃？如何忍心逃？」

范閒沉默不語，點了點頭，說道：「依你之言，今日開大朝會，宣讀遺詔，廢太子。」

大皇子皺眉說道：「傳檄四方，令四路大軍火速回援。」

「三路大軍遠在邊境，十日內根本無法回京。而最近的燕京大營，若你我傳檄回兵……」范閒心頭微寒。「……只怕你我或許會成為慶國的罪人。」

范閒擔心的不是旁人，正是北齊那位深不可測的皇帝，如今這個世界訊息傳遞太慢，但范閒清楚，征北營的大都督被自己殺了，五千親兵在大東山下不知死活，如果此時皇城大亂，自己用監國的名義，調動駐燕京的大軍回程，只怕會落在北齊皇帝的計算中。

就怕燕京大營未能及時歸京，壓懾葉、秦二家，而北方的雄兵便要南下！

經歷了這麼多年的事情之後，范閒清楚，北齊皇帝才是世上最厲害的角色，既然他與永陶長公主暗中通氣，參與到大東山的內幕之中，那便絕對不會放過如此大好的機會。

所以燕京大營絕不能動！

大皇子的面色也沉重起來，知道范閒的擔心極有道理。「十日……我們頂多只能撐十日，如果不能調兵回京勤王……」

他忽然笑了起來，望著范閒說道：「看來你說的有道理，我們最好的選擇，確實是今天夜裡早些逃跑。」

此言一出，范閒一怔，旋即二人對視一眼，毫無理由地哈哈大笑。

笑聲從皇城上傳出老遠，驚得下方宮門處的舒、胡兩位大學士抬頭望去，隱約能分辨出是大皇子和范閒。二位大學士不由得心頭稍安，心想這二位此時還能笑得如此快意，看來大勢定矣。

只是所有人都不知道，范閒與大皇子的笑聲中有多少無奈與苦澀，只是二人極有默契地都沒有再提捨宮撤離一事。是的，時移事改，他們二人既然已經站在皇城之上，那便沒有再跑的道理。

「今日定大統，傳遺詔於京都街巷，穩民心，發明旨於各州。」笑聲止歇之後，范閒望著大皇子微笑說道：「用太后的旨意穩住城門司，再行控制，你說過，你能擋住大軍十日，那我便給你十天的時間。」

「一定能擋十日。」大皇子握緊腰畔佩劍，面色堅毅，只是心裡在想著，皇宮被圍十日後終是要破，范閒為什麼如此看重這個時間？

「這十天時間，你必須替我爭取出來。」

范閒輕輕咳了兩聲，從懷中取出一粒有些刺鼻氣味的藥丸吃下，面色平靜說道：「雖未掌過軍，但我也知道，軍中最要害的便是各級將領，試想一下，如果從大帥到裨將、偏將再到校官……統統死了，這支叛軍會變成什麼模樣？」

「一盤散沙，不攻而敗。」大皇子微微皺眉，望著范閒，心想如果叛軍的將領在十日內紛紛離奇死亡，這座京都自然能夠守住，可是……就算監察院再精於刺殺，范閒再通毒物，可也沒有辦法於千軍萬馬之中，辦成如此逆天之事。

范閒沒有解答他的疑惑，繼續平靜說道：「如果連太子和長公主也忽然死了，你說這支叛軍，還有什麼存在的理由呢？」

大皇子一臉不解地望著他，心想范閒不會是病了吧？

范閒微笑說道：「我之所以不跑，願意和你硬守這座孤城，不是因為我有多麼強大的勇氣，而是因為我從來沒有喪失過信心，只不過在這次事情之後，我恐怕沒什麼好日子過了。」

大皇子沒有聽懂，他自然不清楚范閒說的是什麼意思，如果范閒真的祭出了狙擊槍，誰知道將來的歷史，會怎麼走。

便在此時，宮門下忽然一陣嘈亂，一隊騎兵分塵而至，似乎抓住一個人。大皇子定睛望去，只見被擒住的是一位婦人，只是隔得太遠，看不清楚面目，但似乎穿的是尋常宮女服飾。

范閒瞇眼一看，幽幽說道：「我們的運氣還是那樣的好，看看，皇后已經被我們抓住了，太子和長公主還遠嗎？」

說完這句話，他便轉身走下皇城，沿著寬寬的石階下去，準備去迎接那些受了苦的老大臣，準備明日的大朝會，暗中琢磨著應該替太子和永陶長公主安排個什麼樣的罪名，同時準備安慰一下，那位可憐的、愚笨的、運氣極差的皇后。

「要不要把皇后和洪竹關在一起？」范閒心裡忽然湧起一個古怪的念頭，暗想自己其實也是滿有情的。

走在石階上，他的咳嗽越來越厲害，越來越嚴重，似乎先前吃的那顆帶著刺鼻藥味的丸子沒有起到什麼作用。他斜靠在石階旁的牆壁上，緩了緩心神，從懷中又摸了一顆藥塞到嘴巴裡，用力嚼了兩下，吞入腹中。

那股刺鼻的味道是麻黃葉，這種藥丸自從范閒和三處的師兄弟們研製出來後，是世上第三次有人服用。因為這種藥丸的藥力太過霸道，麻黃葉類似於興奮劑，極容易讓人的心神變得恍惚，讓人的真氣變得紊亂。

第一次吃這種藥的，就是范閒，那還是在幾年前北齊的燕山絕壁旁，在面對狼桃與何道人的聯手攻勢前。

范閒用力地喘息幾下，平復一下心神。從大東山上逃下來後，他被葉流雲的劍意擦傷，同時被燕小乙追殺數百里，最後心邊中了一箭，傷勢極重，又無法得到良好的療養，整個人的身體已經到了強弩之末。

雖然在孫顰兒的閨房裡休息了數日，可他如今的境界，其實仍然只有巔峰期的八成。為了突襲宮中，他迫不得已再次服用這種對身體極為有害的藥物，才保證了自己強悍的實力，能夠得到充分的發揮。

第二次吃這種藥的，是肖恩，是范閒為了他嘴裡神廟的祕密而餵他吃下。第三次吃這種藥的又是范閒，是為了突襲宮中，為了慶國這片大好的江山。

世上有許多事情比健康更重要，臉色有些發白的范閒一面下行，一面想著。

京都一片大亂，與刑部、京都府的不戰而勝相比，對於永陶長公主別府的攻擊，從一開始便陷入了苦戰之中。范閒與大皇子在城頭上所看到的那幾簇火光，便是監察院強攻之時，迫不得已使的毒計。

好在永陶長公主不在府中，本應主持防守的信陽首席謀士袁宏道似乎也被攻勢嚇破了膽子，所以別府中的高手與宮女們，在讓監察院付出數十具屍首的代價後，終於被弩箭射成刺蝟，被毒藥變成了殭屍。

監察院的官員攻進去，領頭的一處主簿沐風兒左臂上被劃了一道深深的口子，鮮血橫流，但他臉上卻是滿不在乎的表情，惡狠狠地將短劍橫在袁宏道的脖頸之上。

他是沐鐵的姪兒，范閒在一處的嫡系，像這種你死我活的鬥爭，他不可能有絲毫心軟。

令他奇怪的是，被自己控制住的那位謀士並沒有太多害怕的情緒，反而是一片惶急。

袁宏道望著沐風兒焦慮說道：「我有大事要稟報澹泊公！」

第三十一章　狠手（上）

沐風兒一怔，眼睛瞇了起來，他不知道面前這位老書生模樣的傢伙，為什麼敢提出如此荒唐的要求。一個被擒的叛賊，居然想見自家提司大人，就算他是信陽的首席謀士，可是在這樣緊張的夜裡，只有被逮入獄、暫時保住小命的分。

在他的心中，袁宏道只怕是知道自己再無活路，所以想憑藉三寸不爛之舌，面見范閒，說服范閒放他一條生路。

可是沐風兒這位監察院官員，打從心底很厭惡這些只知道清談高論的所謂謀士，他所領受的命令中，並沒有相關的交代，他也不會給袁宏道再多掙扎的時間。

看著袁宏道惶急張嘴欲言，沐風兒愈發確認了自己的判斷，這個小老頭看來真是怕死到極點。

他皺了皺眉頭，沒有再給袁宏道說話的機會，收回短劍，然後一拳頭砸過去，直接把袁宏道的太陽穴上砸出一個青包，把他砸昏過去。

袁宏道只覺得腦子裡嗡的一聲，眼前一花，便昏倒在地，昏倒前的那一剎那，他心中滿是憤怒與無奈。因為身為監察院第一批釘子中僅存的唯一一人，他深深知道監察院的任務要求是如何嚴苛，這名監察院官員既然不知道自己的身分，當然會選擇這種粗暴而簡單的方式讓自己住嘴。

整個天下，只有三個人知道他這個信陽首席謀士是監察院的人，一位是已經死在大東山之上的皇帝，一位是聽聞中毒、正在被秦家軍隊追殺的陳萍萍，還有一位是言若海。至於那位曾經與他見過面的宮女，已經在一次意外之中死去。

袁宏道無法證實自己的身分，沐風兒也嚴格地按照院務條例沒有給他這個機會——這或許便是由古至今，無數世界中無間行者的共同悲哀。他們倒在自己同志手中的可能性，往往要大過於他們暴露身分，被敵人滅口。

他只是有些悔意與強烈的擔心。

沐風兒不知道昏倒在面前的這人是自己的老前輩，也不知道自己這簡簡單單的一拳，會給後幾日的京都帶來多少不可知的危險。他只是簡單地吩咐手下們將永陶長公主別府清理乾淨，便押著殘存的幾位俘虜，將他們關進監察院深深黑黑的大牢之中。

范閒連服兩粒麻黃丸，強橫的藥力讓他的眼珠子蒙上一層淡淡不祥的紅色，只是在深夜裡，看不大清楚。

他走到皇城之下，恭敬地迎入那些被太子關押在刑部大牢裡的大臣們，一雙手攙住了舒蕪與胡大學士，薄唇微啟，卻感動得說不出什麼話來。

不需要偽飾什麼，范閒確實感動於慶國的文臣在這樣的緊要關頭，居然會站在自己這邊。雖然自己手中有皇帝的遺詔，雖然梧州的岳父在最緊急的關頭，終於讓自己在朝中隱藏最深的門生故舊站出來，可是他清楚，在太極宮上反對太子登基，是一件多麼需要勇氣的事情。

如果太子像自己或者老二一樣冷血，只怕這些大臣們早已經變成了皇宮裡的數十縷英魂。

舒蕪與胡大學士也沒有說什麼，只是對著范閒行了一禮。舒蕪是世上第一個看見遺詔的人，胡大學士也清楚遺詔上的內容，知道如今的范閒雖無監國之名，卻有了監國之實。

皇帝將立皇位繼承者的權力，都交給了范閒，這種信任、這種寄託，實在是千古難見。

「時間很緊迫。」范閒知道此時不是互述敬佩言語的時機，對著殿內的一眾大臣和聲說道：「麻煩諸位大臣在此暫歇，少時便有御醫前來醫治。」

「公爺自去忙吧。」胡大學士溫和說道：「在這種時候，我們這些人就沒有什麼作用了，旗已搖，喊聲也出，若那些亂臣賊子仍不罷手，便需澹泊公手持天子劍，將他們一一誅殺。」

話語雖淡，對范閒的支持展露無遺。

范閒說道：「不知還有多少大事，需要諸位大人支援，如今太后已然知曉太子與長公主的惡行，心痛之餘，臥病在床，將朝事全數寄託在二位大人身上，還望二位大人暫忍肌膚之痛，為我大慶站好這一班。」

「敢不如願。」

舒蕪嘶著聲音開口應道，身後的數十名大臣也紛紛拱手。這些文臣知道如今京都的局勢依然複雜，必須要抓緊時間將大統定下來為好。至於太后臥病在床的消息，這些大臣們下意識在腦中過濾掉了。

沒有人是傻子，尤其是這些文臣們，他們都知道范閒打算用挾太后以令諸侯的手段，如今他手中有先帝遺詔，有太后，又有諸位大臣支持，整個京都，至少從表面上看來是穩定的。

諸大臣在太極宮的偏廂裡就地休息，雖然此處比刑部大牢要好很多，但依然是冷清一片，地板冰硬硌人，但眾人清楚，在大朝會沒有開之前，自己這些人還是不要急著享受的好。

而胡、舒二位大學士則是跟著范閒走入御書房之中，在這間慶帝日復一日主持朝政、審批奏章的房間內，燈光依舊十分明亮。范閒在這二位大學士面前再也不需要遮掩什麼，平靜的臉上很自然地流露出憂色。

一番交談之後，胡、舒二位大學士的臉色也沉重起來，他們本以為范閒已經完全控制了所有的局勢，但沒有想到，太子和永陶長公主居然失蹤了！

「一切依祖例而行。」沉默之中，胡大學士忽然開口平靜說道：「不論這些亂臣賊子會做出何等荒唐無恥的事來，想必都不會令我們吃驚。雖然如今無法馬上結束當前混亂的情形，但是今日的大朝會必須開，太子和長公主的罪行，必須明文頒於天下。」

舒蕪慎重問道：「明文頒於天下……這……這讓朝廷如何向天下萬民交代？」

胡大學士平靜說道：「正統、大義，便是交代，若一味暗中行事，而不言明，反而不妥。」

范閒點了點頭，心想這位胡大學士在這樣複雜的時刻，依然堅持著馬上召開大朝會，和自己的想法極為接近。正因為不知道太子和永陶長公主會不會逃出京都，宮裡的這些人才必須馬上廢掉太子，將慶國皇室的大統順利傳遞下去，然後詔諸四野……

議事既定，胡、舒二位大學士開始寫信，將京都發生的事情，擬了個簡略，然後由范閒鄭重蓋上皇帝託付給他的行璽，蓋上從含光殿裡搶過來的太后璽印，再簽上自己的名字。

封好這十幾封信，范閒交給自己的親信，由監察院中祕密郵路，向著慶國七大路的總督府發去，同時也發往了駐在邊境線上的五路大軍。

只是范閒清楚，發往滄州征北大營的那封信只怕是一點兒用處也沒有。

當范閒蓋上太后璽印的時候，胡、舒二位學士對視一眼，微微搖頭，心想范閒當著自己的面，居然毫不忌諱什麼，也真真是膽大。

十餘騎信使在噠噠馬蹄聲的陪伴中，用最快的速度衝出皇宮，衝進京都似乎永遠無法天亮的街巷中，與四處的嘈亂廝殺聲混在一起，與時燃時熄的火頭混在一處，向著城門的方向騎去。

他們的身上肩負著重要的使命。

「能出城嗎？」胡大學士忽然靜靜地注視著范閒，想從范閒嘴裡得一個準信，十三城門司現在究竟是在誰的控制之中。

范閒的眉頭皺了皺，說道：「應該沒有問題，我的人一開始就去了。」

胡大學士知道范閒從來不說虛話，既然他已經派了人去，像十三城門司這種要害位置，他一定派的是最得力的人。

范閒走出御書房，揮手召來在房門外守候的戴公公，沉默片刻後說道：「皇后有沒有什麼問題？」

如今的宮中情勢早變，洪四庠和姚公公隨皇帝祭天，只怕早已死在大東山之上，而侯公公則被范閒異常冷漠無情地用弩箭射死，這兩年風光無限的洪竹則是隨著東宮裡的太監、宮女，被關押進冷宮之中。戴公公今日私開宮門，立了大功，又是范閒信任之人，很自然地重新拾起了太監首領的職司。

如今的後宮由禁軍看管，而內部的事務則是全部由戴公公負責處理。

他佝著身子恭敬無比應道：「奉公爺令，已經押進了冷宮，娘娘身子尚好，只是精神有些委頓。」

范閒點了點頭。半夜出逃卻又被抓回來，換作是誰也承受不住這種精神上的折磨。

藥物的力量漸漸有些弱了，范閒覺得精神有些疲憊，雖然知道此時還不是休息的時候，可依然倦倦地靠在御書房外的圓柱上，看著宮旁的那一方廣場，沉默不語。

他沒有對胡大學士撒謊，也正如大皇子所論，從一開始他就不可能真正地放棄城門司，只是他在京都的人手實在太少，城門司有數千官兵，根本不可能用那種暴力手段解決，所以他將皇帝的遺詔複製一份，交給他最信任的那個人。

他對那個人有信心，對城門司的統領張鈁也有信心，那位姓張的統領是道道地地的保皇派，在皇帝遇刺之後，便只聽從太后的命令，從而才能將秦、葉兩家的軍隊，硬生生地擋在京都之外。

不論從哪個方面考慮，城門司此時都應該會做出符合范閒利益的選擇。

范閒不知道，他所倚靠的這根柱子，曾經是皇帝和陳萍萍兩次對話的場所。他也不知道，有一個叫做袁宏道的人，此時已經被自己的忠心屬下打暈，關進了監察院的大牢中。

他只是很擔心林婉兒、大寶，還有靖王府中的父親。一直沒有消息回報，也不知道有沒有人能夠救出妻子與大舅子，靖王府此時的安危又是如何？

當一身白衣的言冰雲從京都府後園出來時，范閒的突宮行動還沒有開始，負責收服京都府的沐鐵還埋伏在府外的黑夜之中。

他理理白衣，走入一條街巷中，還有閒情回頭看了一眼夜空，夜空之中綻開了一朵煙花，十分漂亮。

慣常冷漠的言冰雲看著夜空中須臾即散的那朵煙花笑了笑，知道范閒已經動手了，自己也得快些。

他今天沒有穿夜行衣，而是一身打眼的白衣，與四周的黑夜顯得格格不入。因為他去城門司的任務本來就不是暗殺，而是收服，對付那些忠心耿耿的將士，言冰雲知道如何取信對方。

來到了城門司駐衙，在數十名官兵長槍的押解下，言冰雲平靜地來到衙門，等候著張鈁的接見。

「言大人如今乃是朝廷通緝要犯，居然來見本將，膽子著實不小。」

十三城門司統領張鈁，這個控制著京都九座城門開合的關鍵人物，緩緩走出門口，看著一身白衣的言冰雲，皺眉說道。

言冰雲靜靜地望著他，片刻後從懷中取出一張紙，說道：「陛下遺詔，不知張統領究竟是接或不接。」

第三十二章　狠手（下）

十三城門司統領張鈁——三品，人事檔案在樞密院，府邸在南城，僕役由監察院挑選，薪水在內廷拿，從來沒有去樞密院開過會，就算是老軍部的衙門口也沒有踏進去一步。從名義上說，他是一位軍人，但和慶國軍方間的關係，卻像是寡婦與公公，打死也不敢太過靠近。

他的家人、他的同僚、他的交際對象，全部都是皇帝允許他交往的。之所以如此，是因為皇帝一直將京都九座城門的鑰匙別在他的褲腰帶上，所以慶國皇帝就一定要把他的腦袋繫在自己的褲腰帶上。

若張鈁敢反，皇帝有太多的辦法可以讓他死無葬身之地。然而從來沒有人認為張鈁會反，不只是因為他家世代忠誠，不僅僅是因為連他娶的老婆，也是世代忠臣之後，而是這些年來，人們已經習慣了張鈁的辦事風格。

吃皇帝的飯，聽皇帝的話。

張鈁吃飯的時候不會祝皇帝聖明，也不會時不時找些由頭進宮拍皇帝馬屁，但是他對於皇帝的任何一道旨意都執行得異常堅決，包括很多年前京都流血的那個夜晚。

屈指算來，這位張鈁和定州葉重一樣，都是管理這座京都近二十年的老人了。

對於這樣一個像是豆腐般白淨的人物，加之他管理的職司太過敏感，沒有哪方的勢力敢去接觸他，哪怕是當年與太子爭權的二皇子也不敢，因為去接觸張舫，就等若去摸皇帝的褲襠。

所以張舫在官場之上有些像個隱形人，不到如今這種關鍵時刻，沒有人能想得起來他。當慶國皇帝壯烈地犧牲在大東山上後，這位張舫的效忠對象，異常準確快捷地轉移到太后身上。他的身形一下子就顯現了出來，而且格外刺眼。

效忠太后，並不是因為太后是皇帝的親生母親，而是皇帝在祭天之前曾經宣告天下，如今的慶國由太后垂簾而治。

在看過監察院長年的監視報告後，范閒認為這位張統領實在是難得一見的「愚忠之臣」，而言冰雲也給出了完全相同的判斷。這二位監察院裡的年輕官員，當然能猜到皇帝一定還有別的控制張舫的方法，但是眼下皇帝已去，他們無從下手，只有從「忠」之一字上出發。

今夜言冰雲便是要來攔著張舫的手，跳上一曲感天動地的忠字舞。

張舫已經老了，兩隻眼睛下方的眼袋有些厚，或許也是這些天一直憂心忡忡，沒有休息好的緣故。而此時，這一對眼袋上方的瞳子裡閃耀著悲傷、憤怒以及諸多情緒。

十三城門司的衙門裡，言冰雲單身一人而至，將那封複製的遺詔遞過去後，便安靜地等待著張舫的選擇。

能在極短的時間內，將皇帝的遺詔複製一份，這證明了監察院的工藝水準在成功偽造明老太爺遺囑後，又得到了質的飛躍。也證明了范閒此時死豬不怕開水燙的革命主義造反精神，也證明了言冰雲雖然忠君愛國，但是在細節上並不秉持古板的官僚主義。

所謂遺詔，其實只是皇帝在大東山被圍之夜，用一種極其淡然、看穿世事的口吻，寫了一封給太后的信。在信中，他提到廢太子一事，以及太子和永陶長公主在大東山圍困中所扮演的險惡角色，同時明確地指出，當范閒回到京都之後，監國的權力移交給他，並且令所有人不敢置信地賦予了范閒挑選慶國下一代君主的權力。

兩行老淚從張鈁的眼眶裡流下來，雖然早就知道皇帝死在大東山上，可是此時見到皇帝的親筆字跡，這位城門司三品統領，依然止不住內心的情緒激盪。

「這封遺詔……太后看過嗎？」張鈁忽然抬起頭來，瞪著言冰雲的雙眼。

言冰雲此時心中愈發地篤定，自己和范閒所擬定的方略應該能成功，不論從哪個方面看，這位以死忠聞名於朝廷的統領會站在自己這一邊。

他輕聲說道：「娘娘已經看過。」

「那先前宮裡的煙花令箭是怎麼回事？」張鈁瞪著言冰雲。

「遺詔上令提司大人協太后除逆。」言冰雲毫不慌張，只要范閒突襲宮中的行動能夠成功，將太子和永陶長公主抓住，城門司這裡沒有道理出問題。「煙花為令，已經開始了。」

「本將不能單靠一封遺詔就相信你。」張鈁說道：「我要面見太后。」

「這是理所當然。」言冰雲一臉冰霜，回答得乾淨俐落，其實他此時也不知道宮中的情況，不知道太后究竟是死是活，但在眼下，他必須答得理直氣壯。

「大人世代忠良，當此大慶危難之際，當依先帝遺詔。」

言冰雲字字不忘扣在皇帝遺詔之上，想當年他化名在北齊周遊，長袖善舞，也是個慣能騙人不償命的厲害角色。只是這些年只在院裡做些案牘工作，與這種危險的工作脫離太久，於今夜單人說服京都府尹，此時又於如林槍枝間，說服十三城門司統領，只能算是回到了老本行。

「宮中有亂。」張鈁沉默片刻後說道：「我這時候要馬上入宮。」

言冰雲的眉頭皺了皺，張鈁的眼光凝了凝，似乎察覺到什麼。便在此時，言冰雲冷漠訓斥道：「張大人，不要忘了陛下將這九座城門託付給你，牢牢地替京都看守門戶，便是你的職責！」

此言一出，張鈁又沉默了起來，似乎是在斟酌考慮什麼，半晌後，他說道：「言大人給本將一些時間。」

拖？言冰雲隱隱察覺到一絲異樣，難道張鈁並沒有被這封遺詔說服，還要再看看京都的局勢？但此時他不知道永陶長公主與太子已經逃出宮廷，為了保障范閒的突襲行動，如果十三城門司暫時中立，不是他不能接受的結果，甚至比他預想的結果還要好一些。

那便拖吧，言冰雲好整以暇地在城門司衙門裡坐下來，於一眾將官長槍所指間，安之若素，面色平靜。

看著他這副神情，張鈁不由得微怔，似乎是沒有想到他會如此自信。

然而誰也沒有想到，這一拖竟然是拖了這麼長的時間。言冰雲被變相軟禁在城門司的衙門裡，沒有什麼熱茶可以喝，也沒有什麼小曲可以聽，熬得確實難受。當然，最難受的是那份無處不在的壓力。

他喝的是西北風，聽的是京都裡時不時響起的廝殺聲，有時候甚至還能聞到淡淡的焦味，應該是哪裡被人點燃了。

張鈁沒有那麼多時間陪他枯坐，身為城門司統領的他，有太多重要的事情需要處理。此時的他握著腰畔的劍，行走在夜色中的城牆之上，雙眼下的眼袋奇蹟般地消失不見，瞳中閃耀著鷹隼一般的光芒，盯著京都裡的一舉一動，時不時發出號令，彈壓著自己的部屬，嚴禁參與到京都裡的政變之中，只任三千官兵將京都的九座城門看得死死的。

是的，在他的眼中，范閒領導的所謂正義力量，其實就是一場政變，雖然在看了遺詔後，他不得不承認，范閒擁有大義名分，可他還是下意識認為，所有進攻皇宮的人，都是壞人。

慶國京都與北齊上京城比起來，沒有太厚重的歷史，卻有更多的軍事痕跡，所以這座城牆雖不斑駁卻極為厚實；高度雖不及皇城，但若真的用來防守，各式配置卻要強悍的多。

張鈁站在城牆上，就像是從這厚厚的石磚混合城牆中汲取了無窮無盡的力量，讓他勇於做出某些選擇。

在一個瞭望口處，他站住了身子，遠遠地望著皇城方向。京都裡的騷亂漸漸平息了下來，似乎京都府已經被范閒收服，開始有衙役上街鳴鑼安撫百姓。

他並不清楚，此時京都宮變的兩位主謀，大皇子和范閒也正站在皇城牆上，往城門的方向遠眺。他的眼中閃過一抹淡淡的憂色，如果事情真的這麼演變下去，自己只有接受那封遺詔。

也許這是個不錯的選擇，然而張鈁卻聽到了馬車車輪壓輾著石板路的聲音，這聲音在他的耳中響得十分清楚。

「是三角石路，近城門了。」

張鈁對於自己管理了近二十年的城門附近異常熟悉，熟悉得甚至能夠聽出馬車車輪輾過的究竟是青石板路，還是三角石路。他沉默了片刻，然後走下高高的城牆，走進城門司的衙門。

當馬車的聲音在城門處響起時，言冰雲已經沉著臉站起來，他身邊負責看守他的士兵們緊張起來，拔出兵刃將他圍在當中。

言冰雲的心沉了下去，不是因為被士兵圍住，而是因為馬車聲。在深夜的京都裡，有誰會坐馬車靠近城門？京都百姓久經朝廷傾軋，像今夜這般的動靜，不至於嚇得他們舉家出逃。而且百姓們也沒有這般愚蠢，坐著馬車，等著被那些殺紅了眼的軍士們折磨。

這時候坐馬車意圖出京的，只有一種人。

便在此時，張鈁走進來，看著言冰雲，沉著臉說道：「得罪了，言大人。」

他接著喝道：「給我拿下這個朝廷欽犯！」

言冰雲眼瞳微縮，他不知道張鈁前後的態度為什麼發生了如此劇烈的變化，難道是范閒突襲宮中的行動失敗？

兵士們圍了上來，言冰雲沒有反抗。世人皆知，這位小言公子和范閒最大的區別就是，武力值有些偏低，動起手來沒有什麼殺傷力。

而言冰雲也不會拿自己的生命冒險，張鈁只是要拿下他，如果自己反抗，這十幾把長槍戳進自己的身體裡，感覺應該不會太好。

城門司沒有監察院那種鋼指套，卻有一種小手枷，扣住人的手腕關節後，根本無法掙脫。待言冰雲被緊緊縛住之後，張鈁鬆了一口氣，有些疑惑地看了看外面的黑夜。

「想不到你居然真的是一個人來的。」張鈁眉頭皺得極緊。「不知道該說是小范大人愚蠢，還是你太膽大。」

言冰雲被踢倒在地，難得的開了個玩笑。「其實，這只是人手的問題。」他頓了頓後說道：「我無法想像自己會看錯一個人。」

張鈁沉默片刻後說道：「原因很簡單，如果你們勝了，我自然會奉詔。可如果你們敗了，我奉詔有什麼好處？」

言冰雲皺著眉頭，半晌後嘆息說道：「忠臣忠臣，何其忠也。」

「我忠於陛下，但不會忠於這封真假未知的遺詔。」張鈁面色有些難看，似乎對於自己違逆了皇帝的遺詔，也感到一絲惶恐。

這位城門司統領在心裡想著，如果陛下還在，自己當然要當一輩子的忠臣；可陛下已經不在了，誰願意一輩子守著這九座破城門呢？

言冰雲沉默了，他來城門司本來就是冒險，但也是基於對張鈁這個人的判斷，他依然無法說服自己，這樣一位統領，為什麼會如此乾脆俐落地選擇站在遺詔的對立面。

范閒敗了嗎？言冰雲的眉頭仍然皺著，似乎在思考一個極其困難的問題。

此時張鈁距離他只有三步。

言冰雲的眉頭忽然舒展開了，然而一滴冷汗卻從他的眉角滑落下來。

張鈁卻清楚地聽到一道破裂聲，就像是桌子腿被人硬生生地扳斷。

言冰雲忽然抬起頭來，一字一句說道：「十三城門司統領張鈁，逆旨，助亂，凡慶國子民，當依陛下遺詔，誅之。」

張鈁眼神微動，不知道言冰雲這番話究竟是說給誰聽的，此時的衙堂之上，盡數是他的親信，沒有誰會傻到出來動手，但他心裡感覺到一絲怪異，下意識往後退去，想距離被死死縛住的言冰雲遠一些。

有人動了，動的人不是言冰雲，而是張鈁親兵當中的一個人。那個人在聽到言冰雲的話語之後，沉著臉，咬著牙，舉起手中的刀，對著張鈁的後腦杓就劈下去！

正如先前所言，皇帝再放心張鈁的忠誠，總會在城門司裡遍布眼線，而這些眼線中自然有大部分是監察院撒出去的。范閒和言冰雲接觸不到這些釘子，但言冰雲此時卻在用遺詔賭這些釘子的熱血，即便十出其一，亦有大效！

刀風斬下！

張鈁沉著臉，不曾回頭，舉劍一撩，只聞一聲脆響，他的人被震得向前踏了一步，而身後那名監察院密探的刀也被擋了開來。

長槍齊刺，那名密探在瞬息之間身染鮮血，就此斃命。

然而言冰雲在這一刻也動了。

當他額頭滴下那滴冷汗時，他就已經動了！他咬著牙將自己的左手腕硬生生從中折斷！他不是一般的官員或將領，而是監察院的候任提司，他敢親自來城門司，自然是心有底氣。

監察院對於城門司錮人的用具，不知道研究得多麼透澈，最後終於發現了這種手枷的問題，只要有人能夠在短時間內讓整隻手腕的關節脫離，忍住那股劇烈的痛楚，便可以將手腕抽出來。

言冰雲能夠忍痛，也捨得對自己下狠手，所以當張鈁向他靠近一步時，他已經像頭獵豹一樣地衝起來，單手持枷狠狠地向著張鈁的頭上砸去！

張鈁眼中閃過一絲驚恐，或許是背叛皇帝讓他的心神本自不穩，根本不敢硬接這一枷，倉皇著向後退去。

而此時，他身後親兵將那名監察院的密探扎死，恰好擋住他的退路，只好狼狽往衙堂門口掠去，意圖暫避這一殺招。

言冰雲飄了起來，像是一朵雲一樣追過去，途中戴枷的手腕一翻，已奪過張鈁手中的劍，青光一閃，斬下一名欲來救援的校官手臂。

如附骨之疽，如貪天之雲，言冰雲一步未落，緊貼著張鈁的身體來到衙堂門口。感受著身後的森森劍氣，張鈁嚇得不輕，他完全沒有想到，言冰雲竟然有如此優秀狠辣的劍術！

是的，言冰雲不善武，但那是和怪物范閒比較，可一旦暴起殺人，這位監察院歷史上最出名的間諜人物，又豈是枯守城門二十載的張鈁所能抵擋！

如閃電般的追殺，根本沒有給張鈁親兵任何反應的機會，二人已掠至衙堂門口，張鈁身上血口已現，若不是言冰雲意圖制住他以控制城門司，只怕他此時早已送命。

便在此時，兩道凌厲勁氣忽然直沖言冰雲，強橫至極，突兀至極！

言冰雲悶哼一聲，收劍環胸，硬擋一招，口鼻處滲出血絲來。然而凌厲的攻勢終於告竭，張鈁狼狽不堪地滾到一個人的腳下，可見尋常服飾裡隱藏的淡色宮裙。

一臉平靜的永陶長公主李雲睿，在兩名君山會高手拱衛下，微笑望著言冰雲說道：「讓我來告訴小言公子，德清之所以會叛，那是因為……他本來便是本宮的人。」

言冰雲眼瞳裡閃過一絲不可置信的震驚，旋即轉為頹色。他左手已廢，站在這城門司的衙堂裡，站在那位勇敢的密探血泊前，顯得那樣孤單。

永陶長公主向這位年輕的監察院官員點頭示意，微笑說道：「走好。」

第三十三章　逃難中的陳萍萍的影子以及孩子

言冰雲一隻手斷了，無力地垂在腰側。他看著永陶長公主，目光顯得有些黯淡，胸口處的悶痛讓他知道，先前一觸之下，自己已經受了內傷。永陶長公主身邊這些君山會的高手，不是自己所能抵抗的。

此時十三城門司處已經被士兵們重重圍住，長槍所向是言冰雲。永陶長公主身旁幾名君山會高手中分出兩人，向著言冰雲快速逼近，手中持的利刃，透出一股死寂般的味道，將他整個人都籠罩起來。

「如果陛下當年聽安之的話，將君山會掃蕩乾淨便好了……」臨死之際，言冰雲不自禁地生出這麼一個念頭來。他知道自己不是這些江湖高手的對手，也沒有奢侈地乞求上天神廟能夠給自己脫身的機會，只是沉著臉，在懷裡摸出一個東西。

是一支令箭。既然城門司處有變，他必須趕在自己死前，向皇宮裡的范閒，通報張舫要命的背叛。

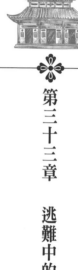

言冰雲的食指扣住令箭的環索，看著愈來愈近的那兩把黑色劍影，瞳孔微縮，吐出一口濁氣，雙唇緊緊一抿，用力地一扯。

嗤的一聲，令箭燃了起來，卻沒有騰空而起，因為一記小小的力量打在他的手腕上，一股微熱的液體灑到他的手背，讓他心頭一顫。這支令箭斜著飛了出去，沒有飛多遠，便射進一位城門司士兵的胸口，噗的一聲微微炸開。

言冰雲沒有低頭，眼角餘光也瞥見了自己手上滿是鮮血，在嘩嘩地流著。

當他的食指伸入環索時，離他最近的那名君山會高手的眼中出現了恐懼，似乎看到什麼異常可怕的事物，然後這名高手的脖頸上出現一道細細的血線。

血線在剎那之間迅即擴展開來，變成一道血淋淋的大口子，可以看到這名高手白森森的喉骨，異常噁心的氣管、食道和模糊的血肉。

喀的一聲，那名高手衝到言冰雲面前，啪的一聲，就跪了下來，被這衝擊力一震，被割開一半的脖子無力繫住自己的頭顱。他的腦袋以後頸處的椎骨為圓心，頹然無力地翻向後背。

倒過來的那張蒼白死人臉瞪著大大的眼睛，瞪著被高手和士兵們層層保護住的永陶長公主和張鈁。

鮮血像是噴泉一樣，從他的喉管處噴出來，擊打在言冰雲的手上，把他整隻手都塗抹成一片鮮紅，也極其湊巧地讓那支令箭沒有升上天空。

而另一名掠過來的君山會高手，所面臨的下場更為悽慘。他根本沒有衝到言冰雲的面前，他的眼光只是捕捉到火把照映出來的一個淡淡影子從自己身前掠過，便感覺到自己的咽喉處一涼。

一柄秀氣而無光澤的劍，從他的右後方刺過來，異常穩定無情地在高速之中，刺穿他的脖頸，從另一方伸出來。

嗤的一聲，劍尖如毒蛇的信子般一探即縮，閃電般地離開他的脖子。而這名高手渾身上下的真氣與生命，也隨著這把離開自己脖頸的劍，離開自己的身體。他雙眼像死魚一樣瞪著，單手意圖去捂自己的脖子，卻發現自己已經無法控制任何一絲肌肉。

他開始腿軟、開始眼黑、開始失禁，整個人倒了下來，像是葫蘆一樣在地面上滾著，一直滾過言冰雲僵立著的身軀，碰觸到城門司衙堂高高的門檻才停了下來。

血氣盛，穢臭的味道也從他的身上傳了出來。

一柄如同地獄裡伸出來的劍，於電光石火間，用極其可怖的手段了結了兩名君山會的高手。根本沒有人能反應過來是怎麼回事，即便是被救了一命的言冰雲也反應不過來，驚愕地站在原地。

然後他感覺到自己身體一輕，下一刻，他已經被一個黑影提著脖子，飛掠到城門司衙堂之上，沿著高高城牆下的陰影，向著京都裡的黑暗遁去。

黎明前的黑暗，愈發的濃重。

而在那些意圖圍殺言冰雲的眾人眼中，看到的則是更為恐怖的場景。一個黑影無聲無息間在人群中出現，輕描淡寫又異常迅猛地殺死了兩名高手，提著言冰雲，就像是提著一只破麻袋，便在這麼多人的圍困中，輕輕鬆鬆地脫身而去。

因其輕鬆，所以可怕。啪啪啪三聲響，言冰雲已經被此人救走，而城門司的官兵連手中的弓箭都沒有來得及抬起來。

這個黑影究竟是誰，居然擁有如此恐怖的實力！

被高手和士兵們守護在最後方的永陶長公主，臉色微微發白，她揮揮手，驅散身前的下屬，從人群中走出來，看著那個黑影逃走的方向，不知道心情如何，只能看見她的眼睛越來越明亮。

「監察院……確實很可怕。」

這位京都叛亂的主謀者心裡想著，不過並沒有太多挫敗的情緒。既然今日來的是這位天下第一刺客，以此人最會殺人的名號，用這種本事來救言冰雲，自己也沒有辦法阻止。

不過，應該影響不到什麼了。

永陶長公主李雲睿這般想著，瞇著眼睛看著城門處的士兵。此時天已經漸漸要亮，地平線下的太陽，開始放出無數的小銀魚，讓它們腆著肚子反耀自己的光輝，漸漸驅走京都那濃厚的黑夜。

火把已經顯得不那麼明亮，熹微的晨光打在每個人的身上，在地上映出一道一道的影子。

監察院當然可怕，八大處裡藏龍臥虎，不知道有多少英雄豪傑甘願遮了自己的容顏，捨了往日容光，投身於慶國偉大的特務事業之中。這股力量絞在一處，所能發揮出來的威力，即便是慶國最強大的皇帝，也一直有些暗自警惕。

因為名義上監察院是慶國皇帝直管的特務機構，但是所有人都清楚，監察院能夠吸引那麼多好手效力，能夠在慶國強橫地存在三十餘年，全是因為那位坐在輪椅上的老跛子。

如今的京都只有一千餘名監察院官員，卻已經顯得如此可怕，突襲皇宮，壓制刑部，強開大牢，收服京都府，於一夜之中，將整座京都翻了個天。

范閒計畫得好，言冰雲執行得好，但能達到如此效果，還是依靠於監察院官員們強大的組織力與鐵血般的服從。而這些監察院獨有的特質，都是陳萍萍這位老跛子和第一代的八大處主辦們花了數十年的時間，一點一滴地鑄入到監察院的靈魂之中。

所以監察院最厲害的不是黑騎，不是范閒，也不是那位天下第一刺客，而是陳萍萍這個人，以及這個人所代表的東西。

但很奇妙的是，太子、永陶長公主謀劃了大東山刺駕一事，永陶長公主也深知監察院的厲害，對於監察院投注的注意力卻似乎還是太少了一些。至少在滿心不安的太子看來，如果自己要登基，不先控制住陳萍萍，誰敢去坐那把龍椅？

好在陳萍萍中了毒，又被隔絕在京都之外。

太子本以為這是永陶長公主一手操作，但誰都不知道，這件事情和永陶長公主沒有一絲關係。

永陶長公主從一開始的時候，就沒有想過對付京都外的陳園和那個輪椅上的老人。不是因為她不看重陳萍萍，也不是因為她認為陳萍萍是永遠無法消滅掉的老怪物，而是因為她有一個祕密。

祕密只是一個人的祕密，計畫中其餘的人並不清楚。陳萍萍被東夷那位用毒大師藥倒的消息傳入京都後，所有人都心中一驚，以他是在偽裝什麼。可是當大東山上聖駕遇刺的消息也傳來，太后令陳萍萍馬上入宮，陳萍萍卻依然留在陳園中……所有人都開始猜測。

難道陳萍萍真的中了毒？於是有位與陳萍萍打了數十年交道的老人，開始動心、動念。這位老人對陳萍萍一直有份暗中的驚懼，不將他殺死，心中絕對不安；而如今的情勢又是大妙，所謂趁他病取他命，不趁此時要了陳萍萍的命，老人覺得對不起自己。

所以種白菜的秦老將軍在離開京都重掌軍隊，在自己的兒子重新收回京都守備師的權柄之後，所下的第一道命令，便是……屠了陳園。

今日的陳園已成荒土。

在范閒眼中，比江南明家園林還要華貴奢侈的陳園，此時已經變成無數處黑灰一片的殘墟。那些華美雅致的園林，已經燒成了黑土；那些精緻大氣的房屋，已經變成了無數半截石牆，四處猶有青煙冒著，只是已經沒了那種灼人的溫度，看上去異常淒涼。

若范閒看到這一幕，只怕會心痛得要死，破口大罵那些不知道珍惜的傢伙。然而由古至今，軍隊是最不需要藝術審美觀的存在，所以當秦家的一支軍隊以迅雷不及掩耳之勢攻入陳園之後，理所當然地放了一把火。

這把火的原因和八國聯軍那次火拚不相似，八國聯軍這些強盜認為東西太多，搬不走，所以乾脆燒了也不留給國人。而秦家的軍隊之所以放火……是因為他們什麼東西也沒有搶到，什麼人都沒有抓到！

陳園外那些曾經令范閒心驚膽顫的陷阱、機關依然存在，秦家的軍隊死了三百餘人，才突進陳園。然而在陳園之中，他們沒有找到一個活人。

迎接他們的是一座空園，傳聞中中毒臥床的陳萍萍不在園中，他那些美貌的侍姬也不在園中，僕婦下人不在園中。所有人似乎早已經撤走了，而且撤得異常乾淨，連陳園牆壁上掛的那些書畫，都被取了下來。

陳萍萍喜歡那些書畫。

這支由秦家控制的軍隊，主要由京都守備師構成，領軍的乃是秦家二代的一位將軍，與秦恆乃是堂兄弟。他氣急敗壞地看著空蕩蕩的陳園，想到自己領軍來攻，死了這麼多人，結果只占了一座空園子，忍不住要吐血。

大怒之下，這位秦將軍放了一把火。

於熊熊火焰之中，他命快馬回報元臺大營，而自己卻不敢領軍而回，因為秦老將軍下了死命令，既然對陳園動了手，那便一定要把陳萍萍殺死，才能回去。
無可奈何，他只好抹了平日裡的驕傲，恭謹地向身邊那位黑衣人求教。這名黑衣人是秦老將軍派過來幫他的，在軍隊攻來的路上，便曾經說過，陳園此時一定空無一人。
其時這位秦將軍還有些不信，然而此時卻不得不信，在心中嘆息，畢竟是監察院裡的元老，對於陳萍萍的厲害與算計要清楚得多。
蒙著臉的言若海，騎馬站在秦將軍的旁邊，說道：「既然院長走了，那麼將軍便要做好心理準備……在短時間內，你不要想著抓到他。」
秦將軍一愣。
言若海看了他一眼，譏諷說道：「不要忘記，他是陳萍萍。」
說完這句話後，他便一扯馬韁，行出了陳園，不忍再看身後陳園裡的熊熊烈火一眼，心想這位放火燒了陳園的將軍，將來不知道會被院長大人剮成什麼形狀的人棍。
他是秦家的人，這個祕密看似只有秦家知道，太子和永陶長公主那邊並不清楚。然而他是監察院的人，這個祕密真的只有監察院知道，秦家當然不清楚。

京都漸成危困之都，各路郡有奏章入京，京都卻沒有什麼旨意出來。好在如今這時代資訊交流不便，所有人都習慣了慢數拍的節奏，所以京都周邊的州郡就算覺得有些奇怪，卻也並沒有因為京都的危局而人心惶惶。
至少在眼前這幾日，整個慶國除了京都和東山路外，一應如常的太平著。
渭州的清晨與京都的清晨並沒有兩樣，本應在京都處理皇位之事，或者應該在陳園之中治毒的監察院院長陳萍萍，抬眼看了一眼四合院天井上空的那抹天光，皺了皺眉頭，開始舉起筷子，吃著稀粥與包子。

往常在陳園中，老人家也喜歡吃這兩樣東西。

當太后的旨意傳達到陳園之後，這位慶國特務老祖宗，便馬上吩咐下人準備馬車，收拾行李，然後……卻沒有回京，而是異常快速地……溜了。

范閒和大皇子站在皇城上愁眉苦臉想落跑的事情，沒想到他們最親近的長輩，在這方面比他們要乾脆俐落得多。

一行馬車從陳園出來後，便在京都南方的鄉野間繞圈子。而車隊身後的秦家軍隊，依然鍥而不捨地尋找著這支車隊的下落，意圖一力撲殺。

然而陳萍萍並不著急，車隊也沒有加速，甚至沒有刻意遮掩自己的行蹤，只是勾引著那支軍隊，在自己的屁股後面打轉。

車隊在京都南轉了三個圈，那支軍隊也跟著轉了三個圈，之所以一直沒有碰上，除了監察院在京外民間強大的情報系統和匿跡能力，當然是因為那支軍隊擁有一個很優秀的嚮導幫手。

言若海帶著秦家軍隊追殺陳萍萍，用屁股想也能知道，只要陳萍萍不樂意，那麼他們永遠也追不到。

像旅遊一樣的逃難車隊，終於在京都南第一大州渭州的城外某處莊園裡停下來，因為陳萍萍估計著時間差不多了。

陳萍萍在喝粥，他的牙還挺好的，也沒有靠著牆壁。但坐在他身旁的那幾位監察院老人，看著他的眼神，總覺得他有些無恥。

京都裡鬧成那樣，您的兩位子姪正在出生入死，您怎麼就忍心自己跑了？

圍著陳萍萍早餐桌坐著的有三個人，一位是在陳園裡服侍他數十年的老僕人，一位是當年范閒曾經在監察院天牢裡見過的七處前任主辦，那個光頭；還有一位則是與王啟年齊名的監察院雙翼之一，宗追。

莊園後方隱約傳來妙齡姬妾們起床後刷牙洗臉玩笑的聲音，這些女子並不知道自己這行人是在逃難。

三名監察院元老的臉色不是那麼好看，宗追抿了抿嘴，溼潤了一下因緊張而發乾的雙唇，說道：「追兵已經近了，院長……還是做些打算吧。」

「馬上他們就要調兵而回，這個事情不著急。」陳萍萍放下筷子，好整以暇地擦了擦嘴，說道：「你們出去安排一下。」

「是。」宗追和那位光頭七處前主辦領命而去。

院中只剩下陳萍萍與那位老僕人。便在此時，陳萍萍忽然咳了起來，咳得很難受，他的臉變得血紅，迅即又變成慘白，唇角滲出一絲血絲。

老僕人哭著說道：「老爺，得把費大人喊回來，不然這毒怎麼辦？」

原來陳萍萍竟是真的中毒了！他坐在輪椅上自嘲地笑了笑，說道：「毒不死人，只是有些難受罷了。」

「老爺……京裡有些危險，難道您就真的不擔心提司大人？」老僕人看了陳萍萍一眼，小心翼翼問道。

陳萍萍蒼老的面容上，皺紋忽然變得更多了起來，半晌後他嘆了口氣，說道：「如何能不擔心？不過即便事敗，想來他也能活著，只要活著，一切都成。」

老僕人心想，事涉皇位之爭，如果提司大人真的敗了，如何能活下來？而且如果讓太子真的繼承大統，只怕自己這一行車隊，在這茫茫慶國大地上，再也找不到任何的棲身之所。

老僕人忽然想到一件事情，大喜過望說道：「對，還有范尚書和靖王一直沒出手。」

這些天來，陳萍萍時常與手下那些老傢伙商議京都局勢，老僕人一直在旁聽著，對於京都實力對比，也算是有個極為清楚的認識。如果十三城門司真的失守，葉、秦兩家的大軍入京，監察院哪裡抵擋得住？除非是范建和靖王手中有可以翻天的力量，陳萍萍才敢安然坐於輪椅之中，不替范閒擔心。

「靖王和老秦頭一樣，只會對著土地發脾氣。」陳萍萍微嘲說道：「范建此生勝在隱忍，卻也敗在隱忍，他手上哪裡有足夠改變時局的力量？怕宮裡疑他，這些年來，咱們的范尚書可是隱忍得夠嗆，這下好，把他自己也隱忍了進去。」

說完這句話，陳萍萍沉默。他知道范建最強大的力量在哪裡，可問題是陛下此行祭天，竟是把那批人一個不剩地帶走了，還不知道那些人裡有沒有人能夠活下來。

啪啪啪啪，幾隻白色的鴿子順著晨光的方向飛入庭院之中，老僕人上前捉住一隻，捧到陳萍萍的身前。

陳萍萍解開鴿腳上的細筒，看著上面的文字，眉頭漸漸皺了起來，半晌後召來監察院的下屬，沉聲命令道：「依前日令，全員行動，繼續封鎖東山路的任何消息，朝廷前往接靈的隊伍已經快要到了。」

「是。」

許久之後，陳萍萍才從一種失神的狀態裡醒過來，直到如今，這位慶國最厲害的陰謀家，終於感到一絲無力，也許是毒藥的力量，也許是蒼老的力量，讓他感到一絲疲憊與……淡淡的失望。

「范閒不會這麼容易死的。」不知道是安慰老僕人還是安慰自己，陳萍萍平靜說道：「至少我替這小子引了六千大軍，他的壓力會少很多。要知道，要讓一個人死亡，是很不容易的一件事情。」

陳萍萍推著輪椅往後院裡去，老僕人趕緊接手去推輪椅。行過一個花壇時，看著壇中秋初裡瑟瑟發抖的小白花，陳萍萍面色不變，卻停了下來，觀看良久，然後緩緩佝下身去，摘了一朵，小心翼翼地別在自己耳上。

老僕人笑了笑，推著他進了後院一間廂房。

進廂房的時候，陳萍萍忽然對他說道：「范閒如果知道自己當爹了，一定會學會更珍惜自己的生命。」

廂房裡的光線並不是太明亮，但可以清楚地看到，一位二十歲左右的女子，正滿臉憐愛地看著懷中嬰兒。這名滿臉母性光澤的女子，正是在京都郊外范家莊園失蹤的思思，那她懷中的嬰兒……

陳萍萍推著輪椅上前，滿臉疼愛地從她手中接過出生不久的嬰兒，看著嬰兒臉上的紅暈和緊閉的雙眼，彈著脣中的舌頭，咕咕叫了兩聲，逗弄道：「小丫頭真乖，妳爹看見了，一定特別喜歡。」

思思甜蜜笑著望著這一幕，忽然看見陳萍萍耳上的那朵小白花，好奇問道：「院長大人，怎麼插朵花？」

「上次我一抱這孩子她便哭，看來是我長得太難看，今日別朵花……看看，她果然不哭了。」

陳萍萍臉上的皺紋笑成了菊花，那種疼愛之色是如何也作不得虛假，只怕他是真將懷中的小丫頭，當成了自己的孫女一般喜歡。

初初生產不久的思思，體力並不怎麼好，望著陳萍萍忽然難過說道：「只是……也不知道少爺什麼時候回來。」

被陳萍萍接走的時候，思思也是嚇了一跳，生產時，林婉兒和范府中的熟人都不在身邊，有的只是陳萍萍安排的接生嬤嬤，這位姑娘家的心神著實受了很大折磨。

不過她知道陳萍萍一定沒有什麼惡意，只是不明白為什麼自己要在府外生產，不自禁地竟想到某些大戶人家的祕密中去，心情一直有些低落。

「再過些天，范閒就回來了。」陳萍萍笑著安慰道：「產婦最緊要的便是心情愉快，所以他才請我帶著妳出來走走。」

這個理由明顯有些牽強，但思思生孩子後腦子明顯不大好使，竟信了。

「妳先歇歇。」陳萍萍竟是歡喜得一刻也不肯放開那個小女嬰，對思思說道：「我抱孩子出去走走。」

思思說道：「可不能吹風。」

陳萍萍很乖地點了點頭，在一個母親的面前，搶人家的小孩子玩，總要乖一些。

陳萍萍一路逗弄著女嬰來到另一個房間，對房間裡的那個人說道：「給你瞧瞧，范閒的女兒。」

那人被捆得死死的，一臉的不安傷心，聽到這句話後忽然喜悅起來，說道：「院長，小姐取了名字沒有？」

他忽然看見陳萍萍髮邊的那朵小白花，靈機一動說道：「就叫范小花，大人他肯定喜歡。」

取名大有捧哏之風的這位，自然便是范閒親信王啟年，也不知道這人是如何從大東山上逃了下來，也不知道為什麼他竟然會被陳萍萍綁在房中！

陳萍萍瞪了他一眼，說道：「什麼狗屁東西。」

王啟年明顯瘦了一大圈，看來從大東山逃出生天後，不知在路上禁受了多少折磨。他看著陳萍萍懷中抱著的小女嬰，喜悅之餘，忽然想到自己在京中的家人、女兒，想到正處在風暴中心的范閒，不知怎的，鼻頭一酸，說道：「不知道大人能不能看到自己的女兒。」

他哭喪著臉說道：「這究竟是什麼事，怎麼也想不明白。」

陳萍萍一臉平靜，說道：「我也不明白京都裡會發生什麼，但我知道，京都裡一定會……發生些什麼。」

范閒站在皇城牆上，看著東邊初升的朝陽，那紅通通的一大片天穹，眉頭卻漸漸皺了起來，嘆了一口氣。直到此時，還沒有找到林婉兒和大寶的下落，好在靖王府那邊傳來消息，范建和柳氏均安好，正在往皇宮的方向過來。

屈指算來，思思的生產期也到了，不知道離奇失蹤的丫頭，如今好不好，孩子是男還是女呢？

在所有的親人當中，他最不擔心的反而是臨產的思思，因為既然府裡默認了此事，接走思思的不可能是別人，一定是陳園裡那位孤老到死的老跛子。

他此時擔心的是言冰雲。言冰雲入了城門司，便一直沒有消息傳回來，而且監察院負責回報消息的人也沒有蹤影。這一切預示著出了問題。范閒通知大皇子開始做安排，只是有些納悶為什麼言冰雲沒有發出令箭。

朝陽躍出地平線，范閒忽然心中一動，似乎感覺到人世間有些美好的事情正在發生。這些美好當然不存在京都內。京都危矣，所以范閒必須自我安慰——在最危險的時候，一定有人會踏著五色的彩雲來救自己。

慶餘年 第三部 一

作　　者／貓膩
執 行 長／陳君平
榮譽發行人／黃鎮隆
協　　理／洪琇菁
總 編 輯／呂尚燁
執行編輯／陳昭燕
美術監製／沙雲佩
美術編輯／陳又荻
國際版權／黃令歡、高子甯
校　　對／朱瑩倫
內文排版／謝青秀

國家圖書館出版品預行編目資料

慶餘年．第三部（一）/ 貓膩作. -- 初版.
-- 臺北市：尖端，2020.09-
冊；　公分
ISBN 978-957-10-9043-6（第 1 冊：平裝）

857.7　　109008237

出版／城邦文化事業股份有限公司　尖端出版
台北市 104 中山區民生東路二段 141 號 10 樓
電話：（02）2500-7600　傳真：（02）2500-2683
讀者服務信箱：7novels@mail2.spp.com.tw
發行／英屬蓋曼群島商家庭傳媒股份有限公司城邦分公司　尖端出版
台北市 104 中山區民生東路二段 141 號 10 樓
電話：（02）2500-7600　傳真：（02）2500-1979
劃撥專線：（03）312-4212
戶名：英屬蓋曼群島商家庭傳媒（股）公司城邦分公司
劃撥帳號：50003021
※ 劃撥金額未滿 500 元，請加付掛號郵資 50 元
法律顧問／王子文律師　元禾法律事務所　台北市羅斯福路三段 37 號 15 樓

台灣地區總經銷／中彰投以北（含宜花東）　楨彥有限公司
電話：（02）8919-3369　　傳真：（02）8914-5524
雲嘉以南　威信圖書有限公司
（嘉義公司）電話：（05）233-3852　　傳真：（05）233-3863
（高雄公司）電話：（07）373-0079　　傳真：（07）373-0087
馬新地區總經銷／城邦（馬新）出版集團 Cite（M）Sdn Bhd
電話：603-9057-8822　　傳真：603-9057-6622
E-mail：cite@cite.com.my
香港地區總經銷／城邦（香港）出版集團 Cite（H.K.）Publishing Group Limited
電話：852-2508-6231　　傳真：852-2578-9337
E-mail：hkcite@biznetvigator.com

版　次／ 2020 年 9 月 1 版 1 刷　Printed in Taiwan
2023 年11月 1 版 4 刷